山西师范大学文学院学术著作出版资金；

山西师范大学学科攀升计划；

“1331工程”重点学科建设计划2017年度一般性重点学科建设项目山西师范大学文艺学学科点“中国文艺学教材编撰史专业资料数据库建设与研究”

青年学者论丛
「尧都学堂」

# 明清小说评点中的阅读美学

Mingqing Xiaoshuo Pingdian Zhongde Yuedu Meixue

张春燕 著

中国社会科学出版社

**图书在版编目（CIP）数据**

明清小说评点中的阅读美学／张春燕著．—北京：中国社会科学出版社，2018.7

ISBN 978－7－5203－2891－3

Ⅰ．①明…　Ⅱ．①张…　Ⅲ．①古典小说评论—中国—明清时代　Ⅳ．①I207.41

中国版本图书馆 CIP 数据核字（2018）第 168519 号

出 版 人　赵剑英
责任编辑　刘　艳
责任校对　陈　晨
责任印制　戴　宽

出　　版　中国社会科学出版社
社　　址　北京鼓楼西大街甲 158 号
邮　　编　100720
网　　址　http：//www.csspw.cn
发 行 部　010－84083685
门 市 部　010－84029450
经　　销　新华书店及其他书店

印　　刷　北京明恒达印务有限公司
装　　订　廊坊市广阳区广增装订厂
版　　次　2018 年 7 月第 1 版
印　　次　2018 年 7 月第 1 次印刷

开　　本　710×1000　1/16
印　　张　16
插　　页　2
字　　数　255 千字
定　　价　69.00 元

# 总　序

亭林先生顾炎武“古人之所未及就，后世之所不可无”已成著述者孜孜以求之境界，虽不能，亦向往之。著述辛劳，非亲历者不能体会，于青年学者、学术后进尤为如是。山西师范大学作为山西省人文学科研究的重要阵地，对弘扬山西文化，推动山西人文学科演进发挥了重要作用，文学院作为山西师范大学最大的文科学院之一，集聚了来自海内多所知名高校、科研院所的优秀博士，特别是最近几年，同师大一道，文学院步入快速发展轨道，一批批青年学者来此执教。师大幸甚、学院幸甚！

作为地方高师院校，教学任务繁重，然教师以教书育人、著文立言为要务，著文立言为教书育人之总结和升华，二者不可偏废。丛书的作者们大多初登杏坛，大部分时间都给予了课堂、学生，教学之余对或在即有研究基础上锐意进取，或于教学之中笔记碰撞、感悟，终有所获。经年累月，终成此中国语言文学系列著作，内容囊括音韵、文字、艺术、小说、文化、诗歌等领域，为文学院学科建设一大功效。观其书，皆以已精力成之，虽小有舛漏，但不碍达其言，读之“足以长才”，足矣！

文学院向以鼓励、资助教师学术研究、学术出版为任，2018 年适逢山西师范大学、山西师范大学文学院六十周年庆典，在学校的大力支持下，学院前后奔走，幸蒙中国社会科学出版社大力支持，促成此系列著作的出版。该丛书不仅是学院教师学术研究的一次总结和集中呈现，也是学院学科建设的阶段性成果，更是学院教师们送给学校、学院六十周年庆典的一份不腆之仪。

山西师范大学地处临汾，为上古尧王建都之所，董仲舒注《周礼》

“掌成均之法，以治建国之学政，而合国之子弟焉”条，曰：成均，五帝之学。可知尧时已有学堂。文学院追慕上古先贤，设“尧都大讲堂”为学院系列学术讲座、学术活动之共名，“‘尧都学堂’青年学者论丛”亦由是得名。书成，为小序，以继往而开来。

赵变亲

2018 年 5 月 16 日

# 序

展现在读者面前的，是张春燕博士数年前的学术成果——她的博士学位论文。现在知道它不久将付梓出版，我真诚地为作者感到高兴。

春燕数年前曾在南开大学哲学院攻读美学专业博士研究生。当她告诉我想写明清小说评点理论时，我内心颇为她担忧。一方面我知道本领域似已有不少相关学术成果，对它的认识与评价学界已有一些重要共识；另一方面，知道她想用“阅读美学”这一关键词统领这部未来的学术著作时，担心她能否超越接受美学的一些核心观念，别有建树。然而，当春燕最后拿出这本学位论文时，我有一种释然的欣慰。毕竟，作者为重新理解明清小说评点理论找到一个很精彩的崭新美学范畴——阅读美学；毕竟，经过一番细致的梳理工作，作者对明清小说评点理论与接受美学间之异同，给出很有学术价值的说明。

作者的本意是对我国明清小说评点理论的个性与成就作较为系统的梳理；然而当这一学术工作结束之后，读者却有一种意外的惊喜——该著以中国明清小说评点理论为基础，提升出一种关于小说鉴赏与批评的审美阐释模型，这一模型由阅读自觉、阅读之乐、阅读范式与小说评点，实即对小说的审美批评这几个环节构成。这一模型一旦形成，便超越了对明清小说评点的言说，而具有阐释其他领域审美鉴赏和批评的普遍性价值。

于是，作为一位读者，我不禁突发奇想：如果说明清小说评点成就可以被恰当地命名为一种“阅读美学”，那么中国美学史上是否还有其他相关学术资源可以作类似的梳理和理解？如果说真有一种“阅读美学”，那么仅就中国美学史而言，一种超越了明清小说评点个案之局限，一种基于其他古典艺术批评领域思想资源，因而更为完善的“阅读美学”又当如何？毕竟，作者这里所集中讨论的，仅乃“阅读美学”之一种，基于小说阅读与评点的很特殊的“阅读美学”，而非“阅读美学”之一般。如果说围绕人类审美欣赏环节——“文学阅读”可以形成一种“阅读美学”，那么中国美学史所积累的相关学术资源便远不止小说评点。小说评点之外，尚有更久远的诗论、词话、书论、画论存焉。这些其他领域的宝贵财富是否也可以从“阅读美学”的角度言说之、整理之？也许，当中国美学研究界对上述各领域鉴赏与批评传统作了较为系统的专题性梳理后，我们便可以想象一种更为完善的基于中国经验的“阅读美学”理论模型。

在此意义上，张春燕的这份学术成果便极为可贵，它为中国美学史的深化研究开辟了一个极有意义、具有可持续性的学术话题、理论视野。愿作者在此方面有新收获，望学界同仁于此著幸垂意焉，是为序。

薛富兴

2018 年 5 月 16 日

# 目　录

# 引　言

明清小说评点是中国古代特有的一种文学批评样式，相比于西方传统文论从形而上学层面出发，构建宏大的理论体系不同，这种批评样式更多依附于直接的文本阅读和体验，时时将点滴体悟夹杂于文本之间，或是对人物性格的揭露，或是对叙述技巧的赞赏，或是对政治道德思想的感想，极近细致入微。依此看来，明清小说评点是建立在直接的小说阅读经验基础之上的，是对这种阅读经验的及时反省，而其目的则是引导更多读者的阅读。尽管内容庞杂，但评点者夹杂于文本之间的这些“三言两语”记录了他们自身的审美经验的生成机制。同时，这些言语也时时提醒其他读者，小说阅读不是看热闹，而是看门道；小说阅读不是直接的情感宣泄，而是建立在理性反省之上的欣赏，由此而来的情感体验是非功利的，因此可称其为审美情感。毋庸置疑，小说评点这种样式本身就在展现小说文本与读者审美经验之间的互动关系，并因此构建了一种审美阅读理论。

的确，评点者们为了证明小说的严肃性，必定要从道德的层面出发来评判人物的善恶、思想的正邪，以提升读者的思想境界，完善其道德修养，从而实现小说的社会功能。不过，如果脱离了审美的阅读经验，道德教化无疑是空洞无力的，所以教化也必须要凭借情感的规律来实现，如此才能使其更加坚实有效。因此，小说审美功能有其独立性，但此前的研究多从叙事学和修辞学的角度来总结小说评点的贡献，而没有把它看作是一个审美阅读的过程；当研究者们试图将小说评点与其文化意义相关联时，小说阅读的审美性质也难以在其中发挥积极作用。实际上，这样的缺憾源于研究者们忽视了阅读审美经验在小说评点中的重要性。

鉴于这种情况，本书对明清小说评点的研究主要围绕阅读审美经验展开，一方面着重分析评点所展现的阅读审美经验的生成机制；另一方面则在此基础上重新阐释评点在构建小说艺术理论上的特性和贡献。同时，本书还指出小说评点最终的理论诉求，是要实现对审美经验的超越。总之，本书将会使明清小说评点研究更加完善，显示出其中更丰富的内涵。

## 一、研究对象、方法及意义

### （一）研究对象

评点是中国文学批评的传统手段之一，批评文字与文本夹杂在一起，旨在为读者点出精彩之处，并示以文章规范。本书的研究对象是明清小说评点，因其理论含量有别，故主要集中于评论部分，而基本不涉及圈点。

评点包括“评”和“点”两端。“评”即评论，这种批评形式可以追溯至春秋时期，《左传》记襄公二十九年吴公子季札观周乐，从《周南》评论到《颂》，若一一移于《诗经》诸国风、雅、颂之首，即成评点。《论语》中记载有不少孔子对《诗经》的评论，《毛诗》有大序、有小序，对一书或一诗的“大旨”予以说明，王逸的《楚辞章句》亦是篇篇有序。当然，这些评论未免还有些大而化之，然魏晋以降，开始出现了专门的论文之作，时人不仅以专文发表对文学的意见，而且在书信、序跋和言谈中也往往涉及文学评论。至宋代而诗话兴起，评论之作，连篇累牍，评点之“评”就是在这样的基础上发展起来的。

“点”即标点，“标点”一词，起于南宋。《宋史·儒林八·何基传》云：“凡读书无不加标点，义显意明，有不待论说而自见者。”[①] 宋人读书，多用朱、墨笔，在文字关键之处或圈、或点、或抹，可以起到引发读者注意的作用。这里有点有抹，其实已经是一种评点了，因为它带有批评性和欣赏性。其后文学评点用不同色笔进行圈点，与其有一脉相承的关系。

叶德辉在《书林清话》中道：“刘辰翁，字会孟，一生评点之书甚多。同时方虚谷回，亦好评点唐宋人说部诗集。坊估刻以射利，士林靡

---

① （元）脱脱等撰：《何基传》，《宋史》卷四三八，中华书局1977年版，第12979页。

然向风。"①刘辰翁与方回同为宋元之际人，方回为江西诗派的殿军，以选评《瀛奎律髓》著称，但其所评"说部"已不得见，而刘辰翁对《世说新语》的评点则可称为小说评点的滥觞之作。

明清时期是小说评点的兴盛和繁荣时期，谭帆在《中国小说评点研究》中将明清时期的小说评点分为四个阶段：

> 明万历年间，这是小说评点的萌生阶段；明末清初，这是小说评点最为繁盛的阶段；清中叶以后，小说评点之"热"有所降温，然仍平稳发展；晚清为小说评点之余波，在评点内涵上则呈"转型"之态势。②

这一时期，涌现出李贽、叶昼、金圣叹、毛宗岗、脂砚斋等评点大家，他们以其精彩的评论，构建起一个独具特色的小说评点理论的话语体系。

关于小说评点的形态，叶朗说：

> 小说评点的体例一般是这样：开头有个《序》。序之后有《读法》，带点总纲性质，有那么几条，十几条，甚至一百多条。然后在每一回的回前或回后有总评，就整个这一回抓住几个问题来加以议论。在每一回当中，又有眉批、夹批或旁批，对小说的具体描写进行分析和评论。此外，评点者还在一些他认为最重要或最精彩的句子旁边加上圈点，以便引起读者的注意。③

但这只是小说评点的一种完备形态，大多数小说评点本并不具有如此完备的形式。但无论形式是否完备，值得注意的是，明清小说评点彰显了小说本身的审美价值，评点者甚至直接把自己的审美感受记录其中，而且这些审美感受是建立在对小说艺术的理性分析和阐释基础上的。这

① （清）叶德辉：《书林清话》，中华书局 1957 年版，第 33 页。

② 谭帆：《中国小说评点研究》，华东师范大学出版社 2001 年版，第 14 页。

③ 叶朗：《中国小说美学》，北京大学出版社 1982 年版，第 13 页。

正是本书讨论的重点问题。

### （二）研究方法

在笔者看来，明清小说评点的贡献在于其揭示出小说阅读的审美价值。评点者体尝着小说阅读的审美快乐，在他们眼中，小说不是一种静态的文本，小说字里行间时时处处激荡着读者的想象力，让读者游戏于文字之间。反过来，评点者的文字本身也改变了小说的原始文本，并与原始文本一起构成了崭新的话语，摆在后来读者面前；他们身处评点者与小说文本的交流过程中，这是小说阅读的一道独特景观。在此，接受美学可以成为研究明清小说评点的有效借鉴方法，依靠这种方法，我们可以概括和建构评点中的阅读美学，也就是对阅读活动中的审美经验进行描述和分析，探讨其生成机制、特点等的美学理论。

接受美学主要存在两种理论倾向：一种以姚斯（Hans Robert Jauss）为代表，即从研究文学史入手，注意文学接受的集体性及其社会背景；另一种则以伊瑟尔（Wolfgang Iser）为代表，专注于具体阅读活动的研究。从原则上说，接受美学强调文学作品并不是一个静态的、封闭的客体，而是表现为一种“事件”。首先，一部作品总是产生于特定的时代，这个时代又以某种特定的文学观念来规定文学作品的样式。作者在试图用新的作品来表达其特有观念的同时，读者也期待作品带给他们应有的体验，文学史便是新的作品与读者的期待视野之间的矛盾与平衡的综合过程。其次，一部文学作品的意义并不只是由作者赋予的，作品本身的意义在很大程度上是未定的，读者在增补、丰富和创造作品的意义，因此，作品不是一个凝固的客体，而是允许读者进入其间的自由空间。从读者这方面来说，虽然任何一个读者都想领会作者的原意，但事实上由于先在的“期待视野”的影响，故没有任何两个读者的阅读是相同的；这当然不是说读者可以随心所欲地阅读或创作作品，在伊瑟尔看来，“文学作品有两极：可将它们称为艺术的和审美的；艺术的一极是作者的本文，审美的一极则是由读者完成的实现”，“作品本身既不等于本文，也不同于本文的诗学，它必须被确定为两者之间的中途点上”。① 文学作品提供了一些客观的构架和图景，但也留有许多的“空白”和“空缺”，它们需要读者去填充，也允许读者站在游移不定的视角上多侧面地组织和创造他眼中的审美对象。审美的阅读应该是也必然是创造性的阅读。

明清小说评点家们并不认为自己的评点只是还原作者本意，或是被动地接受作品的印象，而是与小说文本同等重要的创造。他们将小说文本不断解析，又重新组织，总结出小说的一些结构特征，然后再将这些结构中的某些要素——如情节构造、叙述节奏、叙述视角、人物关系等——作为不同的视点从多个层面来寻找构造多种读法的可能性，并且指出这些读法所带来的不同审美效果。他们所要还原的作者本意也多半是一种“完形”行为，也就是从某种期待视野出发来构造小说文本的统一性，同时也是借此来表达自身的思想，与文本和其他读者展开交流。

然而，需要注意的是，接受美学并不提供固定的阅读模式或套路，不会给我们提供分析小说文本和评点的模板，所以本书采用接受美学实质上是赞同其理念，指出评点家的创造性批评，阐释他们对阅读审美经验的描述。实际上，评点家们在分析小说文本时，主要采用的是“细读”方法，不仅要对人物性格和情节构造进行细致的解析和论证，更要对包括人物对话、外貌描写、环境描写在内的叙述话语进行解读，阐明其内在的艺术手法以及引发的审美效果，而这种方法更接近于英美新批评。但是，新批评主要针对的是诗歌，注重从语言分析入手揭示诗歌语言的丰富多义。比如兰色姆（John Crowe Ransom）提出，诗歌由“构架”和“肌质”两个层面构成，构架是诗歌的意义线索，可用散文语言加以转述，而肌质则是非逻辑的，无法用散文语言转述，但它们却能让人感受到细腻的情感和丰富的内蕴。此外，也有批评家提出“含混”、“反讽”、“张力”等概念来表示诗歌语言的独特性。虽然小说本身多用散文语言，但评点家们着意要发现的是其背后的情感内涵，所以他们与新批评派一样关注语言问题。然而，新批评派还有一个重要的理论前设是维护“文

① ［德］伊瑟尔：《本文与读者的交互作用》，转引自朱立元主编《现代西方美学史》，上海文艺出版社1993年版，第1101页。另，引文中“本文”即“文本”之意，两个词同出英文“text”一词，本书选用“文本”。

学本体”，认为文学作品是一个封闭而自足的客体，在这一点上，明清时期的评点家们与新批评派判然有别；的确，他们肯定小说有着独立的艺术价值和审美价值，但他们绝不会将文学作品与现实生活、作者的思想情感割裂开来，而是将其看作观察和思考现实生活的一种有力途径。所以，借鉴新批评派的某些观点可以帮助我们理解评点家们解读小说文本的一些局部方法，但这些观点难以涵盖小说评点的全部内涵。

此外，作为叙事作品的小说，明清小说评点所提出的许多概念，如“结构”、“机关”、“草蛇灰线法”、“从某人眼中看出”，都可以在结构主义叙事学那里找到对应物；叙事学把叙述的种种要素汇聚成一个完整的系统，而评点家们则没有这样明确的理论意识。但是，叙事学与新批评一样强调文学文本的自足性，虽然理论家们认为作品的这些表层结构实际上表征了一个时代或文化群体深层的思维模式或文化结构，但却并不主张读者在文学活动中的能动作用。因此，明清小说评点同样超出了结构主义叙事学的研究范围。

鉴于明清小说评点与这些批评流派的关联和差异，本书认为，如果可以把小说评点归纳为一种理论形态的话，我们不妨称之为“阅读美学”。评点家没有把小说文本看作是一个自足的世界，小说需要能动的阅读，理想的阅读应该掌握小说的文法，从反省和推敲当中获得具有某种理性意味的快乐，这种快乐超越了个人偏见，因而是一种审美的快乐。同时，经过审美阅读的小说可以进一步发挥社会作用，净化读者的情感，提升其道德境界。阅读美学与接受美学有着相近的原则，但仍有一些差异，主要表现在：

第一，文本观念的不同。接受美学强调文本的未定性，认为文本不是一种自足性的存在，而是一个多层面的未完成的图式结构，其存在本身不能产生独立的意义。但是，阅读美学认为文学文本是一个相对独立的存在，人们对作品的阅读和审美必须以文本为前提和起点，文本可以通过一系列形式技巧对读者的阅读活动产生主动的影响。

第二，理论旨趣的不同。接受美学以现象学和解释学为其理论基础，具有浓厚的哲学思辨色彩，未能对阅读的社会意义展开进一步的探讨。而阅读美学则强调审美经验与日常生活经验的连续性，重视文本与社会生活的关联，表现出一种世俗化和实用性的理论诉求。

本书研究明清小说评点中的阅读美学理论，其重点在于探讨阅读过程中的读者审美经验问题。基本思路是以“阅读快感”这一阅读审美经验的核心概念为切入点：首先，从小说评点的社会历史文化语境出发，分析明清小说评点重视审美经验的成因；其次，从阅读主体的角度剖析阅读过程中审美经验的生成机制；再次，从文本的角度探讨小说文本与读者审美经验的互动关系；最后，指出明清小说评点的理论诉求是实现对审美经验的超越，发挥小说的社会功用。

本书旨在研究小说评点中的阅读美学思想，其理论预设即小说评点从审美角度而言，乃是一种阅读美学理论。而作出这样的理论判断，其原因主要基于以下几个方面：

首先，阅读的自觉是小说评点的理论起点。没有对文本的细读，就没有小说评点的产生，对小说评点的理解和把握，必须结合对其所评文本的阅读。明清小说评点家表现出强烈的阅读自觉意识，他们的评点行为，是一种自身主动能动的选择。不仅如此，他们还能将阅读活动作为观察和省视的对象，并总结出一系列相关的阅读法则和规律。若无这种明确的阅读自觉意识，小说评点的理论价值将大打折扣。

其次，阅读审美经验是小说评点关注的重心。明清小说作为当时的通俗文学范本，阅读小说与阅读传统经史著作不同，求“乐”的阅读欲望使小说的阅读活动从本质上更接近于一种审美活动。明清小说评点家敏锐地抓住这一核心问题，在评点过程中分析了读者审美经验的生成机制，并完成了对小说艺术理论的探讨和理想阅读范式的构建。

再次，阅读审美经验是小说评点的理论标尺。小说评点对一部小说艺术优劣的评价，是否能有效地激发读者的审美经验，是其一个重要的衡量标准。唯此，小说的社会功能才能得到有效的发挥和实现。在此基础上，小说评点为通俗小说从本体论和价值论的双重角度，确立了其身份的合法性。

最后，阅读的导引是小说评点的理论目标。小说评点的目的就是要对其他读者的阅读活动起到积极的引导作用，通过这种引导，读者不仅在具体阅读过程中的审美体验得以增强，而且掌握阅读的方法和原则也有助于其今后的阅读活动。

### （三）研究意义

首先，从阅读美学的角度研究明清小说评点有利于把握和评价明清小说评点的美学内涵和价值。阅读维度乃明清小说评点的基本维度，明清小说评点所取得的理论成就正是建立在文本的细读基础之上。在对文本的阅读过程中，明清小说评点家以阅读审美经验为核心，探讨了小说作为一种新兴文体，是如何通过其自身的艺术特性，与读者的审美经验形成积极有效的互动作用。在此基础上，明清小说评点建构了以小说叙述和人物形象理论为主体的小说艺术论，为小说文体地位的确立打下了坚实的理论基础。从理论形态上来看，明清小说理论没有出现像《文心雕龙》这样“笼罩群言”、“体大而虑周”的巨著，其思想散见于明清小说的序跋、评点之中。这种理论形态的形成固然带有一种发展初期的粗糙印记，但它与具体文本的紧密结合以及二者生发出的理论张力，也使它具有自己独特的理论特色。一种理论的表述形态在某种程度上会对其理论内涵产生影响，明清小说评点家并不以建立独立自足的文学本体论为其理论旨归，他们更关注的是理论与读者的直接对话以及理论对读者阅读实践和生活实践的指导作用。

其次，从阅读美学的角度研究明清小说评点有利于我们了解和认识明清时期的大众审美意识。与其他文体相比，小说在反映社会生活的深度和广度上，具有无可比拟的优势。巴尔扎克的小说曾被称为“十九世纪法国的社会风俗史”，恩格斯甚至认为巴尔扎克的小说所提供给我们的社会讯息，远比同时代的经济史、社会史、文化史著作更为丰富和全面。要想深入、准确地把握明清时期社会的审美意识、审美心理，明清小说可以说为我们提供了一个很好的平台和窗口。明清小说评点家在进行小说评点时，始终关注读者的阅读审美经验，而通过对读者阅读审美经验的分析，也可以使我们对当时社会大众的审美意识有所认识和了解。钱锺书说：

> 我们阅读当时人们所信奉的理论，看他们对具体作品的褒贬好恶，树立什么标准，提出什么要求，就容易了解周遭的风气究竟是

怎么一回事，好比从飞沙、麦浪、波纹里看出了风的姿态。①

在明清文坛上独领风骚的小说，与当时的民众生活有着紧密的联系，并具有极强的社会影响力。所以，我们可以相信，从小说评点入手，我们可以进一步深入了解和把握明清时期社会大众的审美意识和审美观念。

最后，从阅读美学的角度研究明清小说评点对当代语境下的文学和美学研究有重要的借鉴意义。明清时期是中国古典社会的尾声，也是现代社会的前夜。明代中后期的社会经济已经非常发达，特别是在江南一带的富庶地区，商品经济更是取得了长足的发展。明清小说评点以通俗小说为主要对象，便自然地染上了通俗小说“文学商品化”的色素，小说评点也便具有了浓重的商业气息。② 评点家所面对的文本，既不是孔子、朱熹等先贤的经学典籍，也不是文坛领袖的锦绣华篇，而是由当时普通文人整理、加工和创作的通俗小说。他所要导引的读者，既不是为举业而穷经皓首的学子，也不是文采风流的名士，而是具有一定文化水平、追求娱乐和消遣性的社会普通读者。这种立场也影响了明清小说评点家的理论取向。他们看到了普通读者重娱乐、重消遣的阅读倾向，故而对小说当中能够引发读者阅读快感的因素，给予了充分的重视和肯定；但明清小说评点家也极为重视小说的社会功能，其最终理论诉求也是要实现对审美经验的超越，建立文学与生活之间的关联。当代的社会文化生活与明清时期存在着一些相似之处，商品经济的高速发展，日常生活审美化的社会走向，“娱乐至死”的理论呐喊，历史的故事，在今天的舞台上得以某种程度的重演。面对这种局势，当代的文学和艺术批评如何作为？明清小说评点对阅读审美经验的探讨以及由此引发的关于感性与理性、审美与道德、审美与意识形态的思考，对于我们当代的学术研究，仍有着重要的启示作用。

## 二、研究现状与分析

明清小说评点本身就是一种文学批评，人们往往习惯于借鉴它们对

---

① 钱锺书：《七缀集》，上海古籍出版社 1995 年版，第 2 页。

② 谭帆：《论小说评点的三种视角》，载章培恒、王靖宇主编《中国文学评点研究论集》，上海古籍出版社 2002 年版，第 65 页。

明清小说进行研究，而它们自身却并没有被作为研究对象。同时，研究者较多关注它们所指出的思想内容，却没有关注它们作为一种批评样式的特点和价值，因此明清小说评点的研究在很长一段时间内没有引起学界足够的重视，叶朗说：

> 在过去的中国文学史和中国文学批评史著作中，一般都不讲古典小说美学。……这方面的学术论文也很罕见。……至于这方面的专著，那就更没有了。国外学者也是如此。①

但自二十世纪八十年代以来，以叶朗的《中国小说美学》为肇端，这一方面的研究著作和论文开始慢慢增多，并取得了一定的理论成绩。

**（一）国内研究现状**

目前，国内学界对于明清小说评点的研究论著主要可以分为这样几种类型：（1）从分析具体材料入手，注重总结和归纳明清小说评点中的文学理论和美学思想，如叶朗的《中国小说美学》（1982）、钟锡南的《金圣叹文学批评理论研究》（2006）；（2）在中国小说理论发展的历史线索中探讨明清小说评点的理论价值，如韩进廉的《中国小说美学史》（2004）、陈洪的《中国小说理论史》（2005）、林岗的《明清小说评点》（2012）；（3）从明清时期的哲学思想背景出发，去分析明清小说美学的内涵和成因，如丁立荣的《金圣叹美学思想研究》（2009）；（4）选取某一具体文本，对其评点资料进行全面、系统的整理，如刘继保的《红楼梦评点研究》（2007）；（5）从历史文化研究的角度，侧重发掘明清小说评点的理论价值与现代意义，如谭帆的《中国小说评点研究》（2001）、吴子林的《经典再生产——金圣叹小说评点的文化透视》（2009）；（6）借鉴西方某一理论话语体系，如解释学、接受美学、叙事学等，从明清小说评点入手，致力于中西理论对话，如张世君的《明清小说评点叙事概念研究》（2007）、张同胜的《水浒传诠释史论》（2007）；（7）对明清小说评点中的核心概念和范畴进行梳理和分析，如陈心浩的《明清小说评点范畴研究》（2010）。

---

① 叶朗：《中国小说美学》，北京大学出版社1982年版，第15—16页。

叶朗的《中国小说美学》为小说美学研究的填补空白之作，全书对李贽、叶昼、金圣叹、毛宗岗、张竹坡、脂砚斋等评点大家的小说理论从美学的角度作了深入分析，并总结和归纳出中国小说美学的基本特点。全书资料翔实、论述严密，为后人的研究打下了一个坚实的基础。

陈洪的《中国小说理论史》对小说理论进行了宏观的总体性研究，阐明各时期思想文化的背景，分析在此背景下小说理论的不同形态、不同蕴涵，并结合小说创作的倾向，来揭示中国小说理论的发展规律。

林岗的《明清小说评点》以还原明清之际盛极一时的中国章回小说叙事理论——评点之学的本来面目为写作目的，梳理了它们的概念渊源、小说理念和批评体系，以及评点家与十七世纪中国社会的特殊关联，并评价了评点之学在中国文学批评史上的地位。

谭帆的《中国小说评点研究》分为两编，上编《小说评点总体研究》对小说评点的历史演变、形态特征、基本类型、价值系统进行了比较系统、全面的考述和评论；下编《小说评点编年叙录》对明清时期二百多种小说评点本的题署、版本、作者、评者、评点形态和主要内容、价值及其影响，逐一作了介绍和评述。全书既有坚实的史料基础，又有一定的理论创新。

吴子林的《经典再生产——金圣叹小说评点的文化透视》运用了文化透视的方法，对金圣叹小说评点的文化特征、话语系统作了深入描述，视野宏阔、论述细致而富有新意。全书从多种新的角度入手，为古代文学理论的现代转化提供了很有说服力的理论经验。

**（二）国外研究现状**

国外对于明清小说评点的研究主要由以下三部分组成：

第一，美国汉学界的研究。代表作主要有陆大伟（David Rolston）的《怎样阅读中国小说》（*How to Read the Chinese Novel*）（1990）、《中国传统小说和小说评点》（*Traditional Chinese Fiction and Fiction Commentary*）（1997），黄卫总（Martin W. Huang）的《中国传统小说评点中的读者与权威》（*Authority and Reader in Traditional Chinese Xiaoshuo Commentary*），浦安迪的《中国叙事学》（1996），王靖宇的《金圣叹及其文学批评》（2004）等。

第二，东亚地区学者的研究。代表作主要有日本学者辛岛骁的《金圣叹的生平及其文艺批评》（1927）、大内田三郎的《金圣叹与〈水浒传〉——以金圣叹的〈水浒〉观为主》（1969）、大木康的《关于明末白话小说的作者和读者》（1988）等。

第三，港澳台地区的研究。代表作主要有台湾陈万益的《金圣叹的文学批评考述》（1976）、张曼娟的《明清小说评点之研究》（1990）等。

**（三）研究述评**

以上研究取得的理论成绩为后人打下了一个坚实的学术基础，主要体现在：（1）相关材料的收集和整理。叶朗、陈洪、谭帆诸学术前辈的筚路蓝缕之功，不容忽视。（2）学术视野的日渐开阔。从早期单一的文学批评研究转向兼及社会、历史、文化语境的阐发。（3）研究的细化和深入。明清小说评点中的一些重要理论范畴，得到了更进一步的理论探讨。过去一些被忽视的评点家和评点本，也逐渐进入研究者的视野。

但是，在肯定其成绩的同时，明清小说评点的研究目前还存在着一定的缺陷和不足：第一，“史”胜于“论”。虽然论从史出是学术研究的基本原则和方法，但是学术研究不能只停留在资料的整理和分类工作上，必须有自己的理论观照，能够发现和建立材料之间的逻辑关联性。这一点在早期研究阶段尤为突出。第二，西方的某些理论体系确实可以对我们的研究起到借鉴和启示作用，但是如果只是从一个或几个既成的理论框架去阐释明清小说评点的材料，这样的研究从表面上看起来是在增强我们民族的理论自信，实际上只是把中国独特丰富的审美材料沦为印证西方话语的附庸。第三，美学虽然是哲学的一个分支，但是二者在思维观念、研究方法上存在较大差异，同时期哲学思想的把握固然可以促进对美学理论的理解，但如果过于从形而上的哲学体系去诠释美学材料，总有点隔靴搔痒之嫌，不能领悟到美学的精髓和实质。

## 三、本书的思路和框架

谭帆在《论小说评点研究的三种视角》中认为小说评点可从以下三个角度进行研究：第一，从评点与中国古代小说创作史的关系中揭示小说评点的价值；第二，从评点与中国古代传播史的关系中研究小说评点的独特内涵；第三，从评点与小说理论批评史的关系中评判小说评点的得失。[1] 此文高屋建瓴，为明清小说评点的研究指出了今后的发展方向。

但是，是否只能从以上三种视角来探讨明清小说评点？对明清小说评点的研究是否还可以拓展出新的理论路径？这正是本书思考的重点，也是本书期冀取得理论创新的立足之处。

如前文所言，明清小说评点建立在评点者的文本阅读基础之上，并旨在对其他读者的阅读活动进行引导。评点者在对文本的阅读过程中，以读者的审美经验为核心，一方面从阅读主体的角度分析了阅读过程中审美经验的生成机制，并试图建立一种理想的阅读范式；另一方面则探讨了文本本体与读者审美经验的互动关系，完成了对小说艺术理论的构建。评点最终的理论诉求是要完成对审美经验的超越，提升阅读主体的理性分析能力，完善其道德修养，实现小说的社会功用。因此，对明清小说评点从阅读美学的角度进行深入的研究和认真的分析，就具有重要的理论意义和学术价值。

从目前学界的研究现状来看，虽然有些著作和论文也涉及小说评点中的阅读审美问题，但是笔者认为其论述尚不够充分和深刻，本书希望能从以下几个方面对前人研究有所超越和创新：

一、以阅读美学作为本书的立论核心，对明清小说评点进行全面的梳理。此点有别于已有研究即使论及阅读问题，也只是把阅读理论作为明清小说评点的一个组成部分，而并未意识到其在小说评点体系中的理论统领性。

二、重点探讨读者阅读过程中的审美经验。此点有别于已有研究即使从读者角度来探讨小说评点，也只是着重讨论读者对文本阐释的开放性，而相应忽略了阅读过程中读者审美经验的生成机制以及文本对读者审美经验的规约性。本书不但对阅读过程中的审美经验进行深入剖析，而且还指出明清小说评点最终的理论诉求是要实现对审美经验的超越。

三、采用社会历史分析和文化研究的方法，结合明清小说评点的社会文化语境对其理论特质的成因进行深入探讨。此点可以避免两种理论流弊：第一，对明清小说评点只作文本的内部研究，忽视其与当时文化

① 谭帆：《论小说评点研究的三种视角》，载章培恒、王靖宇主编《中国文学评点研究论集》，上海古籍出版社2002年版，第55—70页。

语境的互动影响。第二，采用机械唯物主义和决定论的方法，对明清小说评点与当时社会的政治、经济、文化之间关系的辨析缺乏细致和深入的材料论证。

本书由三大部分组成。

第一部分是引言，主要阐述三个方面的问题：第一，对本书的研究对象予以界定，指出其历史渊源和形态特征，在此基础上，阐明本书的研究方法和理论意义；第二，对明清小说评点的研究现状进行梳理，并指出其成绩和不足；第三，提出本书的研究思路和框架，对本书各部分探讨的基本问题作出简要概括和阐述。

第二部分是主体部分，共分为五章。第一章从三个方面来分析阅读美学的理论起点，即阅读的自觉问题。首先，评点本身就是一种特殊的阅读方式，而且评点的一个很重要的目的也是要为其他读者的阅读活动提供导引。其次，作为阅读客体的文本，在明清小说评点中得到了相当的重视。明清小说评点家一反传统，倡导“细读”，具有鲜明的“文本意识”。最后，明清小说评点家虽然重视文本，但同时在阅读过程中也侧重从心理层面解释读者的审美经验，其核心是对“读者精神”的张扬。

第二章重在探讨阅读美学的生成语境，即明清小说评点何以关注读者的审美经验。本章分为三节：第一节主要讨论明清小说的出版传播与大众读者的构成，分析通俗文学的兴盛与审美经验凸显之间的关系；第二节从社会政治、哲学思潮和世俗文化三个方面探寻明清小说评点重视审美经验的社会语境；第三节旨在指出明清小说评点重视审美经验的内部成因，即小说评点可以从审美经验的角度，总结出小说有别于其他文体的独特艺术特征，从而确立其文体地位，并对小说的社会作用予以积极的肯定。

第三章从读者的角度分析阅读审美经验，重在探讨读者主体各因素与审美经验之间的关系。本章分为三节：第一节探讨何为“理想的读者”，即明清小说评点家认为在阅读活动中，理想的审美主体应具备什么样的素质和条件；第二节从时间角度对阅读活动中的读者进行分析，辨析不同时间存在方式中的读者审美经验的差异性；第三节从空间的角度对阅读活动中的读者进行分析，分别从阅读环境、语言表述、身体经验等方面探讨阅读审美经验的生成机制。

第四章从文本角度对阅读审美经验进行探讨，指出明清小说评点正是从读者的审美经验出发，完成了对小说艺术理论的构建。第一节从叙述学的角度分析阅读活动中“阅读快感”的产生问题，拟从叙述结构、叙述节奏和叙述视角三个方面来进行探讨；第二节主要分析明清小说评点中人物形象塑造理论的审美倾向，并结合当时的社会文化思想背景，探究其背后的深层原因；第三节重点论述小说语言的美感问题。

第五章探讨明清小说评点的理论诉求及其致思路径。明清小说评点虽以读者的审美经验为理论起点，但其最终的理论目标则是要实现对纯粹的审美经验的超越。这一超越包括两个层面的含义：一是要实现理性对感性的超越，使读者提升对文本的理性认识和分析能力；二是从小说的社会功用出发，通过其评点为读者的审美趣味树立标准，帮助社会大众读者实现在知识、道德和社会角色等不同层面的全面完善。本章分为三节：第一节探讨阅读审美活动中的理性与感性的关系问题；第二节从审美趣味的标准问题入手，分析美与道德的关系；第三节通过分析明清小说评点家的政治理念，重点梳理小说审美与意识形态之间的复杂纠葛。

第三部分是结论。其主要内容包括三个方面：首先，分析明清小说评点的文体形式特征；其次，在此基础上，探讨小说评点的当代价值，指出其对当代文学批评的借鉴意义；最后，试图对小说评点这一批评形态的当代命运作出学理上的分析和预测。

# 第 一 章

# 阅读的自觉：阅读美学的理论起点

小说评点无疑是依附于小说文本而存在的，脱离了小说文本，评点就失去了具体所指，而删去评点，小说仍然保持完整。然而，人们很容易发现，直接阅读小说与参照字里行间的评点阅读是两种截然不同的体验。在直接阅读中，读者的思绪只是顺着人物的作为、情节的曲折自然起伏，很少反思人物如此言行、情节如此铺设的目的是什么，但在参照评点阅读时，我们的思绪常常要被小说文本之外的文字打断，它们提醒我们要反思小说的一字一句如此写来是何意图。我们在体验到直接满足的同时也品味到了另一种乐趣，其间具有巴赫金所谓的复调效果。我们会想到，若是没有这些评点，之前的阅读是如何的疏忽粗浅。显而易见，评点文字固然不能独立存在，但相比于小说的原始文本，评点本小说却是全新的文本。当然，这一点是从读者的阅读经验得出的。

事实上，评点文字本身就是一种阅读经验，评点家们并非完全站在文本之外不动声色地进行理性的分析，而是还有情感的投入；但在情感投入的同时，又在进行理性的评判。就像英美新批评派的细读，评点家们把小说文本一一解析，然后再重新组织，在这解析与组织之间，小说文本的架构和肌质在他们面前豁然显露出来，他们发现了其中的内在线索。不同于新批评派的地方在于，评点家们并不认为自己的阅读是一种单纯的智力游戏，而是一种主动的再创造。在评点者看来，评点文字绝非是小说文本的附庸，相反，它们是饱含了自己思想情感的再创作。评点家们参透了情节的脉络，从人物的遭遇和自身的省悟中理解和同情人物的性格，与叙述者、人物形象形成了密切的碰撞和交流。

从现实情形而言，小说在当时的文坛仍居于诗文之后，但这恰好给予评点者宽松的阅读环境，他们把评点文字看作自己思想情绪的表露，不必过于顾忌作者的原意。不过，评点者的情绪表露也并非是直接而随意的宣泄，而是以小说的艺术法则作为根据，与作者一同进行创作。在此时，正如接受美学所揭示的，文学作品不是一个封闭的结构，而是一个开放的空间。在他们的引导之下，其他读者也会转变被动阅读的模式，与他们一道展开自己的再创作。由此而言，评点者具备了强烈的自主意识，力图在阅读中能动地获得审美快感，也对小说文本进行深层阐释。这显现出与传统的经史阅读和注疏迥然有别的一种阅读态度，表达了一种自由的“读者精神”。

因此，评点在很大程度上是一种阅读学，它是评点家反复阅读的结果，同时又成为其他读者开卷阅读的先导。明清小说评点的兴盛标志着小说阅读的自觉，而这也正是小说阅读美学的理论起点。

## 第一节　阅读和导读

### 一、评点与阅读

美国当代文论家艾布拉姆斯（Meyer Howard Abrams）在《镜与灯》中提出了著名的文学四要素观点，即文学活动由世界、作者、作品和读者四个要素构成。依此观点，文学阅读活动的重心也即存在四种理论上的可能性。明清小说评点以读者主体为重心，注重阅读过程的展现和阅读方法的多样化，并在此过程中实现了阅读的审美化。

#### （一）读者主体的高扬

传统的阅读活动大都以作者和作品为重心，阅读的目的是理解、把握作者或作品的本意。阅读主体在阅读活动中，要尽力消除自身的主观性，设法体量作者置身的历史情境和写作时的心理状态，从而达到对作品真意的领悟。

孟子在和弟子讨论《诗经》时说道：

> 咸丘蒙曰：“舜之不臣尧，则吾既得闻命矣。《诗》云：‘普天之

下，莫非王土；率土之滨，莫非王臣。’而舜既为天子矣，敢问瞽瞍之非臣，如何？”曰：“是诗也，非是之谓也；劳于王事耳不得养父母也。曰此莫非王事，我独贤劳也。故说诗者，不以文害辞，不以辞害志，以意逆之，是为得之。”①

在孟子看来，咸丘蒙的问题就出在他只抓住了个别的诗句，却忽略了对《诗经》意义的整体理解。在此孟子提出了“以意逆志”的阅读原则，“志”是作者创作的目的和意图，也是文学读解的根本目标，读者必须深入到作者的内心世界，一直达到恍然如身历其事、面接其人的程度，否则就无法做出符合作者创作意图和作品原意的解释。

与传统阅读方法不同，明清小说评点家并不认为阅读的目标就是还原作者本意，而是“以我为主”，将阅读当作一种积极的创造活动；当然，小说作者身份的模糊性和小说作为一种虚构文体的特殊性也很难让评点家捕捉到作者本意。金圣叹在《第六才子书读法》中说：“圣叹批《西厢记》是圣叹文字，不是《西厢记》文字。”② 其小说评点也是如此。张竹坡则更进一步说道：“我且将他人炎凉之书，其所以前后经营者，细细算出，一者可以消我闷怀，二者算出古人之书，亦可算我今又经营一书。我虽未有所作，而我所以持往作书之法，不尽备于是乎！然则我自做我之《金瓶梅》，我何暇与人批《金瓶梅》也哉！”③ 哈斯宝更明确倡言：“曹雪芹先生是奇人，他为何那样必为曹雪芹，我为何步他后尘费尽心血？那曹雪芹有他的心，我这曹雪芹也有我的心。……摘译者是我，加批者是我，此书便是我的另一部《红楼梦》。”④

从这三位评点家的宣言来看，作者的创作意图不再是评点者追求的最高和唯一目标，评点不是附着于小说文本的第二性存在，它不但是一个独立自足的个体，而且与小说文本有着同等重要的地位。评点者将自

① 万丽华、蓝旭译注：《孟子·万章上》，中华书局2006年版，第202—203页。

② （清）金圣叹：《金圣叹批本西厢记》，上海古籍出版社1986年版，第21页。

③ （清）张竹坡：《竹坡闲话》，载侯忠义、王汝梅编《金瓶梅资料汇编》，北京大学出版社1985年版，第11页。

④ （清）哈斯宝：《新译红楼梦回批》，亦邻真译，内蒙古人民出版社1979年版，第135页。

己的思想感情、审美趣味乃至整个生命体验都融入到批评对象中去，无论是从评点文字的规模，还是评点者为评点事业所倾注的心力，都可以当之无愧地称为是一种再创作。当文本内涵不符合评点者的审美态度和思想倾向时，他们甚至还会对作品做出某种程度的改编和变动，金圣叹腰斩《水浒传》即为一典型的例子。对于这一案例，自然可以进行多方面的解读，但无论如何，这样的评点态度，无疑充分彰显了读者的主体性，表现了“读者精神”的一种高扬。

**（二）阅读过程的展现**

与传统经史的阅读不同，明清小说评点内容涵盖更为广泛，不仅有对文本的解读结果，更重要的是展现了评点家对文本的具体阅读过程。这使得明清小说评点打破了固化静态的阅读模式，使阅读不只停留于最终的文本阐释，而表现为一种过程性的文学活动。评点家在评点中不仅对自身在阅读过程中的情感、心理的变化有极为细微的披露，而且在对文本的阐释上，也不满足于对阐释结果的直接宣示，而是将阐释结果的获取过程具体展现出来，体现了阅读活动的动态性和丰富性。

金圣叹在《水浒传》的评点中独恶宋江，但他对宋江这一人物的解读，并非对其直接作以定论，而是通过对文本认真的逐步解读过程，一点一点展露自己的心理动态，然后得出自己的结论。金圣叹道：

> 一部书中写一百七人最易，写宋江最难。故读此一部书者，亦读一百七人传最易，读宋江传最难也。盖此书写一百七人处，皆直笔也，好即真好，劣即真劣。若写宋江则不然，骤读之而全好，再读之而好劣相半，又再读之而好不胜劣，又读之而全劣无好矣。夫读宋江一传，而至于再，而至于又再，而至于又卒，而诚有以知其全劣无好，可不谓之善读书人哉?①

宋江在《水浒传》中有不少诨号，如“呼保义”、“及时雨”、“孝义黑三郎”等，可谓“忠”、“孝”、“义”皆备，不但很多读者将其视为梁

① （清）金圣叹：《水浒传》第三十五回回评，《金圣叹批评本水浒传》，岳麓书社2006年版，第406页。

山英雄的代表性人物，就连金圣叹之前的很多评点家，如李贽等人，在褒赞《水浒传》时也必首赞宋江，独金圣叹则不以为然。金圣叹认为宋江乃一虚伪狡诈的盗魁，施耐庵写其他人都用直笔，唯写宋江则不然，表面上虽然对其不吝赞美，实际上则暗藏着不少的深文曲意。所以，金圣叹在评点过程中，对宋江的解读始终注意结合具体文本，这样得出来的结论就不会使人感到突兀，比较容易令读者信服。

如第三十五回，宋江发配路遇花荣，花荣要为他除去刑枷，宋江一本正经地拒绝："贤弟，是什么话！此是国家法度，如何敢擅动！"但其私放晁盖一回，宋江显然是无视"朝廷机密"，"坏国家之法"，有何"忠"可言？金圣叹在这一回批道：

> 如曰：府尹叫进堂，则机密之至也；叫了店主做眼，则机密之至也；三更奔到白家，则机密之至也；包了白胜头脸，则机密之至也；老婆监收女牢，则机密之至也；何涛亲领公文，则机密之至也；就带虞候做眼，则机密之至也；众人都藏店里，则机密之至也；何涛不肯轻说，则机密之至也；凡费若干文字，写出无数机密，而皆所以深著宋江私放晁盖之罪。①

宋江常常把"国家法度"标榜于嘴上，但其在很多事件中的表现和行为却与其言语互相抵牾，金圣叹敏锐地抓住这些文本的缝隙，并将其放大延伸，逐步得出对宋江不"忠"的判断。文中其他评点之处，对宋江"孝"与"义"之"伪"，亦有所揭示。读者在阅读过程中的心理、情感、认知等状态并不是一成不变的，有些心理的波动甚至稍纵即逝，明清小说评点忠实记录了评点者的当下阅读心理反应，虽略显芜杂，却较之成熟的文学评论形态，更能显现阅读活动的原生面貌。

当然，需要注意的是，断定宋江之恶并不代表金圣叹否认《水浒传》中对宋江描写的审美价值，相反，作者匠心独运，塑造了一个复杂的人物性格本身就能制造出独特的审美效果。用直笔写其他人物能做到性格

① （清）金圣叹：《水浒传》第十七回回评，《金圣叹批评本水浒传》，岳麓书社 2006 年版，第 193—194 页。

各异，异彩纷呈，固然令人惊叹；然而，经过金圣叹的解析，读者更容易体会到，用曲笔来写宋江可以造成更加曲折的心理活动，而这正是宋江这一人物所呈现的审美效果的内在原因。从此可以看出，即使有些评点着重剖析人物性格和道德意涵，但其独特的阅读过程和方法也透露出人物塑造的美学内涵。

所以，阅读是一种延展性的活动，明清小说评点并不囿于阅读最终的读解结果，而是以其大量、丰富的材料，向我们展现了阅读的具体过程。评点中的一些互相抵牾之处，也更彰显了阅读活动的丰富性和生动性，这样的批评形式固然尚不成熟精严，却也自有一种活泼的生态和气象。而且最重要的是，对阅读过程的展现有助于其他读者掌握阅读的有效方法，这正是评点的一个根本目标。

### （三）阅读方法的强调

明清小说评点之所以重视阅读活动的具体展开，与其一个重要的目标是分不开的，“授人以鱼，不如授人以渔”，评点既是评点家的一种自身阅读活动，同时也要对其他读者的阅读活动展开引导。明清小说评点家以自身的阅读作为案例，更有利于“导读”这一目标的实现，即让其他读者掌握文本的阅读方法。

明清小说评点家对阅读方法的强调，主要表现在两个方面：

一是要掌握正确的阅读方法，要会读书。何谓会读？首先是端正阅读态度。小说作为一种娱乐性甚强的文体，对它的阅读，却不能只停留于娱乐的层面，不要只当作“故事”和“热闹”来看待，对文本中的各种艺术处理方式和技巧，要认真揣度，并有所领悟。小说评点对小说文法的总结和强调，体现了其对方法论的重视。其次是要独具慧眼，善于发现。文本中的一些“深文曲笔”之处，不能只对其作表面化的肤浅理解，而是要对其反复“细读”，尤其重视文本的一些细节和缝隙之处，并加以自身的独特观照，领悟文本的深意。再次是阅读要具有整体观。不能“一叶障目，不见泰山”，要能对文本的不同部分进行有效联系，对文本局部的理解必须以整体作为认知背景，这样才能对文本做出有效阐释。最后，在阅读过程中须融入读者的全部情感和生命体悟。阅读也是一种艺术的再创作，“不疯魔，不成活”，唯有情感和心灵的全面投入，才能达到一种理想的阅读境界。

二是认为阅读方法不必囿于一规，可以实现阅读方法的多样性。中国传统的文学阅读原则固然提倡“以意逆志”，但同时也认为“诗无达诂”，不能对被阅读的对象作绝对的、单一的理解，而是应对它进行多侧面、多层次、多时空的诠释和发挥。“诗无达诂”最早是由西汉的董仲舒在《春秋繁露·精华》篇里提出来的，“所闻《诗》无达诂，《易》无达占，《春秋》无达辞。从变到义，而一以奉人”[①]。虽然董仲舒在这里谈的是对经学的读解，但是由于它触及了文学阅读的一条重要规律，而被后世的理论家普遍接受并加以改造，在文学领域的影响远远超过了经学领域，从而使“《诗》无达诂”走向“诗无达诂”[②]，并成为中国古代一种开放性的文学阅读原则。既然文学艺术作品具有丰富的多层次的审美意蕴，那么对它的阅读，自然有必要实现阅读方式的多样性。不同的阅读对象应采用不同的阅读方法，即使面对同一阅读对象，不同的阅读方法，也会产生不同的阅读效果，金圣叹所提出的“徐读”、“疾读”、“扫地读之”、“焚香读之”、“对雪读之”、“对花读之”等一系列阅读方法和程式，无不体现了评点家对阅读方法多样化的重视。

### （四）阅读的审美化

当读者在面对他的阅读对象时，阅读对象主要呈现为两种方式的存在，一是作为认识对象而存在，二是作为审美对象而存在。

明清小说评点家在阅读和评点小说时，主要是把小说作为审美对象来看待的。而小说之所以会被看作是一种审美对象，则是与其自身的特性分不开的。金圣叹说：

> 某尝道《水浒》胜似《史记》，人都不肯信，殊不知某却不是乱说。其实《史记》是以文运事，《水浒》却是因文生事。以文运事，是先有事生成如此如此，却要算计出一篇文字来，虽是史公高才，也毕竟是吃苦事。因文生事即不然，只是顺着笔性去，削高补低都

---

① （汉）董仲舒：《春秋繁露·精华》，上海古籍出版社 1989 年版，第 24 页。

② 孙立：《“诗无达诂”与中国古代学术史的关系》，《学术研究》1993 年第 1 期。

由我。[①]

史书毕竟应尊重史实，而小说却是“因文生事”。“以文运事”，文还受事的制约；而“因文生事”，事便彻底成了文的奴仆和材料。金圣叹在这里讨论“文”与“事”之间的关系，强调小说故事的编造应完全服从于文学性的需要，以文学性为追求的最高目标，这里的文学性，从审美的角度而言，也可理解为是一种审美价值。既然在小说创作中“文”重于“事”，那么读者在阅读小说时，也应该把“文”作为关注的首要对象，即将小说看作是一种审美化的存在。

如《水浒传》第二十八回描述武松醉打蒋门神，将到快活林时，书中写道：

> 武松又行不到三四里路，再吃过十来碗酒。此时已有午牌时分，天气正热，却有些微风。武松酒却涌上来，把布衫摊开，虽然带着五七分酒，却装作十分醉的，前颠后偃、东倒西歪。

金圣叹在这里评点这些描写时，称其为“其文也”、“其珠玉锦绣之心也”[②]。也就是说，“醉打”这一细节刻画，对于整个故事的情节发展而言，并无太大的关联性。如果只着眼于“事”的层面，这些描写都可删却，唯其不可删之由，就在于只有“醉打”才是塑造武松形象的神来之笔，才能把一场普通的打斗描写渲染成千古绝唱。金圣叹在评点《水浒传》时，经常为书中高妙的文情所倾倒，赞其“文情如绮”，小说要像云霞山川、花萼翚尾一样，给读者以美的享受。

正是因为小说本身就是具有一种较高审美价值的文体，所以明清小说评点家在进行小说评点时，格外重视阅读过程中的审美性质。他们在对文本进行阅读的过程中，以读者的审美经验为核心，一方面从读者主

① （清）金圣叹：《读第五才子书法》，《金圣叹批评本水浒传》，岳麓书社 2006 年版，前言第 1 页。

② （清）金圣叹：《水浒传》第二十八回回评，《金圣叹批评本水浒传》，岳麓书社 2006 年版，第 331 页。

体的角度分析阅读过程中审美经验的生成机制，并试图建立一种理想的阅读范式；另一方面则探讨文本客体与读者审美经验的互动关系，完成对小说艺术理论的构建。

将小说作为一种审美对象，自然会重视读者在阅读过程中的情感、想象等审美要素，但明清小说评点家并不否认理解等认知能力在阅读过程中的重要作用。这种认知能力，第一，要求读者具备相应的文学素养，只有具有相关的文学知识背景，才能对作者的妙心巧思多有领悟，不但知其美，更知其何以为美。明清小说的诸位评点家本身即都是具有很高文化素养的文人，他们最憎恨的，也是那些将小说仅当故事和热闹看的呆汉。小说不仅要当故事读，更要当文章来读，要领悟小说的为文之妙。第二，在小说阅读的过程中，要善于思考，积极运用综合、判断、推理等一系列理性认知手段，不能完全为情感所左右，更不能为阅读过程中简单直接的情感反应所迷误。因为很多时候，简单直接的情感反应并不能深入领悟到文本的深意，如对宋江这一人物形象的读解，初读之会觉其优，再进行文本前后的认真比照，细读之后，就会发现这一人物形象的复杂性。读者至此虽不一定得出金圣叹对宋江“全劣无好”的断论，但他的分析过程却无疑是要将情感判断和理性推理交相融合，提示一种阅读方法，展现小说为文之妙，同时也在揭示小说审美效果的心理学原理。

## 二、评点与导读

明清小说评点之前的传统文学批评多喜对作品的韵味作反复涵咏和直觉感悟，并用一种诗意的语言将这种幽微的心理体验传达出来。由此，“只可意会，不可言传”便成了传统诗文批评的流行观念。如元好问在《论诗绝句》中便道：“鸳鸯绣了从教看，莫把金针度与人。”①

但金圣叹却对这种“只可意会，不可言传”的批评观不以为然，他希望读者可以做到“观鸳鸯而知金针，读古今之书而能识其经营”②。他

① （金）元好问：《元好问诗词集》，中国展望出版社 1986 年版，第 601 页。

② （清）金圣叹：《水浒传》第十三回回评，《金圣叹批评本水浒传》，岳麓书社 2006 年版，第 147 页。

还说："仆幼年最恨'鸳鸯绣了从教看，莫把金针度与君'之二句，……今日见《西厢记》，鸳鸯既已绣出，金针亦尽度。"① 而其评点也正是以"度人金针"为目的，他对评点曾做过两个生动的比喻：

> 后之人必好读书，读书必仗光明；光明者，照耀其书所以得读也。我请得光明以照耀其书而以为赠之。……后之人必好读书，必又好其知心青衣；知心青衣者，所以霜晨雨夜侍立于侧，并兴齐住者也。我请得转我后身便为知心青衣，霜晨雨夜侍立于侧而以为赠之。②

在这里，金圣叹以"光明"、"知心青衣"比喻自己的评点，强调的正是评点的"导读性"。明清小说评点家将评点看作是一项可传诸后世的千秋事业，对他们而言，评点不再是一种个人性的文学鉴赏和批评，而是具有社会意义和价值的实践活动。他们把自身的评点定位为照耀后人阅读道路的"光明"，后世读者仗此"光明"，才能在阅读的旅途中得以更好地前行。而评点家自身，就是一位与作者和读者都能心心相印的"知心"，这位"知心"以评点文字为媒介和桥梁，得以跨越时间和空间的藩篱，无论"霜晨"抑或"雨夜"，都能"侍立于侧"，与作者和后世读者完成精神的千古沟通和交流。

从美学的角度看，这种导读何尝不是美感的一个重要来源。审美活动通常被视为一种感性活动，但在文学作品中，并不具备一般意义的感性对象，文字的描写、性格的塑造、情节的营造不仅需要想象，而且也需要推理，审美快感也是由此而来的。"度人金针"不单是让读者知其然，亦知其所以然，这便是在内在知觉或想象之外引发理性活动，而这理性活动反过来又使知觉和想象更为细腻丰富，当然也就带来更强烈的审美情感；另外，当读者听到评点家的声音时，他便在与小说交流的同

① （清）金圣叹：《读第六才子书法》，《金圣叹评点才子全集》第一卷，光明日报出版社1997年版，第13页。

② （清）金圣叹：《西厢记》序二《留赠后人》，《金圣叹评点才子全集》第二卷，光明日报出版社1997年版，第5页。

时也与评点者进行交流，这同样会造成复杂的心理效果，有助于增强其审美情感。

### （一）导读的背景

袁无涯刻本《出像评点忠义水浒全传》卷首《发凡》中说：

> 书尚评点，以能通作者之意，开览者之心也。得则如着毛点睛，毕露神采；失则如批颊涂面，污辱本来，非可苟而已也。今于一部之旨趣，一回之警策，一句一字之精神，无不拈出，使人知此为稗官史笔，有关世道，有益于文章，与向来坊刻，夐乎不同，如按曲谱而中节，针铜人而中穴，笔头有舌有眼，使人可见可闻，斯评点所最贵者耳。①

评点是一种沟通作者和读者的方式，其目的在于“通作者之意，开览者之心”，通过揭露书中旨意、评论章回警策、分析字句奥妙，起到对读者的引领作用。就像学习音乐必须掌握曲谱，学习针灸先以铜人做试练，评点家以其精彩的批评文本，使读者耳目得以一新，这是评点最宝贵的价值。

袁宏道在《东西汉通俗演义序》中充分肯定小说评点的导读作用，他举李贽为例，认为正是有了李贽精彩的小说评点，才使得《水浒传》这样的小说流传千古，为世人所喜爱。

> 里中有好读书者，缄嘿十年，忽一日拍案狂叫曰：“异哉！卓吾老子吾师乎?”客惊问其故，曰：“人言《水浒传》奇，果奇。予每检《十三经》或《二十一史》，一展卷，即忽忽欲睡去，未若《水浒》之明白晓畅，语语家常，使我捧玩不能释手者也。”若无卓老揭出一段精神，则作者与读者千古俱成梦境。②

---

① （明）李卓吾：《出像评点忠义水浒全传·发凡》，载陈曦钟、侯忠义、鲁玉川辑校《水浒传会评本》，北京大学出版社 1981 年版，第 31 页。

② （明）袁宏道：《东西汉通俗演义序》，载蔡景康编选《明代文论选》，人民文学出版社 1999 年版，第 330—331 页。

冯镇峦在《读聊斋杂说》中也充分肯定了金圣叹的评点对开启后人阅读接受所起的作用："金人瑞批《水浒》、《西厢》，灵心妙舌，开后人无限眼界，无限文心。故虽小说、院本，至今不废。"① 无论是袁宏道，还是冯镇峦，在这里强调的都是"导读"的重要性。优秀的小说再配以精彩的评点，可谓锦上添花，为小说这一"小道"得以畅通前行，起到了推波助澜的作用。如果没有这些评点者的灵心慧眼，即使是如《水浒传》这般通俗小说中的翘楚之作，也难免为世所轻视或遗忘，正所谓"若无卓老揭出一段精神，则作者与读者千古俱成梦境"。

在中国古代文学批评史上，小说评点者是一个独特的群体，其人员构成复杂，且在很大程度上受小说传播的商业渠道——书坊的控制和影响。有些书坊主甚至亲身参与到评点事业当中，余象斗即是一例。余氏出身于刻书世家，其祖辈在宋时就以刻书而闻名，他能迎合普通读者的需求，较早地将评点引入通俗小说的刊刻之中，并独创了"上评、中图、下文"这种颇富商业效果的小说刊刻的"评林"体式，其现存评点本三种，即《水浒传》、《三国演义》"评林"本和《春秋列国志传》。

小说评点正是在这样的商业传播背景下逐步发展的，普通读者之所以会选择评点本来阅读，看重的正是其"导读性"。尤其当一些文人，甚至文化名人开始加入小说评点的队伍，并以其精彩、高妙的评述赢得普通读者的衷心欢迎和热爱，小说评点的"导读"特点也得以进一步的彰显，从而成为一种公众性的文学批评事业。

### （二）导读的方法

既然"导读性"已成为小说评点的一个重要目的和属性，那么小说评点者如何才能对其他读者的阅读活动进行有效的导引？

要想对其他读者的阅读做出有效的导引，评点者首先需要自己对作品进行深入的细读和研究。金圣叹在《水浒传·楔子》的卷首批道：

> 古人著书，每每若干年布想，若干年储材，又复若干年经营点窜，而后得脱于稿，哀然成为一书也。今人不会看书，往往将书容

① （清）冯镇峦：《读聊斋杂说》，载朱一玄编《聊斋志异资料汇编》，南开大学出版社2002年版，第482页。

易混账过去，于是古人书中所有得意处，不得意处，转笔处，难转笔处，趁水生波处，翻空出奇处，不得不补处，不得不省处，顺添在后处，倒插在前处，无数方法，无数筋节，悉付之于茫然不知，而仅仅粗记前后事迹，是否成败，以助其酒前茶后，雄谭快笑之旗鼓。……吾特悲读者之精神不生，将作者之意思尽没，不知心苦，实负良工，故不辞不敏，而有此批也。①

冯镇峦在《读聊斋杂说》中说：

不会看书人，将古人书混看过去，不知古人书中有得意处，有不得意处，有转笔处，有难转笔处。趁水生波处，翻空出奇处，不得不补处，不得不省处，顺添在后处，倒插在前处。无数方法，无数筋节。当以正法眼观之，不得第以事视，而不寻文章妙处，此书诸法皆有。②

张竹坡在评点《金瓶梅》时亦道：

故做文如盖造房屋，要使梁柱笋眼，都合得无一缝可见；而读人的文字，却要如拆房屋，使某梁某柱的笋，皆一一散开在我眼中也。③

这些评点家在这里强调的都是阅读的重要性，小说评点就是要建立在对作品反复细读的基础之上。对于评点家而言，优秀的小说文本乃是作家苦心经营之作，张竹坡将“做文”比喻为“盖造房屋”，那些创作的“机关”，都被高明的作者在文章中“合得无一缝可见”，这就需要评点家

① （清）金圣叹：《水浒传》楔子回评，《金圣叹批评本水浒传》，岳麓书社 2006 年版，第 2 页。

② （清）冯镇峦：《读聊斋杂说》，载朱一玄编《聊斋志异资料汇编》，南开大学出版社 2002 年版，第 486 页。

③ （清）张竹坡：《金瓶梅》第二回回评，《张竹坡批评第一奇书金瓶梅》，齐鲁书社 1991 年版，第 34 页。

将文章中的“无数方法，无数筋节”一一予以揭示，展现给读者。所以，没有对作品的认真解读，就没有小说评点的诞生。从静态的角度看，评点者在对作品进行反复细读之后，将其诠释和感悟记录于评点文字之中。从动态的角度看，评点者在阅读过程中的心理变化、情感状态也在评点文字中有所显现和揭橥。

如《水浒传》第三十六回“船火儿夜闹浔阳江”中，有一处写宋江的心理活动，宋江在张横船上受了大惊，忽听有人救他，宋江“钻出船上来看时，星光明亮”，金圣叹评论说：“此十一字妙不可说。非云星光明亮照见来船那汉，乃是极写宋江半日心惊胆碎，不复知天地何色，直至此，忽然得救，夫而后依然又见星光也。”① 惊险过后，才能感觉夜色如何，看见天上的星光，听到江中的水声，这样的描写，若非金圣叹以其极具艺术鉴赏力的细读点明其精彩，极有可能就被读者轻轻放过了。

为导读计，明清小说评点家除了在章回细节之处予以详细评述外，还用心归纳出文本的种种读法，其目的就是向读者传授如何进入文本的心得，“懂得读一书之法”，掌握绣出鸳鸯的金针。金圣叹在《读第五才子书法》中道：“吾最恨人家子弟，凡遇读书，都不理会文字，只记得若干事迹，便算读过一部书了。虽《国策》、《史记》，都作事迹搬过去，何况《水浒传》。”② 金圣叹归纳出读书方法，并在文中以自己的读书感受为例，目的就是要教会读者“开尔明月之目，运尔珠玉之心，展尔粲花之舌，为耐庵先生一解《水浒》”③。不仅如此，懂得小说的“文法”，还有利于读者今后阅读活动的展开，一法通而百法通，成为一名“理想的读者”。

正如上文所提“文”与“事”的辩证关系，评点作为导读，目的便在于让读者注意到小说的核心并非“事”，而是“文”；在多数评点家看来，普通读者仅关心“事迹”，从中获得直接的满足，而不关心小说的审

---

① （清）金圣叹：《水浒传》第三十六回夹批，《金圣叹批评本水浒传》，岳麓书社 2006 年版，第 424 页。

② （清）金圣叹：《读第五才子书法》，《金圣叹批评本水浒传》，岳麓书社 2006 年版，前言第 4 页。

③ （清）金圣叹：《水浒传》第二十一回回评，《金圣叹批评本水浒传》，岳麓书社 2006 年版，第 238 页。

美性质。只有懂得文法，读者才能摆脱这种粗浅的阅读，转而沉浸于小说文本为想象所铺设的游戏规则中，游走于各个细微的细节之间，让自己随着“文”的展开体验到审美快感。的确，仅看到造成的房屋也能得到某种快乐，但这种快乐仅仅停留在一刹那间，而如张竹坡所言，如果读者能看透建造房屋的各种“机关”，则快乐便不停留于感官之间，而是调动了判断、推理的各种官能，建立起从手段到目的、从目的到形式的通常线索，从而体尝到更为深入和持久的审美快感。普通读者也会为宋江的惊险遭遇感到惊心动魄，甚至于感到逃脱危险的轻松，但在“细读”的过程中，领会到各种“方法”和“筋节”，则会佩服作家的缜密文思，获得另一番乐趣。所以，评点作为导读，一大目的便是引导读者享受到小说阅读的审美快感。

### （三）导读的意义

审美无疑是评点的重要目的，这在后文将详细描述，除此之外，通过审美的途径，评点还具有以下意义。

首先，小说评点的“导读性”特点使其在中国古代文学批评史上具有特殊的地位和意义。中国古代诗文批评多倡导一种直觉性的欣赏思维方式，严羽称之为“不涉理路，不落言筌”，“羚羊挂角，无迹可求”，“透澈玲珑，不可凑泊”①。他们认为，对本身就具有含蓄朦胧、不受道理言语障蔽等特点的中国古典艺术，接受者只能靠一种艺术直觉方法，如“神遇”、“心悟”、“神会”等，凭借一种特殊的艺术领悟力，对作品的情趣韵味和深层隐奥做直接的领会和把握。这样的直觉性思维方式必然导致在文学批评上也倾向于“只可意会，不可言传”的观念，艺术欣赏在一定程度上成为具有个人性和神秘性的心灵体验，不仅难与外人道之，甚至自己也无法找到合适的语言来对这种欣赏体悟予以恰切的描述。既然这种欣赏体验无法共同分享，那么文本的“导读”自然也只能流于空谈。

明清小说评点家虽在一定程度上继承了中国传统诗文批评重“直觉性”的艺术思维特点，但是他们绝不认为欣赏体验是无法表述和传达的。金圣叹反复强调，他不仅要把绣出的鸳鸯给读者，还要将穿针引线的过程

① （宋）严羽：《沧浪诗话·诗辨》，人民文学出版社1961年版，第23—24页。

一一呈现。无论金圣叹、毛宗岗，还是张竹坡，都强调他们的批评对象是有严整的“法”的文本，所以他们除了以“文”论文，还以“法”论文。“法”即是文本的编织方式，就是穿针引线的过程，评点家所要给予其他读者的，正是文本之“法”。小说文本可依其“法”予以“分解”，张竹坡曾把小说比作房屋，那么评点家就是拆房的高手，必须对文本作一种“分解”式的细读，将文中何处起结、何处关锁、何处照应，一一详细道明，说与读者。这种“分解”批评一反传统批评或以“事”为讨论的中心，或根据直觉感悟品评的作风，对于中国文学艺术批评的发展，无疑是一种推动和进步。

其次，小说评点的“导读性”特点使得它在文学传播中发挥着重要的作用和意义。文本一旦写成或出版，作家的任务也就完成了，作品意义的开掘和提升，则有赖于读者的感悟和发挥。读者又可以分为一般的普通读者和具有较高文学素养的专业读者。刘勰在《文心雕龙·知音》中早就讲过：“兰为国香，服媚弥芬；书亦国华，玩绎方美。”对此，刘永济先生解释道：“文学之事，作者之外，有读者焉。假使作者之情性学术，才能识略，高矣美矣，其辞令华采，已尽工矣，而读者识鉴之粗精，赏会之深浅，其间差矣，有同天壤……盖作者往矣，其所述造，犹能绵绵不绝者，实赖精识之士。”① 这里对读者的作用，特别是像小说评点家这样的“精识之士”对文学传播所起到的作用，给予了充分肯定。

清人黄叔瑛评论毛纶、毛宗岗父子评点《三国演义》好像长了“通身手眼”，能够把“此书所有之奇与前此所未剖之秘”向读者展示无遗：“观其领挈纲提，针藏伏线，波澜意度，万窍玲珑，真是通身手眼。而此书所有之奇与前此所未剖之秘，一旦披剥尽致，轩豁呈露。”②

晚清一位自称觚庵的人在论及《三国演义》之所以会在社会上家喻户晓，是由于“三得力”，其中“一得力”就是毛氏父子的评点推介：

> 《三国演义》一书，其能普及于社会者，不仅文字之力。余谓得

---

① 刘永济：《文心雕龙校释》，中华书局1962年版，第186页。

②（清）黄叔瑛：《第一才子书三国志序》，载朱一玄、刘毓忱编《三国演义资料汇编》，南开大学出版社2003年版，第422—423页。

力于毛氏之批评，能使读者不致如猪八戒吃人参果囫囵吞下，绝未注意于篇法章法句法，一也。得力于梨园弟子……二也。得力于评话家柳敬亭一流人……三也。①

这段话形象地揭示了评点在小说传播中所起的作用，正是因为有了毛氏父子的评点，读者才能对《三国演义》的精彩之处有更深的体会，不致像猪八戒吃人参果，而应像一位美食家，对文本的篇法、章法、句法，都有所领悟，体会到其中的妙处。

中国传统诗文批评多以指导创作为旨归，通过品评范本来树立诗文创作的标准和规范。南宋以来的古文选评虽与小说评点有着深厚的历史渊源，但两者在根本目标上也存在着很大的差异。古文选评者与传统诗论、文论一样，往往以揭示范文之精华为径，以指导写作为归。在明清小说评点中，评点家虽也颇多揭示文法，但其所谓文法并非直接用以指导读者从事小说这种文体的创作，而是指导其阅读。只有掌握了有效的阅读方法，才能更大地激发起读者的阅读兴趣，指引他们进一步的阅读实践。这种纯以“传播”为归趋的小说评点，在中国古代文学批评史上，已成为一个具有独特个性的批评系统，其在文学鉴赏的基础上示人以阅读方法，具有很高的文学传播价值。

最后，明清小说评点对普通读者的导引，不仅有文学上的启迪，更有思想上的感发。明清小说评点家中的佼佼之辈，如李贽、金圣叹，都是极富思想性的文人。而评点又是一种极具个性化的行为，面对小说文本，评点家追求的是那种“一与心会，自笑自歌，歌吟不已，继以呼呵”的境界。进入此种境界，既可无拘无束地交流，又可海阔天空地发挥，评点家不用去考虑是否有违禁忌，而任凭真情实感自然流露。一旦冲破了藩篱，挣脱了羁绊，也就为离经叛道思想的产生和标新立异观点的提出开辟了道路。

如李贽喜谈“佛”与“魔”之类的话题，并由“佛、魔”之论转生出一套迥异于正统尺度的价值和是非标准。他说：“人犹水也，豪杰犹巨鱼

① （清）觚庵：《觚庵漫笔》，载朱一玄、刘毓忱编《三国演义资料汇编》，南开大学出版社2003年版，第437页。

也。欲求巨鱼，必须异水；欲求豪杰，必须异人。此的然之理也。……今若索豪士于乡人皆好之中，是犹钓鱼于井也，胡可得也！……古今圣贤皆豪杰为之，非豪杰而能为圣贤者，自古无之矣。”① 所谓豪杰，即有个性甚或有欠缺的人物，所以不能“乡人皆好”。但李贽认为，只有这样的人物才可能成为“圣贤”，而那些看起来纤尘不染者反无成为“圣贤”的希望。

在批点《水浒传》时，“佛魔不二”的观念也成为李贽臧否人物的出发点。李贽在鲁智深大闹五台山一回批道：“此回文字分明是个成佛作祖图。若是那班闭眼合掌的和尚，绝无成佛之理。何也？外面模样尽好看，佛性反无一些。如鲁智深吃酒打人，无所不为，无所不作，佛性反是完全的，所以到底成了正果。算来外面模样看不得人，济不得事，此假道学之所以可恶也与。”② 此外，李贽对李逵、武松、阮氏兄弟等对社会成法反抗激烈者，也大多冠以“佛”名，这种赞赏“有瑕疵”之“真”的观点，由其小说评点更进一步推广出去，在当时产生了很大的影响，形成了晚明狂放思潮的中坚。

毛氏父子虽然在评点《三国演义》时总体的思想倾向是“拥刘反曹”，但在一些具体细节的评点上，也时不时会冒出一些惊世骇俗的异端之论。例如，在第四回总评中，对曹操“宁使我负天下人，休教天下人负我”的言论大加辩护：

> 读书者至此，无不诟之詈之，争欲杀之矣。不知此犹孟德之过人处也。试问天下人，谁不有此心者，谁复能开此口乎？至于讲道学诸公，且反其语曰：“宁使人负我，休教我负人。”非不说得好听，然察其行事，却是步步私学孟德二语者，则孟德犹不失为心口如一之小人。而此曹之口是心非，反不如孟德之直捷痛快也。吾故曰：“此犹孟德之过人处也。”③

---

① （明）李贽：《与焦弱侯》，《焚书》卷一，中华书局1975年版，第3页。

② （明）李贽：《水浒传》第三回回评，载陈曦钟、侯忠义、鲁玉川辑校《水浒传会评本》，北京大学出版社1981年版，第121页。

③ （清）毛宗岗：《三国演义》第四回回评，《毛宗岗批评本三国演义》，岳麓书社2006年版，第24页。

这里赞赏曹操“心口如一”、“直捷痛快”，与李贽一贯反对口是心非、要求肯定“人欲”合理性的思想是一脉相承的。这种思想符合新兴市民阶层的观念，更易获得大众读者的赞赏和认同。

这些小说评点中与正统思想相悖之处，更易获取一般读者的认可和青睐。这些“异端”言说犹如划过长空的道道闪电，引发人深思，促使人觉悟，其“导读”之意义，早已越过文学之范围，而进入思想之领域。优秀的小说评点家不仅要具有一流的文学欣赏力，更要有深邃的思想穿透力。今世如易中天等人的“麻辣评点”，在某种意义上，亦可看作是这种特色的流风余韵。

## 第二节　文本意识的自觉

明清小说评点作为一种批评形式，与其所评点的文本具有一种高度的互文性。离开小说文本，我们将无法对小说评点做出一个恰切的理解和评价。这种批评形态与批评对象交融在一起，并相互作为对方的阐释背景而存在。与批评对象紧密结合的形式特征显现了明清小说评点高度的“文本意识”，但这种显现还只是一种来自外部的证明，小说评点所体现的“文本意识”的自觉，还可以从以下几个方面进行更为内在和深层次的解读。

### 一、文学性：评点的对象

“为了说明诗如何重要，首先必须弄清它究竟是什么。迄今为止，这个第一步做得极不妙。”① 瑞恰慈在其理论生涯开始时，就给自己，同时也给未来的新批评派，规定了这样一个任务。

同理，为了说明小说如何重要，首先也必须弄清它是什么。作为一种人的与现实环境相关联的意识活动，小说与其他此类活动有什么区别，也就是说，小说与现实的关系有什么特殊点呢?

从语源来看，“小说”一词最早见于《庄子·外物》：“饰小说以干县令，其于大达亦远矣。”与《庄子》的用法相近似，《荀子·正名》中

---

① 赵毅衡：《重访新批评》，百花文艺出版社2009年版，第1页。

有这样一段话："故知者论道而已矣，小家珍说所愿皆衰矣。"《庄子》、《荀子》对照来看，先秦时期的"小说"只是一种贬义的泛称，指各种不合于大道的肤浅、琐屑言论。

至东汉初年，桓谭在《新论》中道："小说家合丛残小语，近取譬论，以作短书，治身理家，有可观之辞。"稍后，班固在《汉书·艺文志》中又对"小说家"作了更为详细的说明。《汉书·艺文志》的"诸子略"共列儒、道、阴、阳等十家，小说家列名最末。他的解释是："小说家者流，盖出于稗官。街谈巷语，道听途说之所造也。孔子曰：'虽小道，必有可观者焉。致远恐泥，是以君子弗为也。'然亦弗灭也。闾里小知者之所及，亦使缀而不忘。如或一言可采，此亦刍荛狂夫之议也。"班固的"稗官"说影响甚为深远，以致不少人把文学小说径直称为"稗官"。但班固并没有对何为"稗官"，以及它与"小说"的关系，做出明确说明。①

班固以后，"小说"仍然保持为文体名称，但其范围日趋扩大，各种内容的著作，只要不是宏论大文，都有可能归入此类。明清两代是小说创作的黄金时期，以小说评点为代表，人们开始对小说的文学特质和文体特征进行自觉和有效的理论探讨。

李贽在评点《水浒传》时道："《水浒传》事节都是假的，说来却似逼真，所以为妙。常见近来文集，乃有真事说做假者，真钝汉也！何堪与施耐庵、罗贯中作奴。"② 李贽明确承认《水浒传》之"假"，不仅为小说创作指出了虚构的正路，而且将小说从稗官野史、笔记杂录的母体中剥离出来，对这一文体的属性做出了最基本的规定。

金圣叹在继承李贽等前辈的理论的基础上，对小说这一文体的本质特征做出了进一步的探讨。在《水浒传》第二十八回，金圣叹批道：

> 夫修史者，国家之事也；下笔者，文人之事也。国家之事，止于

① 对"小说"概念产生和演化的论述参见陈洪《中国小说理论史》，天津教育出版社2005年版，第5—7页。

② （明）李贽：《水浒传》楔子回评，载陈曦钟、侯忠义、鲁玉川辑校《水浒传会评本》，北京大学出版社1981年版，第53页。

叙事而止，文非其所务也。若文人之事，固不止叙事而已，必且心以为经，手以为纬，踌躇变化，务撰而成绝世奇文焉。如司马迁之书其选也。马迁之传伯夷也，其事伯夷也，其志不必伯夷也。……恶乎志？文是已。马迁之书是马迁之文也，马迁书中所述之事则马迁之文之料也。①

在金圣叹看来，同以历史为题材，有两种不同的写法：一种是官史，以实录、叙事为目的，“文非其所务也”；另一种则是“绝世奇文”，包括文人之史与小说，以发挥“珠玉锦绣之心”为目的，“为文计不为事计”。既然“为文计不为事计”，就说明在这一类型的文体创作中，“文”是第一性的，而“事”则是第二性的，金圣叹将二者之间的关系概括为“事为文料”。

那么，“事”如何作“文料”？金圣叹提出的方法是：“有事之巨者而檃栝焉”，“有事之细者而张皇焉”，“有事之阙者而附会焉”，“有事之全者而轶去焉”。② 总而言之，“事”既然是“文”的原料，作者就可以根据“文”的需要对其进行剪裁、夸张，乃至取舍。而同为文学笔法，小说与文人之史在“虚构性”上，也存在着一定程度的区别。他进一步指出：

某尝道《水浒》胜似《史记》，人都不肯信，殊不知某却不是乱说。其实《史记》是以文运事，《水浒》是因文生事。以文运事，是先有事生成如此如此，却要算计出一篇文字来，虽是史公高才，也毕竟是吃苦事。因文生事即不然，只是顺着笔性去，削高补低都由我。③

① （清）金圣叹：《水浒传》第二十八回回评，《金圣叹批评本水浒传》，岳麓书社 2006 年版，第 330 页。

② （清）金圣叹：《水浒传》第二十八回回评，《金圣叹批评本水浒传》，岳麓书社 2006 年版，第 331 页。

③ （清）金圣叹：《读第五才子书法》，《金圣叹批评本水浒传》，岳麓书社 2006 年版，前言第 1 页。

在这里，金圣叹以《史记》与《水浒传》作比，前者是文人之史的代表作，而后者则是典型的小说。虽然在这两种文体中，“文”的地位都高于“事”，但在具体的创作过程中，处理“文”与“事”关系的技巧和原则还是存在着一定的差异。《史记》作为文人之史，虽有史公高才，但毕竟其所记载的“事”属于历史范畴，这就给创作者形成了一定的规约性，不能完全按照自己的主观意愿对“事”进行随意剪裁，而只能“以文运事”，戴着镣铐跳舞。而在小说创作中，故事的编造则完全服从于文学性的需要，以文学性为追求的最高目标。金圣叹指出小说的本质特征是“因文生事”，这种观点也是他的小说艺术理论的基础。金圣叹在第八回评语云：

> 今夫文章之为物也，岂不异哉？如在天而为云霞，何其起于肤寸，渐舒渐卷，倏忽万变，灿然为章也；在地而为山川，何其迤逦而入，千转百合，争流竞秀，窅冥无际也！在草木而为花萼，何其依枝安叶，依叶安蒂，依蒂安英，依英安瓣，依瓣安须，真有如神镂鬼簇、香团玉削也！在鸟兽而为翬尾，何其青渐入碧，碧渐入紫，紫渐入金，金渐入绿，绿渐入黑，黑又入青，内视之而成彩，我望之而成耀，不可一端指也！凡如此者，岂其必有不得不然者乎？夫使云霞不必舒卷，而惨若烽烟，亦何怪于天？山川不必窅冥，而止有坑阜，亦何怪于地？花萼不必分英布瓣，而丑如榾柮，翬尾不必金碧间杂，而块然木鸢，亦何怪于草木鸟兽？然而终亦必然者，盖必有不得不然者也。至于文章，而何独不然也乎？①

金圣叹在这里不惜笔墨，连用比喻，无非还是强调小说中“文”重于“事”的观点。既然“文”重于“事”，那么评点的重心自然也在“文”而不在“事”，金圣叹最恨将小说只作“故事”来读的“呆汉”，要求读者要把小说当作“文章”来读，注重其中的“文法”。他在评点的具体过程中对小说的文法技巧也多有总结，并在小说叙事结构、人物形

①（清）金圣叹：《水浒传》第八回回评，《金圣叹批评本水浒传》，岳麓书社2006年版，第98页。

象、小说语言等方面提出了一系列理论命题，其后的评点家继承并发扬了金圣叹的这一传统，在强调“文学性”的基础上，奠定了中国古代小说艺术理论的整体风貌。

## 二、细读：评点的方法

明清小说评点家把文学作品本身作为文学研究的主要对象，在他们看来，唯有通过对文本的“细读”，方知“其一篇一节一句一字，实杳非儒生心之所构，目之所遇，手之所抡，笔之所触矣。是真所谓云质龙章，日恣月彩，分外之绝笔矣”①。这一点与英美“新批评”有着许多异曲同工之处。

作为“细读法”的基础，金圣叹提出了“文成于难”的观点。他认为，世俗之人都说“文成于易”，把写文章“迅疾挥扫，神气扬扬”的人称作“才子”，其实这是一种很肤浅的看法。真正的才子都是循着“文成于难”的道路进行创作，只有“心绝气尽，面犹死人者”才称得上是才子，其创作也才能达到“字有字法，句有句法，章有章法，部有部法”的水平。

金圣叹在《水浒传》宋江遇难一回批道：

> 尝观古学剑之家，其师必取弟子先置之断崖绝壁之上，迫之疾驰；经月而后，授以竹枝，追刺猿猱，无不中者；夫而后归之室内，教以剑术，三月技成，称天下妙也。圣叹叹曰：嗟乎！行文亦犹是矣。夫天下险能生妙，非天下妙能生险也。险故妙，险绝故妙绝；不险不能妙，不险绝不能妙绝也。……不搁笔，不卷纸，不停墨，未见其有穷尽变出妙入神之文也。笔欲下而仍搁，纸欲卷而仍舒，墨欲磨而仍停。而吾之才尽，而吾之髯断，而吾之目矐，而吾之腹痛，而鬼神来助，而风云忽通，而后奇则真奇，变则真变，妙则真

① （清）金圣叹：《水浒传》第二十五回回评，《金圣叹批评本水浒传》，岳麓书社2006年版，第294页。

妙，神则真神也。①

搁笔、卷纸、停墨，正见行文之难，在金圣叹看来，“险能生妙”，真正的好文章必是作家苦心经营之作，在创作中只有将作家推至一种思维的“绝境”，方能绝处逢生，险中求胜。中国传统诗文创作中也强调“苦思”的重要性，所谓“两句三年得，一吟双泪流”，厚积方能薄发，正是因为有了这思考的密度和情感的积淀，才使得作品具有强烈的艺术震撼力和感染力。金圣叹对平易风格的作品大多不喜，甚至贬斥白居易的诗为“坊厢印板贴壁语”，其原因即在于阅读此类作品不必用心于其间。这种观点也与新批评派的理论颇为相通，兰色姆也认为作品在结构、语言等方面的艺术化处理，往往会使作品的阅读难度增加，而读者通过“障碍赛跑”般的阅读却更能欣赏作品的魅力。

既然“文成于难”，那么要了解文中的奥妙，就必须对文本作一种“分解”式的细读。金圣叹说：“不与分解，却如何可认?”② 又提出：

一部书有如许俪俪洋洋无数文字，便须看其如许俪俪洋洋是何文字，从何处来，到何处去，如何直行，如何打曲，如何放开，如何捏聚，何处公行，何处偷过，何处慢摇，何处飞渡……③

张竹坡在评点《金瓶梅》时提出的读法也是“细读”：

幼时在馆中读文，见窗友为先生夏楚云：我教你字字想来，不曾教你囫囵吞。……念文时，即一字一句作昆腔曲，拖长声，调转数四念之，而心中必将此一字，念到是我用出的一字方罢。……读书之法，断不可成片念过去。岂但读文，即如读《金瓶梅》小说，若连片念去，便味同嚼蜡，止见满篇老婆舌头而已，安能知其为妙

① （清）金圣叹：《水浒传》第四十一回回评，《金圣叹批评本水浒传》，岳麓书社2006年版，第477—478页。

② （清）金圣叹：《金圣叹评点才子全集》第一卷，光明日报出版社1997年版，第11页。

③ （清）金圣叹：《读第六才子书法》，《金圣叹评点才子全集》第二卷，光明日报出版社1997年版，第8页。

文也哉！[①]

无论是金圣叹，还是张竹坡，在这里强调的都是“细读”的重要性。“细读”之“细”，可作两个层面的理解：从读者主体的角度而言，即指其在阅读过程中用心之“细”；从文本的角度而言，则指要特别注意文本的细节描写。现代批评家李健吾说：“一个作者，从千头万绪的经验，调整成功他表现的形体；一个读者，步骤正好相反，打散有形的字句，踱入一个海阔天空的境界，开始他摸索的经验。这中间，由于一点点心身的违和，一星星介词的忽略，读者就会失掉全盘的线索。”[②] 韦勒克也认为“细读法”对文学批评必不可少，他说：“因为任何知识分支能够和已经取得进展全靠认真细心地考察其对象，把它们置于显微镜下仔细观察。”[③]

金圣叹在评点宋江这一人物形象时，充分展现了其“细读法”的阅读效果。如小说对宋江冠以“孝义黑三郎”的美名，金圣叹却通过对文本细节的“细读”，得出另一番推论。在第四十三回里，李逵向众兄弟哭诉自己母亲被虎吃了，宋江竟然大笑，金圣叹于此批道：

> 大书宋江大笑者，可知众人不笑也。夫娘何人也？虎吃何事也？娘被虎吃，其子流泪，何情也？闻斯言也，不必贤者而后哀之，行道之人莫不哀之矣。江独何心，不惟不能哀之，且复笑之；不惟笑之而已，且大笑之耶？天下之人莫非子也，天下莫非人子，则莫不各有其娘也。江而独非人子则已，江而犹为人子，则岂有闻人之娘已被虎吃，而为人之子乃复大笑？江谁欺，欺太公乎？作者特于前幅大书宋江不许取娘，于后幅大书宋江闻虎吃娘大笑。所以深明谈忠谈孝之人，其胸中全无心肝，为稗史之梼杌。[④]

---

① （清）张竹坡：《批评第一奇书金瓶梅读法》，载侯忠义、王汝梅编《金瓶梅资料汇编》，北京大学出版社1985年版，第40—41页。

② 龙协涛编：《鉴赏文存》，人民文学出版社1984年版，第317页。

③ ［美］韦勒克：《批评的概念》，张金言译，中国美术学院出版社1999年版，第8页。

④ （清）金圣叹：《水浒传》第四十三回夹批，《金圣叹批评本水浒传》，岳麓书社2006年版，第507页。

在金圣叹看来，宋江既然以“孝”著称，那么就理应将侍奉父母放在首位，“父母在，不远游”，然他虽有太公在堂，却自行浪迹江湖，此为一不孝。按照儒家传统伦理道德，“老吾老，以及人之老”，但宋江却偏不准李逵回乡接母的恳请，此为二不孝。最后，李逵之母不幸被虎所吃，宋江不仅不感到悲切，却放声大笑，这哪里还有一丝“孝义”的影子？通过对文本的“细读”，金圣叹于文本的表层描写之下，看到了宋江这一人物形象更深层面的内涵。

明清小说评点家崇尚“细读”，除了受其文学观之影响，从外部来看，还存在着两个方面的因素。从小说评点的历史渊源来看，宋代的古文选评与小说评点的关系可谓十分密切。宋代影响最大的古文评点范本有三种：吕祖谦的《古文关键》、谢枋得的《文章轨范》、楼访的《崇古文诀》。古文评点最根本的特征就是通过对具体文章的条分缕析，揣摩古人作文之法。这种特点也影响了其后的小说评点，但小说评点在文本的细致品评的基础上，还涉及人生体验、审美趣味等更深层次的问题，这是为古文选评所不具备的。

除了在方法上受到古文选评影响之外，这种“细读”的观点还受到了佛教思想的影响。明清小说评点诸家大都精研佛理，这也是明清时期文人的一种普遍风尚。李贽的思想言行皆与佛教有着十分密切的关系。他自述中年皈佛的经过：“为儒已半世，贪禄又多年。欲证无生忍，尽抛妻子缘。空潭一老丑，剃发便为僧。愿度恒沙众，长明日月灯。”[①] 金圣叹也好谈佛理，并进一步将其引入文学领域：

> 曼殊室利菩萨好论极微，昔者圣叹闻之而甚乐焉。夫婆娑世界，大至无量由延，而其故乃起于极微，以至婆娑世界中间之一切所有，其故无不一一起于极微。此其事甚大，非今所得论。今昔只借菩萨极微之一言，以观行文之人之心。[②]

① （明）李贽：《剃发》，《焚书》卷六，中华书局1975年版，第231页。

② （清）金圣叹：《西厢记·酬韵》批，《金圣叹评点才子全集》第二卷，光明日报出版社1997年版，第40页。

佛教的宇宙观认为大千世界皆由最小的微粒构成；“极微”既是一种与世界的“无量由延”相对的可分割性，又是万事万物的起源。金圣叹由佛教的这一义理得到启发，在评点文本时，也主张以“极微”眼光来看待作品，要求读者必须“细细详察”，“精切读之”，唯此才能看清毫芒，并体验入微。

### 三、形式：评点的重心

英美“新批评”认为文学批评只能是对文学自身的研究，这种研究必然要探讨文学的内部规律，包括语言、结构、技巧、韵律、隐喻、悖论、矛盾、含混等种种形式因素。[①] 他们以语言为本体，由语言的语义分析，对作品进行认真细致的分析推敲，来寻绎其背后的微言大义。批评家好像把文本置于显微镜之下，注意分析每个词语的选择和搭配、意象的构思和组织，并力图从语言和结构的象征之网中去发现文本意义的痕迹与线索。

明清小说评点家在进行小说评点时，也非常注重对字面义与字外义、文字的象征意与喻意的把握，可谓是“文字之三昧”的真正解人。

金圣叹说：“不善读者，每句只作一句读；善读者，每句作两句读。”[②] 又说：“古人用笔，一笔必作数十笔用。”[③] 这说明明清小说评点家已然发现，在特定的情境之下，在整体性的联系之中，文学语言在表层意义之外，具有更多的内涵容量，“可以指你自己的未曾确定的意思，可以是一个词表示几种事物的意图，可以是一种这种东西或那种东西或两者同时被意指的可能性，或是一个陈述有几重含义”[④]。这实际强调的正是英美“新批评”所揭示的文学语言的一个基本特征：多义性或

---

① ［英］拉曼·塞尔登编：《文学批评理论——从柏拉图到现在》，刘象愚等译，北京大学出版社2000年版，译序第15页。

② （清）金圣叹：《古诗解》，《金圣叹评点才子全集》第一卷，光明日报出版社1997年版，第870页。

③ （清）金圣叹：《古诗解》，《金圣叹评点才子全集》第一卷，光明日报出版社1997年版，第872页。

④ ［英］威廉·燕卜逊：《朦胧的七种类型》，周邦宪译，中国美术学院出版社1996年版，第7页。

"朦胧"。

《水浒传》第三回，写鲁智深打死镇关西郑屠后，逃到了代州雁门县，金老把他接到家中，小说写道："请到楼上坐定。老儿吩咐道：'我儿陪侍恩人坐坐，我去安排饭来。'"金圣叹在此夹批云："此句有三妙在内，不可不悉。一是视鲁犹父，一是女儿娇养惯，老儿烧火惯，一是语中明明露出嫌疑，为员外来捉之线。"[①] 为什么一句话有"三妙"呢？按照金圣叹的分析，金老的一句话除了字面的意义外，还包含了另外三层意思：一是反映了金老对鲁智深的感激之情；二是流露出金老对女儿的溺爱；三是隐约透出可疑之点，为赵员外带人来捉做了铺垫。很明显，如果离开了小说的上下文，是不可能看出这另外三层意思来的。

金圣叹的分析与新批评派的"语境"理论颇有相通之处。瑞恰慈也认为，"语境"对于理解词汇的内在含义十分重要。他说，词汇意义的功能"就是充当一种替代物，使我们能看到词汇的内在含义。它们的这种功能和其他符号的功能一样，只是采取了更复杂的方式，是通过它们所在的语境来体现的"[②]；"最一般地说，'语境'是用来表示一组同时再现的事件的名称，这组事件包括我们可以选择作为原因和结果的任何事件以及那些所需要的条件"[③]。

除了注重分析文学文本的语言，明清小说评点家对文本中"意象"的作用也十分重视，尤其侧重小说中反复出现的"意象"。如金圣叹评景阳冈武松打虎中出现19次的"哨棒"、潘金莲与西门庆私情中叙及16次的"帘子"，以及林冲风雪山神庙中反复出现的"火"。金圣叹指出，这些意象的反复出现，并不是一种偶然和巧合，而是有着深远的用意。它们一方面对故事情节的发展起到衍生作用；同时还充当着行文的线索，发挥着独特的结构功能。[④]

试以"帘子"为例。"帘子"第一次出现是在小说的第二十三回，武

① （清）金圣叹：《水浒传》第三回夹批，《金圣叹批评本水浒传》，岳麓书社2006年版，第41页。

② 赵毅衡编：《"新批评"文集》，中国社会科学出版社1988年版，第294—295页。

③ 赵毅衡编：《"新批评"文集》，中国社会科学出版社1988年版，第334页。

④ 吴子林：《经典再生产——金圣叹小说评点的文化透视》，北京大学出版社2009年版，第160页。

大领武松回家，“叫一声音，‘大嫂，开门。’只见帘子开处，一个妇人出到帘子下”。从此，作者“一路便勤叙帘子”①。潘金莲挑逗武松的那一天，她“独自一个，冷冷清清，立在帘儿底下等着。只见武松踏着那乱琼碎步归来。那妇人揭起帘子，陪着笑脸迎接……”帘子的这第三、第四次的出现，使读者隐约意识到，帘子可能昭示着某个事件的发生。武松去东京之时和其后，作者又三次提到帘子，读者的预感也因而得到更进一步的强化。终于，潘金莲叉帘子失手打到了从帘下走过的西门庆，自此情节愈发紧张，在接下来的一系列场面中，“帘子”一再出现，直到武松回来，“到门前揭起帘子”，终于将矛盾冲突引向了最高潮。金圣叹于此批道：“同是帘子字，此处便写得惨淡无光。”②

这种对于反复出现的“意象”的重视也被清代许多小说评点家所取法和效仿，如张竹坡在《金瓶梅》的评点中，即运用数学统计的方法对文本中的“意象”进行有效诠释。如第十三、第十四两回的回评中对“墙”、第二十七至第二十九回中对“鞋”的分析。

英美“新批评”认为文本是一个由各部分互相作用的关系网所构成的、充满生命的整体。布鲁克斯说：“文学批评主要关注的是整体，即文学作品是否成功地形成了一个和谐的整体，组成这个整体的各个部分又具有怎样的相互关系。”③ 受传统文学批评重整体直观的影响，明清小说评点家也强调对文本作整体把握，金圣叹说：“凡人读一部书，须要把眼光放得长。如《水浒传》七十回，只用一目俱下，便知其二千馀纸，只是一篇文字，中间许多事体，便是文字起承转合之法。若是拖长看去，却都不见。”④ 这表明金圣叹能透过文本表面的叙述性文字和情节等要素，把握住作品有机而统一的内在结构。

明清小说评点家在读解他们所批评的文本时，存在着强烈的以空间

① （清）金圣叹：《水浒传》第二十三回夹批，《金圣叹批评本水浒传》，岳麓书社 2006 年版，第 261 页。

② （清）金圣叹：《水浒传》第二十五回夹批，《金圣叹批评本水浒传》，岳麓书社 2006 年版，第 297 页。

③ 赵毅衡编：《“新批评”文集》，中国社会科学出版社 1988 年版，第 203—204 页。

④ （清）金圣叹：《读第五才子书法》，《金圣叹批评本水浒传》，岳麓书社 2006 年版，前言第 1 页。

结构形式为中心来把握作品的倾向。毛宗岗父子在评点《三国演义》时道：

> 《三国》一书，有首尾大照应、中间大关锁处。如首卷以十常侍为起，而末卷有刘禅之宠中贵以结之，又有孙皓之宠中贵以双结之，此一大照应也。又如首卷以黄巾妖术为起，而末卷有刘禅之信师婆为结之，又有孙皓之信术士以双结之，此又一大照应也。照应既在首尾，而中间百余回之内若无有与前后相关合者，则不成章法矣。于是有伏完之托黄门寄书，孙亮之察黄门盗蜜以关合前后；又有李傕之喜女巫，张鲁之用左道以关合前后。凡若此者，皆天造地设，以成全篇之结构者也。然尤不止此也，作者之意，自宦官、妖术而外，尤重在严诛乱臣贼子，以自附于《春秋》之义。故书中多录讨贼之忠，纪弑君之恶。而首篇之末，则终之以张飞之勃然欲杀董卓；末篇之末，则终之以孙皓之隐然欲杀贾充。①

毛宗岗认为此结构模式是出于作者别具深意的构思安排，在此后的回评和夹批中，他不断以文本为根据，来证明此看法。既然作者苦心孤诣在文中布下了这层层机关，读者在阅读时就不能轻轻放过，否则，一则难免辜负作者的灵心巧思，所谓“俏眉眼作给瞎子看”；二则也难以实现对文本的整体和深度的理解。

### 四、对话：评点的旨归

明清小说评点在走向文本的“细读”道路上，与英美“新批评”有许多相通之处，但它们毕竟生成于不同的文化语境，与英美“新批评”忽视文本与读者、作者之间的关系不同，明清小说评点采用的是“心理解释方法”，其旨归是走向评点者、文本与读者三者的有效沟通和对话。

文本是三者中最重要的一环，没有文本的存在，就没有评点，也不会有其他读者的阅读行为。文本是三方对话的前提和基础。而且评点本

---

① （清）毛宗岗：《读三国志法》，载朱一玄、刘毓忱编《三国演义资料汇编》，南开大学出版社 2003 年版，第 266 页。

身不具有完全的独立性，尤其是一些内容简短的评点，如果脱离了具体文本语境，就会不知所云。例如，很多评点简略之处只用“好”、“妙”等一两个字眼即匆匆带过，此时，如不对照文本细细体味其“妙”在何处，自然会有莫名其妙，不知所云之感。所以，其他读者对评点的理解必须借助于文本来实现。

评点者也是读者，但其又不是普通读者，他是以“理想的读者”、“文本代言人”的身份而出现的。在对文本的阐释上，评点者虽然以其“灵心妙眼”所做出的精彩读解，使其他读者在阅读过程中时时会有“柳暗花明”、“醍醐灌顶”之感；但这种阐释的“优先权”也会对其他读者的阅读形成一种话语的权力压迫，甚至在某种程度上会阻滞其他读者的阅读积极性的发挥，限制他们的想象力，并将其对文本的理解限于一定之见。评点的形式特征，尤其是文本中的夹批更是对其他读者的阅读构成了一种“强制性”。同时，评点对文本的大量变动，会遮蔽文本的原初面貌，如金圣叹针对宋江所对《水浒传》做的大量“改写”工作，硬把一个好汉英雄，“修整”成权诈虚伪的阴谋家。这无疑也会对其他读者的阅读形成一定的误导。

明清小说评点家所希冀的对话，是以其自身评点为核心，评点在对话中占有绝对的优先位置。“通作者之意”的同时，也在据“评点之意”对文本随手进行删改；而“开览者之心”，则是将自身从普通读者队伍里分离出来，居高临下地对其他读者的阅读活动进行引导和规范。事实上，这并不是一种理想的对话关系，真正理想的对话，只能以文本为中心，当其他读者与评点家对文本的理解存在差异时，应该允许阐释的多样性，并以文本为最高解决原则，这样才能保证对话的顺利进行。

## 第三节　读者精神的兴起

“读者精神”的理论实质，是在以文本为中心的同时，强调读者阅读的“主体性”，即发掘出作者所未能言、不能言和所以言的丰富意蕴。读者的阅读过程，渗透着其情感与想象，倾注了其才识与抱负，乃至融入了主体的全部生命体验。同时明清小说评点家在进行小说评点时，还能跳出个体的阅读范围，观照到自身以外的广大读者群，这种对读者的全面关注才是一种真正的读者精神。

## 一、读者的阅读审美经验

对于读者而言，阅读所面临的第一个问题，乃是选取何种文本作为自己的阅读对象。在进行选择的过程中，能否重视自身的阅读审美经验，是判断一个阅读主体是否具有“读者精神”的首要标准。

以金圣叹为例。在《水浒传・序三》中，他说：“吾年十岁，方入私塾，随例读《大学》、《中庸》、《论语》、《孟子》等书，意惛如也。”[①] 这使他厌倦了私塾的生活，而去另寻自认有价值的作品来读，金圣叹回忆道：

> 身体时时有小病。病作，辄得告假出塾。吾既不好弄，大人又禁不许弄，仍以书为消息而已。吾最初得见者，是《妙法莲花经》。次之，则见屈子《离骚》。次之，则见太史公《史记》。次之，则见俗本《水浒传》。是皆十一岁病中之创获也。《离骚》苦多生字，好之而不甚解，记其一二句吟唱而已。《法华经》、《史记》解处为多，然胆未坚刚，终亦不能常读。其无晨无夜不在怀抱者，吾于《水浒传》可谓无间然矣。……吾犹自计十一岁读《水浒》后，便有于书无所不窥之势。[②]

金圣叹从自身的阅读体验出发，将《水浒传》与《史记》、《庄子》等经典并列，认为它们具有同等的文学价值，并说：“天下之文章无有出《水浒》右者，天下之格物君子无有出施耐庵右者！”[③] 又说：“夫古人之才，世不相沿，人不相及：庄周有庄周之才，屈原有屈原之才，降而至

① （清）金圣叹：《水浒传・序三》，《金圣叹批评本水浒传》，岳麓书社 2006 年版，前言第 11 页。

② （清）金圣叹：《水浒传・序三》，《金圣叹批评本水浒传》，岳麓书社 2006 年版，前言第 11 页。

③ （清）金圣叹：《水浒传・序三》，《金圣叹批评本水浒传》，岳麓书社 2006 年版，前言第 11 页。

于施耐庵有施耐庵之才，董解元有董解元之才。”① 这是何等眼光，何等胆气！

明清两代的小说创作和评点虽取得一定成绩，但就当时的文坛而言，小说仍是屈尊诗文之后的末流，很多传统文人仍然将小说看作“诲淫诲盗”之作，明代归庄《诛邪鬼》云：

> 苏州有金圣叹者，其人贪戾放僻，不知礼义廉耻，又粗有文笔以济其邪恶。尝批《水浒传》，名之曰《第五才子书》，镂版精好，盛行于世。余见之曰：“是倡乱之书也！”未几，又批评《西厢记》行世，名曰《第六才子书》。余见之曰：“是诲淫之书也！”又以《左传》、《史记》、《庄子》、《离骚》、杜诗与前二书并列为“六才子”，以小说、传奇跻身之于经、史、子、集。固已失伦，乃其惑人心，坏风俗，乱学术，其罪不可胜诛也！有圣王出必诛之而不以听者也！②

在阅读活动中，我们似乎总是存在着这样一个误区，即对“阅读快感”的警惕甚至排斥。优秀的作品是让人深思，而非沉溺的；这沉思考验着我们的理智和认知，而非沉溺所带来的迷醉。对带给我们“快感”的作品，我们从情感上认同，却又总站在理性的高度对其加以蔑视和贬斥。我们为自己迷恋金庸、琼瑶而感到“羞愧”，但又难以摆脱他们的作品所带给我们的审美体验。为什么这种最原初、最基本的审美体验让我们如此“难以启齿”，以至我们在评价一部作品时，宁愿去生搬硬套各种理论模式，也不愿信任切身的阅读经验？

评价一部作品的标准是多元的，你可以从很多方面来确证它是否是一部优秀的作品。审美的角度只是一种独特的评价模式，审美经验本身也并不包含任何形而上学观念和价值的评判。金庸的作品你可以认为它是荒诞不经的，琼瑶的作品你也可以认为它是严重脱离现实的，但是如

① （清）金圣叹：《水浒传·序一》，《金圣叹批评本水浒传》，岳麓书社 2006 年版，前言第 8 页。

② （明）归庄：《诛邪鬼》，《归庄集》卷十，中华书局 1962 年版，第 499—500 页。

果单从审美的角度而言，它们都是成功的作品。有的作品以“真”取胜，有的作品以“善”为长，那么，也有一些作品以“美”作为它最核心和基本的诉求。对于这类作品，只要能够积极有效地唤起读者的阅读审美经验，就已经完成了自身的使命。通俗小说可以看作是一种“美”文学，明清小说评点也正是由此入手，建构起自己的小说阅读模式的。所谓“读者精神”的第一要素，就是对阅读主体审美能力的高度重视和肯定。

## 二、作为“知音”的读者

在明清小说评点家看来，只有发扬“读者精神”，才能使文本的诠释与作者的意图相契合，从而成为作者的知音。金圣叹说：“读者之精神不生，将作者之意思尽没。”① 又说：“读者之胸中有针有线，始信作者之腕下有经有纬。”②

小说评点派成员的构成情况有三种：一是小说作者自身；二是小说作者的故旧亲朋，他们一般与作者有一定程度的交往，故而认为自己在阅读小说时深得作者之用心；三是与作者未曾谋面者，甚至与作者不是同时代人，但他们在对作品进行评点时，也往往会认为自己深得作者之用心，主要是作者之“文心”。那么，如何才能在阅读和评点的过程中做到与作者心心相印，成为作者的知音呢？

首先，必须体味作者创作之“情”。明清小说的很多评点者，与作者有着一定的关系，这其中尤以脂砚斋为代表。作为与作者关系亲密之人，自然认为可以体会作者之意，并在评点中处处有所流露。《红楼梦》开卷第一回就有一段朱笔眉批，将批者脂砚斋与作者曹雪芹相提并论：“今而后惟愿造化主再出一芹一脂，是书何幸，余二人亦大快遂心于九泉矣。”③当然，也有批评者与作者素昧平生，甚至不是同时代人而自认为与作者心心相印者，张竹坡就是典型的一例。他说：

---

① （清）金圣叹：《水浒传》楔子回评，《金圣叹批评本水浒传》，岳麓书社2006年版，第2页。

② （清）金圣叹：《水浒传》第九回回评，《金圣叹批评本水浒传》，岳麓书社2006年版，第110页。

③ （清）脂砚斋：《红楼梦》第一回眉批，《脂砚斋批评本红楼梦》，岳麓书社2006年版，第5页。

迩来为穷愁所迫，炎凉所激，于难消遣时，恨不自撰一部世情书，以排遣闷怀。几欲下笔，而前后结构，甚费经营，乃搁笔曰：我且将他人炎凉之书，其所以前后经营者，细细算出，一者可以消我闷怀，二者可以算出古人之书，亦可算我今又经营一书。①

在张竹坡看来，《金瓶梅》一书是其作者为“泄愤”而作。“《金瓶梅》，何为而有此书也哉？曰：此仁人志士、孝子悌弟不得于时，上不能问诸天，下亦不能告诸人，悲愤呜唈，而作秽言以泄其愤也。”②“作者不幸，身遭其难，吐之不能，吞之不可，搔抓不得，悲号无益，借此以自泄。其志可悲，其心可悯矣。”③如此，批书之人与作书之人皆是为“穷愁所迫”、“炎凉所激”，而要“排遣闷怀”，岂非身处同境，更能体会作者之深意乎？

明清小说评点家的重“情”，一方面表现在重视文本的情感表达，他们认为优秀的作品，应是“深情之作”；另一方面他们认为作为一个文学鉴赏和批评者，必须具有极强的感受力，这种感受力与理解力交织在一起，才能实现与作者的心心相通。

其次，要具有良好的文学修养和鉴赏能力，能领悟到作者为文之“精妙”。仅以但明伦评《聊斋志异》之《王桂庵》篇为例。

文夭矫变化，如生龙活虎，不可捉摸。然以法求之，只是一蓄字诀。前於葛巾传论文之贵用转之诀矣；蓄字诀与转笔相类，而实不同，愈蓄则文势愈紧，愈深，愈矫，愈陡，愈纵，愈捷：盖转以句法言之，蓄则通篇法言也。朗吟诗而女似解其为己，且斜瞬之，此为一伸；拾金而弃之，若不知为金也者，为一缩。覆蔽金钏，又

① （清）张竹坡：《竹坡闲话》，载侯忠义、王汝梅编《金瓶梅资料汇编》，北京大学出版社1985年版，第11页。

② （清）张竹坡：《竹坡闲话》，载侯忠义、王汝梅编《金瓶梅资料汇编》，北京大学出版社1985年版，第9页。

③ （清）张竹坡：《竹坡闲话》，载侯忠义、王汝梅编《金瓶梅资料汇编》，北京大学出版社1985年版，第10页。

伸；解缆径去，又缩；沿江细访，并无音耗，又再缩；复南而曩舟殊渺，半年资罄而归，又再缩；至于合欢有兆，佳梦初成，明探蕉窗，已呈粉黛，相逢在此，老父何来，此借梦中而又作一伸，又作一缩。重游京口，再至江村，马缨之树依然，舟中之人宛在，妖梦可践，金钏犹存，至告以妾名，示以父字，极力一伸矣；乃讯之甚确，绝之益深，来时一团高兴，不啻冷水浇面，又极力一缩。倩冰矣，委禽矣，孟不以利动为嫌，女不以还婚为却，计已遂矣，礼已成矣，至此有风利不得泊之势，疑其一往无余矣，此则伸之又伸。试掩卷思之，欲再为缩住，真有计穷力竭，莫可如何者。乃展卷读之，平江恬静之际，复起惊涛；远山迤逦而来，突成绝壁。积数载之相思，成三日之好合，一句戏言犹未了，满江星点共含悲，此一缩出人意表，力量极大极厚。往下看去，又生出一番景象，有如古句所云"山穷水复疑无路，柳暗花明又一村"者。至大收煞处，犹不肯遽使芸娘出见，而以寄生认父，故作疑阵出之。解此一诀，为文可免平庸、直率、生硬、软弱之病。①

但氏此评，可谓深得该篇文法之精妙。"蓄"含有积聚和等待的意思，用以叙事，则指行文中善于积势待发，即一伸一缩，逐步层层推进，文势回环而进，情节曲折向前，给人一种时而兴奋、时而惋惜的审美愉悦。王桂庵江岸泊舟遇见芸娘，被她的"风姿韵绝"所打动，吟诗传情达意。芸娘听后，"似解其为知己，俛首绣如故"，故事似有进展；当王投金，"女拾弃之"，故事一停，至此蓄势；发而为下文王掷金钏，女以双钩覆盖，而船却离岸，王则"心情夹惘"，文至此又一蓄；发而为"梦至江村"，找到芸娘，并结为佳偶。至此故事似乎可以结束了，但王桂庵一句"家有吴尚书之女为妻"的谎言又刺伤了芸娘的自尊心，芸娘一气之下投水自尽，使读者心情又为之一沉。最后以娇儿引出爱妻芸娘，方知她为人所救，终于全家团圆。总之，这篇故事通过一伸一缩，不断蓄势，导致情节推进力度越到后来越大，故事内容越来越丰厚，情节发展

① （清）但明伦：《王桂庵》评语，载任笃行辑校《全校会注集评聊斋志异》，齐鲁书社 2000 年版，第 2357—2358 页。

越来越出人意表，使读者时时在“山重水复疑无路”的审美焦虑中，又能获得“柳暗花明又一村”的审美快感。但明伦总结的“蓄”字诀抓住了作品行文之妙，有效地沟通了作者与读者的审美意会。

最后，把握文本的深层意蕴，实现个体生命的超越。乔治·奇里柯（George Chirico）说：“每一物体有两个视角：平常的视角，这是我们时常的看法，每个人的看法；另一种是精灵式的和形而上的视角，只有少数的个人能在洞彻的境界里和形而上抽象里看到。”① 从《楚辞》到《红楼梦》，从荷马史诗到但丁《神曲》，直至现代艺术的无数伟大杰作，都始终贯穿着艺术家运用形象化的艺术语言对世界所做的富有哲学意味的探求。欣赏者对对象理解的最高层次，必然是对人生形而上的思考和对现实世界的终极体悟。

一般情感兴奋带来的快感，往往是浅薄的激动，不能与对深层意义的永恒领悟所获得的精神愉悦同日而语。据南宋吴曾《能改斋漫录》记载：

> 舍人张孝祥，以廷试第一，移知潭州。因宴客，妓有歌陈济翁《蓦山溪》词者，至“金杯酒，君王劝，头上宫花颤”，张之首不觉自为摇动者数四。座客忍笑，指目者甚多，而张不知也。

南宋词人张孝祥中状元之后在长沙宴客，点歌妓唱陈济翁的《蓦山溪》词，当听到唱“金杯酒，君王劝，头上宫花颤”时，词中所表达的功成名就、踌躇满志之情引起了他的情感共鸣，按捺不住的喜悦之情使他不由自主地摇头晃脑起来，宾客们看在眼里忍不住笑，但他自己却沉浸在扬扬自得的情绪中而全然不知。张孝祥对陈济翁词的欣赏，虽然内心的情感不可谓不强烈，但这种美感体验和享受却是一种低层次的审美愉悦。

① ［英］瓦尔特·赫斯：《欧洲现代画派画论选》，宗白华译，人民美术出版社 1985 年版，第 171 页。

陆机在《文赋》中说道："思涉乐其必笑，方言哀而已叹。"[①] 刘勰在《文心雕龙》中也谈道："谈欢则字与笑并，论蹙则声共泣偕。"[②] 这里谈到的都是文艺欣赏中的一般情感反应。当欣赏者具有很高的人生修养，他对审美对象的观照进入象征层次的理解时，审美快感也就由显露而沉潜，超越一般情感反应的层面而居于精神的顶端，从而获得一种参透人生宇宙的"形而上学的慰藉"。

明清小说评点家对小说的深层哲理意蕴体会颇深，金圣叹在评点中就往往随机生发宇宙人生之慨："何据而忽然谓有瓦官，何据而忽然又谓烧尽，颠倒毕竟虚空，山河不又如梦耶?"[③] 又谓："水浒之始也，始于石碣；水浒之终也，终于石碣。石碣之为言一定之数，固也……阮氏之言曰：'人生一世，草生一秋。'嗟乎！意尽乎言矣……"[④] 这种注重从作品的哲理意蕴深度分析批评的做法，影响了其后的不少小说评点家，如张竹坡评点《金瓶梅》为"一部《史记》"、脂砚斋评点《红楼梦》说"作者具菩提心，提笔现身说法"，等等。这些评语使得小说的阅读，具有了前所未有的浓厚哲理意味，从而颠覆了其"小道"的价值地位，推动了小说的"经典化"进程。

## 三、"评"与"改"

明清小说评点家在进行评点工作时，有着强烈的批评主体意识，评点者常常将自己的评点视为一种艺术再创造活动。金圣叹曾宣称："圣叹批《西厢》是圣叹文字，不是《西厢记》文字。"[⑤] 他批《水浒传》虽无类似宣言，但其批评旨趣却是同一的。张竹坡则更进一步道："我且将他人炎凉之书，其所以前后经营者，细细算出，一者可以消我闷怀，二者

① （西晋）陆机：《文赋》，参见张少康《文赋集释》，人民文学出版社 2002 年版，第 60 页。

② （梁）刘勰：《文心雕龙·夸饰》，参见周振甫《文心雕龙今译》，中华书局 1986 年版，第 330 页。

③ （清）金圣叹：《水浒传》第五回回评，《金圣叹批评本水浒传》，岳麓书社 2006 年版，第 69 页。

④ （清）金圣叹：《水浒传》第十四回回评，《金圣叹批评本水浒传》，岳麓书社 2006 年版，第 155 页。

⑤ （清）金圣叹：《金圣叹批本西厢记》，上海古籍出版社 1986 年版，第 21 页。

算出古人之书，亦可算我今又经营一书。我虽未有所作，而我所以持往作书之法，不尽备于是乎！然则我自做我之《金瓶梅》，我何暇与人批《金瓶梅》也哉！”[①] 哈斯宝更明确倡言：“曹雪芹先生是奇人，他为何那样必为曹雪芹，我为何步他后尘费尽心血？那曹雪芹有他的心，我这曹雪芹也有我的心。……摘译者是我，加批者是我，此书便是我的另一部《红楼梦》。”[②] 评点者将自己的思想感情、审美趣味乃至整个生命体验都融入到批评对象中去，甚至当文本内涵不符合其审美态度和思想倾向时，还不惜改编作品。

这种对于作品的改动主要分为两种情况：一是从审美出发，即从艺术性的角度对作品加以润饰；二是为了凸显和印证评点者的思想观点，对作品进行相应的变动和加工。金圣叹在评点《水浒传》时，不仅对文本语言等细节作局部的润饰和修改，甚至还腰斩了《水浒传》。金圣叹为什么要在评点《水浒传》的同时对其进行大量改动呢？

金圣叹在《水浒传·序二》中说：“削忠义而仍《水浒》者，所以存耐庵之书其事小，所以存耐庵之志其事大。虽在稗官，有当世之忧焉。后世之恭慎君子，苟能明吾之志，庶几不易吾言矣哉！”[③] 他所说的当世之忧包括两个方面：一是忧天下纷乱，揭竿斩木者此伏彼起；二是忧高俅之类奸臣贪虐无限，害民误国。金圣叹对文本进行批改的动机，就是要求统治者和被统治者都遵循他所希冀的理想社会秩序，从而实现天下太平。

金圣叹对《水浒传》所做的最大改动，就是砍掉招安的情节，而代之以卢俊义梦见嵇叔夜斩杀梁山一百单八好汉的结局。对于这一“腰斩”，学界大致有三种基本态度，这些意见之间存在着原则的分歧，但也有一个共同缺陷，就是在评价腰斩《水浒传》这一行为时并未将“读者精神”这一因素考虑进去。众所周知，中国传统小说的文本，往往经历了专业说唱、不同时期的创作、订正、扩充、修改，甚至把几种毫无联

① （清）张竹坡：《竹坡闲话》，载侯忠义、王汝梅编《金瓶梅资料汇编》，北京大学出版社1985年版，第11页。

② （清）哈斯宝：《新译红楼梦回批》，亦邻真译，内蒙古人民出版社1979年版，第135页。

③ （清）金圣叹：《水浒传·序二》，《金圣叹批评本水浒传》，岳麓书社2006年版，第10页。

系的传统原本拼合在一起的发展过程。在这“拼合”的过程中，小说难免会出现前后不一致的地方，留下了许多可以自由读解或续写的意义“空白”。更重要的是，经过不同文人不断地改写，作者的意图更多地让位给特定时代读者的意图，这就为“读者精神”的介入提供了契机。

在《水浒传》第五回的回评里，金圣叹说：

以大雄氏之书而与凡夫读之，则谓香风萎花之句，可入诗料；以《北西厢》之语，而与圣人读之，则谓临去秋波之曲，可悟重玄。夫人之贤与不肖，其用意之相去既有如此之别，然则如耐庵之书，亦顾其读之之人何如矣。夫耐庵则又安辨其是稗官，安辨其是菩萨现稗官耶?①

这里，金圣叹说得很清楚，读者持什么态度、关注什么问题，直接关系着作品的阅读效果，作品的价值与意义也因人而异地显现出来。因此，要准确地理解金圣叹腰斩《水浒传》的行为，必须回到他所置身的具体历史语境中去。

金圣叹批点《水浒传》的时候，正值明王朝礼崩乐坏、内外交困的最黑暗时期。各地农民纷纷起义，在镇压农民起义的过程中，朝廷中的主抚派一败涂地，导致农民起义此伏彼起。金圣叹对“俗本”《忠义水浒传》的不满，主要是反对其中的招安政策，认为它“无恶不归朝廷，无美不归绿林，已为盗者读之而自豪，未为盗者读之而为盗也”②。在金圣叹看来，招安既失朝廷之尊，又坏国家之法，还会使人们起而效之，所以金圣叹腰斩了《水浒传》，既痛快淋漓地宣泄了自己对昏君、贪官的不满，又彻底收拾了义军，不许“流贼”存在，可谓一举两得。明清小说评点的导读性会通过其他读者的阅读，收到既“诛前人既死之心者”，又“防后人未然之心”的效果。因此，金圣叹的腰斩《水浒传》，实际上是

① （清）金圣叹：《水浒传》第五回回评，《金圣叹批评本水浒传》，岳麓书社2006年版，第69页。

② （清）金圣叹：《水浒传·序二》，《金圣叹批评本水浒传》，岳麓书社2006年版，前言第10页。

在当时社会环境的影响下，其“读者精神”积极参与的产物。

但是，由此也带来一个问题，那就是批评的边界性。作为一个文学批评家，如此粗暴地对待所评文本，是不是一种值得提倡的行为？在今天的文学批评中，这种大幅度的修改行为似乎是很难想象的。那么，金圣叹为何会做出如此举动呢？

诚如前文所言，中国传统小说的文本，往往经历了专业说唱、不同时期的创作、订正、扩充、修改，甚至把几种毫无联系的传统原本拼合在一起的发展过程。在某种程度上，我们也可以将其看作是一种集体创作。对于这样的集体创作文本，评点者在进行改动时，就不会有太大的心理压力。但更重要的是，金圣叹对自身身份的定位，绝不只是一个纯粹的文学批评工作者，而是一个要发挥社会功用的公共知识分子。什么是知识分子？葛兰西（Antonio Gramsci）说：“我们可以说所有的人都是知识分子，但并不是所有的人在社会中都具有知识分子的作用。”[①] 他把知识分子分为两类，第一类是传统的知识分子（traditional intellectuals），第二类则是有机的知识分子（organic intellectuals）。在葛兰西看来，第一类知识分子停留在原处，年复一年地从事同样的工作；而第二类知识分子则是行动的知识分子，他们以自身的言论和行动主动参与社会，进行社会文化权力的重组和塑造。李贽、金圣叹之类的小说评点家，无疑属于后者。在明清小说评点的队伍当中，既有纯为商业利益而评点者，也有为“消我闷怀”而批书之人，但最重要的，也是最有价值的，还是同时承担文学和思想双重责任的评点家。

金圣叹可以说是一个典型的案例。以金圣叹的才华，如致力于科举仕途，并非全无希望，但他自少年时便视功名如浮云，游戏科场，而将全部心力投注于评点事业当中。评点是他的一种有意的主动选择，支撑这种选择的，则是他特有的人生观和价值观。生于封建社会的末世，又逢明清易代，早慧的金圣叹，虽不以仕进为念，但却始终没有放弃一个“公共知识分子”的责任和担当。他选择戏曲和小说这样的通俗文体进行评点，并将《西厢记》、《水浒传》提高到与《史记》、《庄子》等经典并

① ［美］萨义德：《知识分子论》，单德兴译，生活·读书·新知三联书店2013年版，第11页。

列的地位，是因为他看到了世俗文化对传统的冲击，作为一个有志于承担“公共知识分子”身份的文人，回避或是谩骂，都不是一种明智的抉择。金圣叹选择了直面通俗文学，一方面以他敏锐的艺术鉴赏力发掘出其中的经典之作，并加以大力揄扬；另一方面，他也看到了通俗文学巨大的社会影响力，通俗文学的评点事业无疑是一个很好的平台，可以使他的思想在社会民众中得以最大限度和范围的传播。

但同时，金圣叹也面临着一种两难境地。为小说“正名”，就意味着要大力肯定其艺术成就，这是他的一个基本立场。所以，他在评点过程当中从不吝惜对小说的各种溢美之词，很多研究者也看到这一点，但却只将其简单归结为此乃小说批评的“初级阶段”。事实果真如此吗？一方面，金圣叹选择的评点对象，如《水浒传》，确是通俗小说中的经典之作，对于那些赞赏，基本足以当之；另一方面，即使是《水浒传》这样的经典之作，金圣叹也并非就认为其已尽善尽美，否则他也就没有必要进行修改了。

金圣叹对《水浒传》所做的修改工作，并非正大光明，而是假托“古本”，这其中所流露出来的态度，颇有耐人寻味之处。我们可以先来看一下第一类型的修改，即出于艺术性考虑对某些词句所做的局部变动。对于书中某些艺术性不尽如人意的地方，金圣叹并不拈出来加以批评，而是在做出变动以后，再加以赞赏。这种处理方式与他的为小说“正名”的基本立场是相关的，要为小说“正名”，就不能揭其“短”，只能扬其“长”。与诗论不同，诗论诞生之际，诗歌这一文体早已占据文坛的霸主地位，此时对它的批评自然不会影响文坛的大格局。而小说作为“草根”，在未能成为文坛主导之前，对它的批评只能采用“改”这一隐晦的“暗度陈仓”行为。所以，小说评点中的“评”、“改”结合，是由小说评点的历史语境和任务所决定的。

此外，要深入理解金圣叹腰斩《水浒传》这一极端修改行为，也要结合金圣叹对自身身份和评点目标的定位。“公共知识分子”的身份定位，使得金圣叹极为重视小说和小说评点的社会功用，在某种程度上，小说评点是评点家宣扬和传播自身政治理念的平台和窗口。当小说的思想倾向与评点家的政治理念发生冲突时，评点家既不能脱离为小说“正名”的基本立场，又不能放弃自己的政治理念，所以也只能选择“腰斩”

的下策。

小说评点融“评”、“改”为一体，在中国小说史上始终参与着小说的创作。这种对小说文本的直接参与也是中国传统小说批评的一大特性。

## 四、对话“接受美学”

当金圣叹说“圣叹批《西厢记》是圣叹文字”，张竹坡说“亦可算我今又经营一书”，哈斯宝说“那曹雪芹有他的心，我这曹雪芹也有我的心”时，他们已经传达出一个重要的命题，即意义理解是一种自我理解活动。

阅读中的自我理解，实际上就是在理解前见支配下的一种自觉或非自觉的意义解释活动，优秀的评点家所独具的思维前瞻性与理解视域的广阔性让他直观到艺术文本对于当前、未来生活的意义，因而他的评点往往具有振聋发聩的冲击力；但从“自我理解”的角度看，评点家所处的环境与历史传统又让他对意义解释带有了不可避免的局限性。所谓作者“原意”的寻求，实际上只是一种幻想和信念，人不可能超越历史的存在，任何一种理解，都源自每个人、每代人生活经验形成的独特视野。

德国接受美学家伊瑟尔指出，文本和读者之间的相互作用是一个“格式塔”的建构过程。这样的“格式塔”不可避免地会染上读者本人的、特殊的选择过程之色彩。因为“格式塔”不是由文本形成的，而是诞生于文本和读者心灵的相互作用；而读者的心理又受其自身的经历、意识和世界观的制约。这一“格式塔”不是文本的真正意义，至多只是建构的意义；理解是具有个人色彩的把握全体的行动。

的确，任何阐释都是读者与文本的聚合。评点作为一种阐释活动，自然也是如此。明清小说评点家提出“读者精神”，强调读者在阅读过程中对文本的积极参与，就有其重要的理论意义。但是，如果把“读者精神”就看作是中国古代的“接受美学”理论，这样的比喻是不恰切的。“读者精神”与西方的“接受美学”理论确有某些方面的共通之处，但两者在产生背景、理论内涵以及目标上，还是存在着比较大的差异。

文学研究的发展特点在于质的飞跃，间断的和分离的创造。二十世纪六十年代以来，人们感到遵循本文“独立性”的主张和形式主义理论，已经无法回答日益引起人们关注的文学社会功能和社会效果的问题，文学理论的思维重点也就自然而然地转移到对文学的接受与影响问题的研究上来。以姚斯、伊瑟尔为代表的接受美学理论，不是将文学研究的重点放在作品同作者和现实的关系上，而是放在读者的接受上。正是接受美学的创立，才导致文学研究中心的转移，即由过去的以文本为中心转移到以读者为中心，从而使文学研究的趋向发生了根本的变化。

我们可以看到接受美学理论的提出，其产生背景在于对传统文学研究方法的不满，旨在从方法论的层面对文学研究展开一场新的革新运动。但明清小说评点显然并非如此。明清小说评点提倡“读者精神”，其背景是小说这一新文体的兴盛。作为文坛的“后来者”，小说虽然已经在社会上产生了一定的影响，也拥有为数众多的读者，但是在文坛上的地位，毕竟不能望诗文之项背。小说评点家之所以倡导“读者精神”，其前提就是优秀的小说与传统经典一样，具备“阐释”的意义和价值。明清小说评点的理论目标，也并非对文学研究的范式进行革新，而旨在通过“读者精神”的强调，来指出小说中的妙处，为小说这一新文体赢得其相应的“文学空间”。

接受美学认为，任何文学本文都具有未定性，它的存在本身并不能产生独立的意义，而意义的实现则要靠读者通过阅读对之具体化，使作品中的未定性得以确定，并最终达至文学作品的实现。所以，接受美学关于文学作品的概念包括这样的两极，一极是具有未定性的文学本文，一极是读者阅读过程中的具体化；没有读者将本文具体化，本文只能是未完成的文学作品，文学作品就无法完成最终的实现。

明清小说评点在这方面的理论探索上，远没有接受美学走得这么远。对明清小说的评点者来说，文本是一个既定的存在，有其固有的意义，但是高明的读者可以通过自己的阅读，把握住作品的意义。所以明清小说评点并不像接受美学那样，重视分析读者这一群体中的不同构成、条件对阅读所产生的影响，而是把研究的重心放在阅读过程上，即如何建立一个理想的阅读范式，来领悟作品的精髓和真义。明清小说评点家把读者分为两大类，一类是以自身为代表的“理想的读者”，另一类则是需要“理想的读者”对其作出引导的普通读者。他们并不认为普通读者具备正确“阐释”文本的能力，所以才需要评点者对其阅读进行示范和规训。这一点与接受美学也是大异其趣的。接受美学既然反对文学本文具有决定性的说法，那么文学本文也就不会只有一种绝对的独一无二的意义。文学本文既然是一个多层面的开放式的图式结构，那么它的存在意义和价值就在于人们可以对它做出不同的解释，这些解释既可以因人而异，也可以因时代的变化而有所不同。但对于接受美学理论而言，无论哪一种解释都是有意义的，也因而是合理的。姚斯据此还阐述了新的文学史理论，认为文学史不应该只对作家和作品作纯客观的分析和描述，而应该研究一部作品在不同历史时期的接受情况，使文学史成为文学本文的接受史。这也就是要把文学史变成读者的历史，可见读者在接受美学中具有举足轻重的地位。

与接受美学相比，明清小说评点所提出的“读者精神”更多指的是一种阅读过程中的主动性精神力量，是一个理想的读者应该具备的素质和条件。接受美学理论重视读者在阅读活动中的地位和作用，但是并不认为“阐释”具有绝对性。读者对文本的“阐释”会随着读者所置身的历史大环境和个体小环境而变动，没有哪一种阐释是具有绝对权威性的。对这种“阐释”结果变动的研究就是文学史应该关注和研究的对象，而明清小说评点显然不具备这样的理论视野。这些评点者以自身阅读模式作为范本，其目的在于指导其他普通读者的阅读活动，而且他们也并没有关注到“阐释”的相对性问题。这就导致他们看不到自身评点的历史局限性，并对其他读者的“阐释”权有所限制和剥夺。

所以，我们要正确把握“读者精神”这一概念，就需要把它还原到其产生的具体历史语境中去。若非如此，就极易将其与西方某种理论简单等同起来。我国学界有一种不好的习惯，即在对外国的理论还不甚了了的情况下就忙于追本溯源，从而证明这种理论在中国古已有之。接受美学也没有逃过这样的噩运。于是，《易经·系辞》中论道的“仁者见之谓之仁，智者见之谓之智”成了接受美学的发轫；而“诗无达诂”、“文无定评”之类则成了接受美学的发展。这样的说法显然是不符合实际，也是非常简单粗暴的。接受美学不是美学中的美感研究，也不是文艺理论中的欣赏和批评研究，而是以现象学和解释学为理论基础，以人的接受实践为依据形成的一种独立自足的理论体系。而明清小说评点所提倡的“读者精神”虽然强调了读者在阅读活动中的主体性和能动性，但却并没有超出传统文学欣赏和批评的范围，这一点是需要引起我们特别注意的。

# 第二章

# 阅读之“乐”：阅读美学的生成语境

明清小说评点重视“文”的意义，通过呈露阅读方法引导读者超越故事层面，建立小说文本与读者之间的互动关系，从而把针对故事和人物的直接情感转化为反思性的审美快乐，所以评点本身及其目的具有强烈的审美性质。没有任何审美活动是抽象的，其中必定具有特殊的对象、特殊的主体，也包含特殊的价值取向，正如古代的诗歌批评同样突出了审美倾向，但它们也以诗歌自身的文本构成、写作主体和欣赏主体的文化环境、诗歌的用途，以及背后的哲学思考作为特定的制约因素。如果不去考察作为评点对象的小说的文化环境和活动模式，我们就不可能准确地界定和理解评点活动所崇尚的审美快乐。当然，这种考察不同于一般的文学史叙述，也不同于单纯的社会历史批评，因为作为评点对象的小说可以直接反映一个时代的精神氛围，而评点本身却要对这种精神氛围有所反省，并做出主动的评价和选择。

在这里，我们会关注明清小说在明清时代的出版和传播，其读者的阅读行为，这反映了世俗生活的发达，尤其是反映了文艺的商业化和消费化趋势。然而，评点家们不同于一般的读者，他们并不是被动地阅读，也不是从中获得替代性的满足，相反，这种阅读模式正是他们所要批判和改造的对象。从根本上说，评点家们不是革命家，他们无意挑战和颠覆整个社会体制和价值体系，相反，他们试图从新的角度维护这些体制和体系，虽然他们也不可避免地对政治和道德的哲学做出新的理解。从某种程度上说，这种取向是他们尴尬身份的写照。他们一方面经历过传统的教育，接受传统的价值体系，另一方面却很少身居要位，事实上成为市民社会的一员；这使得他们兼取统治阶层和市民阶层两种立场的同时，也必然对两种立场进行批判，他们既消遣仕途上的郁闷、赞美和享受世俗生活的乐趣，又试图超越世俗生活，从人性的高度重塑世俗生活，并将其整合到传统的价值体系中。

从这个角度而言，评点家们在面对描写世俗生活的小说时必然要采取一种审美的态度，以图引领市民阶层超越纯粹的世俗生活。李贽说“人伦物理”不过是“衣与饭耳”，因为它们就是自然赋予人的基本状态，其中包含着诚挚淳朴的“童心”，社会秩序和规范也当然自此而生发。如果文学的目的是匡扶伦理，那就不能抛开世俗生活；到了清代，李渔便说：“世间奇事无多，常事为多；物理易尽，人情难尽。有一日之君臣父子，即有一日之忠孝节义。”[①] 当这些世俗生活形诸文字，成为阅读对象时，人们自然就暂时从世俗生活抽身而退，反观自省；若是进一步观察文字之法，则能更深一步体察人情，做出准确而深刻的道德判断。所以，评点家们欣赏的不是世俗生活本身，而是被艺术描绘和塑造的世俗生活，欣赏的是如此描绘和塑造过程中显露出的“人伦物理”。最后，这也就能证明，小说并非低俗之物，甚至那些“诲淫诲盗”之作也能显现出支配世俗生活的隐秘规则，所以小说无疑是重塑“人伦物理”的有力工具。李渔曾言剧本是“三代以后之《韶》、《濩》”，评点家眼中的小说也当如此。

## 第一节　通俗文学的繁荣

### 一、明清小说的出版和传播

宋莉华在《明清时期的小说传播》一书中将明清通俗小说的出版和传播分为三个阶段：明初至明正德年间是起步阶段；明嘉靖至清康熙时期是繁荣阶段；自清朝中叶以后，是其衰退阶段。[②]

① （清）李渔：《闲情偶寄》，上海古籍出版社 2000 年版，第 29 页。

② 宋莉华：《明清时期的小说传播》，中国社会科学出版社 2004 年版。

### （一）起步阶段

明初至明正德这一时期是明清小说传播的起步阶段。这一阶段问世的小说作品尽管数量有限，但是却具有较高的艺术价值，说明小说艺术本身已达到相当的水平。从这一时期通俗小说的出版和传播情况来看，却发展较为迟缓，究其原因，印刷业的落后仍是最大的障碍。

明初书籍刊刻的场所仅限于官府和传统的刻书之地，内容以传统的儒学著作为主。即使半个世纪以后，到明正德（1506—1521）末期，据说只有王府、衙门和建阳书坊才拥有书板。顾炎武说："其流布于人间者，不过《四书》、《五经》、《通鉴》、《性理》等书。他书即有刻者，非好古人家不蓄。"① 明初著名文人杨士奇授徒二十年后，手头也仅有《四书》、《五经》以及唐人诗文数家而已。杨士奇说他曾用了几十年时间想从各家残本中凑齐《文选》这部书，但最后拼凑的本子还是不全，所以他为此写下了一篇悲伤的跋语："今书板多阙，不独此书。而欲得一书，有印装、补录之劳，非朝夕所能成者。"②

至于历史名著，也是同样的情况。《史记》在明初仅在1463年由福建官府刻印了一次，其流通也极为有限，南京国子监明以前的书板损坏严重，而且不能随便印刷，后来于1515年和1517年刊印的版本也只有位于发行地点的重要官员才能拿到。直到1525年，好版本的《史记》还是非常稀见，至于晚唐成书的《通典》，按照杨士奇的说法，在明初很难见到其完整的版本，士大夫们只有节本。

通俗小说赖以传播的主要流通场所——书坊，此时尚未获得普遍的发展。小说刊本不多，流通渠道不通畅，阅读小说的人数也有限。这一时期通俗小说特别是长篇章回小说主要以抄本的形式流传，其读者通常限于知识阶层。

《三国演义》从脱稿到刊刻，经历了漫长的百余年时间，此间只能以抄本流传，明洪武十三年（1380）前后，罗贯中曾亲往当时的刻书中心福建，寻求刊刻其著作的机会。但由于当时印刷条件的限制，显然未果

---

① （清）顾炎武：《顾亭林诗文集》卷二，中华书局1983年版，第29页。

② （明）杨士奇：《东里续集》，转引自［美］周绍明《书籍的社会史：中华帝国晚期的书籍与士人文化》，何朝晖译，北京大学出版社2009年版，第54页。

而终。[①] 直到明嘉靖元年（1522），才有《三国演义》的刻本面世。《水浒传》最早的刻本也是出现在明嘉靖年间，此前也一直以抄本传世。

传抄作为明清小说一种重要的传播方式，较之刊刻而言，有其一定的便利之处，但是它的弊端也是显而易见的。抄本的流传范围毕竟有限，一些抄本更因未付刊刻导致传本较少甚至失传。再加上抄手水平不一，抄本质量悬殊，任意点窜原抄、以讹传讹、辗转误抄的情况也较为普遍。所以，此时对一般市民阶层而言，了解和接受通俗小说的主要方式就是通过说书或观看戏曲。

以《三国演义》为例，早在小说成书之前，金院本和元杂剧中就有许多“三国戏”，并成为小说最后成书的来源之一。在小说成书之后，“三国戏”不断丰富发展，对《三国演义》的传播起到了重要作用。从内容上来看，后起的“三国戏”基本上与小说文本相一致，但为了适应舞台演出，增强舞台效果，也进行了一定的艺术加工，其目的就是实现通俗生动、雅俗共赏。与阅读小说文本相比，观赏戏曲不仅更为轻松，而且不受文化程度的限制，所以在文本传播不甚发达的时期，戏曲、说书就成为小说传播的主要媒介。

总体来看，这一时期小说的印刷出版尚处于起步阶段，戏曲、说书等更为大众喜闻乐见的传播媒介对小说的传播起着重要的作用。但是，我们也发现，虽然在此阶段刊刻未成风气，但也已渐渐起步。明政府对印刷业总体上采取了一种鼓励的政策，在洪武元年八月即取消了书籍税。这一政策上的优惠，极大地促进了刻书业的民间化进程，私人与书坊刻书之风日炽，昭示着明嘉靖、万历以后小说出版黄金时期的到来。

### （二）繁荣阶段

明嘉靖至清康熙这一时期是小说传播的繁荣阶段。从嘉靖末年开始，那些在明初曾是稀有品种的书，开始不断重印，随着书籍出版的增长，一些文人甚至开始抱怨起书的“过剩”，唐顺之就说：“其屠沽细人，有一碗饭吃，其死后则必有一篇墓志铭；其达官贵人与中科第人稍有名目

① 陈大康：《通俗小说的历史轨迹》，湖南出版社 1993 年版，第 39—40 页。

在世间者，其死后必有一部诗文刻集。”① 这种印本大量增加的局面的出现，在很大程度上归功于对两种文献的需求，即应试之书和小说。从十五世纪晚期开始，科举应试人数的急剧增长，带来了对考试用书和应试手册的需求。一些作者，甚至许多是科场上的失败者，都以为这一膨胀的读者群编书为生。

与此同时，明代官府开始对通俗小说采取认同的态度，大量刊印小说。司礼监经厂首先刊印《三国演义》，武定侯、都察院亦分别于嘉靖年间刊印《三国演义》、《水浒传》。《三国演义》还有南京国子监刊本。此外，明夏振宇刊本的板心题“官板三国传”，明郑以桢刊本封面题“金陵国学原板”。此类标榜未必属实，有许多是书坊主的伎俩，但却也透露出一个信息，即小说的官方刻本在当时较为普遍，并被某些民间书坊作为底本翻刻。当朝者本身对通俗小说表现出的浓厚兴趣，对通俗小说的发展无疑是一种潜在的鼓励。明嘉靖以后，官员文士阅读、收藏小说蔚然成风，几成时尚。不止于此，小说读者的层面还进一步延伸到市民阶层，粗识文字者及妇女都加入到这一行列中来。小说传播在相对宽松的氛围中急速发展。

传统的刻书中心逐渐转移至新的地区，刻书的重心也由官府转入书坊及私家，这些都为通俗小说的传播提供了技术和物质的条件。谢肇淛《五杂组》云：“宋时刻本以杭为上，蜀本次之，福建最下。今杭为不足称矣，金陵、新安、吴兴三地剞劂之精者，不下宋本。”② 胡应麟在《少室山房笔丛》中也说：“余所见当今刻本，苏常为上，金陵次之，杭又次之，近湖刻、歙刻骤精，遂与苏、常争价。”③ 如常熟毛晋的印书工场即颇具规模，阁后九间楼宇，多藏书板，楼下两廊及前后，为刻字匠寓居之所。出版业相应地作为一种产业而产生了。众多文人开始主动参与到小说的传播过程中，从事小说的创作、编辑、批评、刊刻、售赁，这种繁盛的局面一直维持到清初。

---

① （明）唐顺之：《答王遵岩书》，转引自［美］周绍明《书籍的社会史：中华帝国晚期的书籍与士人文化》，何朝晖译，北京大学出版社 2009 年版，第 60 页。

② （明）谢肇淛：《五杂组》卷十三，上海古籍出版社 2011 年版，第 608 页。

③ （明）胡应麟：《少室山房笔丛》卷四，中华书局 1959 年版，第 59 页。

### （三）衰退阶段

如果说明末通俗小说的兴盛，在清初还保持着前行的态势，那么清中叶以后，小说的传播则开始进入衰退阶段。

清乾嘉以后，考据之学在社会上产生了巨大的影响，梁启超指出：“乾嘉间之考证学，几乎独占学界势力，虽以素崇宋学之清室帝王，尚且从风而靡，其他更不必说了。所以稍时髦一点的阔官乃至富商大贾，都要‘附庸风雅’，跟着这些大学者学几句考据的内行话。”① 此时，无论是官方还是一般的士人，对通俗小说的态度都开始发生变化。在乾隆时期，清政府即屡颁禁令，嘉庆时更是开始大规模地禁毁小说。尤为重要的是，乾嘉学派倡导严谨的学风，追求言之有据、博大精深的审美风格，这也影响了同时期的小说创作。这一阶段产生的几部通俗小说如《野叟曝言》、《镜花缘》等，受到乾嘉学风浸染，以炫耀学识才情为旨归，甚至连《红楼梦》也流露出这样的倾向。通俗小说的“通俗”意味被冲淡，虽然语言使用的仍多为通俗白话，但审美趣味却未必能与市井相通。

乾嘉学术风气甚至蔓延到书坊，这也影响到书贾的经营策略，他们不再过多刊刻出版包括小说在内的通俗读物，而一味迎合当时的学风，大量刊刻学术书籍，以满足文士的需求。此外，通过官修、私修目录对小说的著录情况，我们也可以看到小说传播领域的这种转变。明代官、私目录对通俗小说广泛收录，而清代大量书目则对通俗小说采取了彻底摈弃的态度。以《四库全书总目》为代表的官修目录，不仅对通俗小说不置一词，对文言小说的收录也谨小慎微。《四库全书》对清代目录书的编纂影响深远，故他书皆以稗官小说为猥鄙并对前人收录小说提出批评。

在这种社会风气的影响下，明中后期直到清初那种文人大规模参与小说传播的情况已不复见，通俗小说呈现出与此前全然不同的凋零气象。小说创作又回到自遣自娱的道路上，并不以传世、发卖为念。这一时期问世的小说大多成书时间较长，并因种种原因没有在小说成书后就立即刊刻行世，客观上阻碍了小说的传播。《儒林外史》约作于乾隆五年（1740），历时十年完稿，成书后数十年间以抄本流传。《红楼梦》的成书也历时长久，从成书到刊刻前后也达数十年。作于乾隆三年（1738）的

---

① 梁启超：《中国近三百年学术史》，东方出版社1996年版，第28页。

《歧路灯》，前后费时长达三十年，长期以抄本流传，鲜为人知。

与此相应，这一阶段小说的版本质量也明显下降，刻工潦草，如咸丰三年（1583）勾吴清溪居士刊本《三国演义》，其所用插图就主要出自上官周《晚笑堂竹庄画传》中的《明太祖功臣图》及其他作品，而这些剽窃的绣像又被《西晋演义》、《后三国》抄袭。

值得注意的是，这一时期广泛出现的图书租赁服务成为通俗小说传播的一个主要途径。这些书摊所出租的书大多为语言浅显易懂的蒙学读物、道德说教故事、小说、历史演义等，读者不论男女，租期一般在15天至25天，按天付费。租书者不能把书随意转借别人，超过借期按天罚款，并没收押金。这些租书铺主要面对的是城市中的中下层群体，成为当时一项收益可观的生意。

## 二、明清小说的读者群体

### （一）读者的构成

明清小说的读者群体可以进行多种层次的划分。如果从存在方式上看，明清小说的读者群体可以分为隐含读者与实际读者；如果从时间角度划分，可分为当代读者与后代读者；从接受方式上看，可分为直接读者和间接读者；从接受效果上看，则可分为理想读者与普通读者。

“隐含读者”这一概念是由伊瑟尔提出来的，伊瑟尔认为不论真正的读者是谁、是什么人，他总是在扮演本文向他提供的一种特殊角色，正是这种特殊角色构成了“隐含读者”这一概念。关于这个概念，存在着两个基本的、相互联系的方面：它一方面作为一种本文结构的读者角色，另一方面则作为一种构造活动的读者角色。

明清小说作者在进行小说创作时，其心目中也有一“隐含读者”的存在。明余邵鱼在《列国源流总论》里即说：“春秋列国之事，非浅夫鄙民所能尽知也，邵鱼是以不揣寡昧，又因左氏丘明之传以衍其义，非敢献奇搜异，盖欲使浅夫鄙民尽知当世之事迹也。”① 其所谓“浅夫鄙民”，就是其创作时心目中的“隐含读者”。“隐含读者”无疑会对明清小说的

① （明）余邵鱼：《列国志传评林》卷首，参见《古本小说丛刊》，中华书局1990年影印版。

编创方式产生直接的影响。编创者在选取素材、构设情节、确立叙事方式等方面，都会自觉地去迎合“隐含读者”的接受水平、审美趣味和消费需求等。这也就使得通俗性成为明清小说的一个重要特点，冯梦龙在《古今小说叙》中说：“天下之文心少而里耳多，则小说之资于选言者少，而资于通俗者多。”① 而这些“里耳”之所以选择阅读小说，在很大程度上是为了追求一种心理的消遣和精神的愉悦。

“隐含读者”只有转化为实际读者，作家的作品才能在现实中得以传播，并产生社会影响。从明清时期留存的相关资料来看，当时小说读者的构成情况主要如下：

第一，帝王显宦。明清帝王喜读小说，据明朝周晖《金陵琐事剩录》卷一记载：“武宗一日要《金统残唐》小说看，求之不得。一内侍以五十金买之以进览。”② 明神宗则喜读《水浒传》，当时，就连皇帝身边的太监内侍也爱看小说，如宦官刘若愚说：“《三国志通俗演义》、《韵府群玉》，皆乐看爱买者也。”③ 为了满足上层统治者阅读小说的娱乐需求，司礼监、都察院等政府机构还率先刊刻了《水浒传》、《三国志通俗演义》。《西游记》最初也由王府刊刻，明嘉靖时人周弘祖《古今书刻》即著录有“鲁府”刊本，《红楼梦》亦有“蒙古王府本”。孙楷第先生曾说：“余曾见法人铎尔孟氏藏一明抄大本。图嵌文中，彩绘甚工，虽不免匠气，却是嘉靖时内府抄本。则当时此书曾进御矣。”④ 当时，不少坊刊小说还纷纷借“京本”为幌子，来招徕读者。

清初开国皇帝努尔哈赤幼时爱读《三国演义》，又爱看《水浒传》；清太宗皇太极不仅爱读《三国演义》，还于天聪年间命大学士达海将《三国演义》译成满文，以供满族文臣武将学习。乾隆皇帝也喜读《三国演义》、《水浒传》、《西游记》、《红楼梦》等，据昭梿《啸亭续录》记载，乾隆曾命大臣张文敏、庄恪亲王等人将小说改编成戏曲，在宫中演出。⑤

---

① （明）冯梦龙：《古今小说叙》，载朱一玄编《明清小说资料选编》，南开大学出版社2006年版，第900页。

② 王利器辑录：《元明清三代禁毁小说戏曲史料》，上海古籍出版社1981年版，第10页。

③ （明）刘若愚：《酌中志》卷十八，《内版经书纪略》，中华书局1985年版，第156页。

④ 孙楷第：《日本东京所见小说目录》，人民文学出版社1981年版，第30页。

⑤ （清）昭梿：《啸亭续录》卷一，《大戏节戏》，中华书局1984年版，第377—378页。

晚清慈禧也"嗜读小说，如《封神传》、《水浒》、《西游记》、《三国志》、《红楼梦》等书，时时批阅。且于《封神传》、《水浒》、《西游记》、《三国志》节取其事，编入旧剧，加以点缀，亲授内监，教之扮演"①。

明清帝王喜读小说的行为，对明清小说的创作和传播，起到了推波助澜的作用。当时的一些王公贵族也纷纷起而效之，明朝的武定侯郭勋就刊刻了《水浒传》、《三国志通俗演义》。他还自撰明朝开国通俗纪传，取名《英烈传》，令当时内官之职平话者，唱演于宫廷之内。这部《英烈传》流传极为广泛，不仅由明入清，而且由北向南，茶楼歌肆，说书之人，无有不会说《英烈传》者。金庸《鹿鼎记》中的主人公韦小宝，从小生活在扬州，日日出入于茶馆酒楼，虽目不识丁，却因熟听一部《英烈传》，而在其后每每凭此书诲育而逢凶化吉，此一番机缘，实因归功于通俗文学的巨大影响力。

第二，文人士子。文人士子中也不乏喜读小说者，《三国演义》成书后，"士君子之好事者"，就"争相誊录，以便观览"②。明代学者胡应麟说："今世人耽嗜《水浒传》，至缙绅文士亦间有好之者。……嘉、隆间，一巨公案头无他书，仅左置《南华经》，右置《水浒传》各一部。"③ 当时号称"嘉靖八才子"的李开先、唐顺之等人，也对《水浒传》评价甚高，认为"《史记》而下，便是此书"④。《金瓶梅》问世时，士大夫们争相抄阅，如万历二十四年（1596），袁宏道写信询问董其昌："《金瓶梅》从何得来？伏枕略观，云霞满纸，胜于枚生《七发》多矣。后段在何处？抄竟当于何处倒换？幸一的示。"⑤ 万历三十四年（1606），他又在给广西布政使谢肇淛的信中说："仁兄近况何似？《金瓶梅》料已成诵，何久不见还也？"⑥

---

① （清）徐珂：《清稗类钞·宫闱类》，中华书局1984年版，第394页。

② （明）庸愚子：《三国志通俗演义序》，人民文学出版社1975年版，第5页。

③ （明）胡应麟：《少室山房笔丛》卷四十一，上海书店出版社2001年版，第437页。

④ （明）李开先：《词谑·时调》，载卜健笺校《李开先全集》，文化艺术出版社2004年版，第1276页。

⑤ （明）袁宏道：《与董思白》，载侯忠义、王汝梅编《金瓶梅资料汇编》，北京大学出版社1985年版，第220页。

⑥ （明）袁宏道：《与谢在杭》，载侯忠义、王汝梅编《金瓶梅资料汇编》，北京大学出版社1985年版，第221页。

入清以后，喜读小说的士大夫文人更多了。清昭梿在《啸亭续录》卷二《小说》中说：“士大夫家几上，无不陈《水浒传》、《金瓶梅》以为把玩。”① 毛庆臻《一亭考古杂记》记载：“乾隆八旬盛典后，京版《红楼梦》流行江浙，……其书较《金瓶梅》愈奇愈热，巧于不露，士大夫爱玩鼓掌。”②

这些士大夫文人对通俗小说的阅读、参与及评价，对于小说地位作用的提高，起到了一定的促进作用。尤其是像李贽等声望卓著者，书坊主甚至伪托其名，从事通俗小说的评点和编创，这在一定程度上推动了小说的出版和传播。

明清时期，由于学校教育普及和科举考试兴盛，生员数量巨大，如明末全国生员总数计有六十万上下。③ 如此多的生员布衣之士，在闲暇无事时，难免会寻阅小说。例如，《剪灯新话》问世后，“不惟市井轻浮之徒，争相诵习，至于经生儒士，多舍正学不讲，日夜记忆，以资谈论”④。金圣叹在11岁时就读了《水浒传》，林翰在《隋唐志传序》中也称，《三国志通俗演义》、《水浒传》“二书并行世远矣，逸士无不观之”⑤。明代陈际泰曾提及自己幼时痴读《三国演义》的情景：“从族舅借《三国演义》，向墙角曝日观之，母呼我食粥，不应；呼食饭，又不应。后忽饥，索粥饭，母怒捉襟，将与之杖。既而释之，母后问舅：‘何故借尔甥书？书中有人马相杀之事，甥耽之，大废服食。’”⑥ 此则逸事生动地表明了当时小说所受欢迎的程度，而为“人马相杀之事”所耽，则从另一个侧面表明《三国演义》之所以如此吸引幼年的陈际泰，以致其废而忘食，书中的金戈铁马、刀光剑影、权谋智计乃是引发他阅读快感的首要因素。

清代通俗小说传播更为广泛，阅读小说的下层文人自然更多。徐珂

---

① （清）昭梿：《啸亭续录》卷二《小说》，中华书局1980年版，第426页。

② （清）毛庆臻：《一亭考古杂记》，载朱一玄编《明清小说资料选编》，南开大学出版社2006年版，第596页。

③ 陈宝良：《明代儒学生员与地方社会》，中国社会科学出版社2005年版，第215页。

④ （清）顾炎武：《日知录之余》卷四《禁小说》，岳麓书社1996年版，第1257页。

⑤ （明）林翰：《隋唐志传序》，载丁锡根编著《中国历代小说序跋集》，人民文学出版社1996年版，第949页。

⑥ （明）陈际泰：《太乙山房文稿》，载孔另境编辑《中国小说史料》，上海古籍出版社1982年版，第40—41页。

《清稗类钞》卷三十五《诙谐类》记载了当时这样一件趣事：吴县童试之时，当点名至一名名叫高心夔的童生时，马上有另一位童生应声而曰："何不对《水浒传》之矮脚虎?"众童生哄然大笑。由此事亦可知当时这些科举考生们对通俗小说的熟悉程度。

据说陈寅恪主学清华大学国学院之时，曾在国文考试中出一上联为"孙行者"，当时考生中应对最佳者一对以"胡适之"，一对以"祖冲之"。陈寅恪虽为一代大儒，其祖陈宝箴、其父陈三立俱为晚清著名文人，但从此则小故事亦可看到当时这些士大夫对通俗小说的熟悉和喜爱程度。以《西游记》中人名为大学入考试题，也说明陈寅恪认为备考学子不但应熟悉传统经典，对于《西游记》这样的通俗小说，也应有所涉猎。

有趣的是，明清时期不少小说中也记有书生喜读小说的故事。其中最为人熟知的当是《红楼梦》中宝玉喜读"闲书"的情节。《红楼梦》第二十三回写贾宝玉住进大观园后，得以摆脱严父管束，不用每天为功名之计去读些不爱读的四书五经之类，让小厮茗烟"走到书坊内，把那古今小说，并那飞燕、合德、则天、玉环的《外传》，与那传奇角本，买了许多孝敬宝玉。宝玉一看，如获珍宝"。其中宝黛共读《西厢》的画面，已成为《红楼梦》中的一个经典场景。即使是如薛宝钗这样严守封建道德规范的淑女，也对林黛玉坦白自己幼时亦曾看过不少小说、戏曲之类的闲书，后只因家中长辈发现，才得以罢手。

第三，底层市民。明清时期通俗小说刊行甚盛，"农工商贾"中爱读小说者，自是大有人在。据叶盛《水东日记》所载："今书坊相传，射利之徒伪为小说……农工商贩抄写绘画，家畜而人有之，痴騃女妇尤所酷好。"① 广大市民读者之所以热衷小说这一文体，很大程度上就在于其通俗性和娱乐性适应了他们的审美需要、审美趣味和文化水平。

金圣叹在《读第五才子书法》中说："旧时《水浒传》，贩夫皂隶都看。"② 明无名氏《新刻续编三国志序》也说，《三国志通俗演义》"即庸

① （明）叶盛：《水东日记》卷二十一《小说戏文》，中华书局1980年版，第213—214页。

② （清）金圣叹：《读第五才子书法》，《金圣叹批评本水浒传》，岳麓书社2006年版，前言第5页。

夫俗子，鄙薄懦顽，罔不若目睹其事，而感发惩创，阅之靡靡忘倦者”[①]。当时，不少通俗小说的编创者甚至明确把“愚夫愚妇”等视为小说的主要消费者。如林翰称其重编《隋唐两朝志传》，就是为了“使两朝事实愚夫愚妇一览可概见耳”[②]。明乐舜日在《皇明中兴圣烈传小言》中也称其编创小说是“使庸夫凡人亦能批阅而识其事”[③]。

清朝通俗小说更为普及，许宝善《北史演义叙》即指出：“《三国演义》虽农工商贾妇人女子无不争相传诵。”[④]《大清仁宗睿皇帝实录》卷二百七十六记载：“稗官小说，编造本自无稽，因其词多鄙俗，市井粗解识字之徒，手挟一册。”[⑤]《大清宣宗成皇帝实录》卷二百四十九记载：“近来传奇演义等书，踵事翻新，词多鄙俗，其始不过市井之徒乐于观览，甚至儿童妇女莫不饫闻而习见之。”[⑥]

明清时期民间艺人中也有不少喜读小说者，吴焘《梨园旧话》记载：“余三胜于《三国演义》一书，素所研习，颇能贯串其词句。”[⑦]除此之外，当时的商人也是小说的主要阅读群体，因为阅读通俗小说，不仅要有闲暇、兴趣和一定的阅读能力，而且还得有一定的购买能力。明武宗要读的《金统残唐》，内侍以五十金才得以购之，明万历年间由舒仲甫刊刻的《封神演义》，每部定价二两纹银，这些高价小说，一般底层市民自然无力问津，能承受这一价格的，除了官宦之家，恐怕也只有商人才能买得起了。《红楼梦》中薛宝钗曾自述幼时家中藏书极多，其中也不乏通俗小说，而薛家的身份正是商人中的翘楚——皇商。所以也有学者指出：“从通俗小说重新起步时书坊刊售的特点来看，它们服务的主要对象是那

---

① （明）无名氏：《新刻续编三国志序》，载朱一玄、刘毓忱编《三国演义资料汇编》，南开大学出版社2003年版，第560页。

② （明）林翰：《隋唐志传序》，载丁锡根编著《中国历代小说序跋集》，人民文学出版社1996年版，第949页。

③ （明）乐舜日：《皇明中兴圣烈传小言》，载丁锡根编著《中国历代小说序跋集》，人民文学出版社1996年版，第1026页。

④ （清）许宝善：《北史演义叙》，载朱一玄编《明清小说资料选编》，南开大学出版社2006年版，第129页。

⑤ 王利器辑录：《元明清三代小说禁毁小说资料》，上海古籍出版社1981年版，第64页。

⑥ 王利器辑录：《元明清三代小说禁毁小说资料》，上海古籍出版社1981年版，第72页。

⑦ （清）吴焘：《梨园旧话》，载朱一玄、刘毓忱编《三国演义资料汇编》，南开大学出版社2003年版，第682页。

些既有钱，同时文化程度很不高的人。若从阶层的角度划分，那么当时的通俗小说的主要读者群应该是商人。”①

明清小说还拥有不少的女性读者。明清两朝文献中记有不少女子阅读小说的逸事，清代乐钧在《耳食录二编》卷八《痴女子》中即记录了一个女子因痴读《红楼梦》而香消玉殒的故事。该女子从她哥哥的书房处找得一部《红楼梦》，就废寝忘食地读之，当读到书中的精彩段落时，每每声泪俱下，不能自已，反复读了十几遍，终至一病不起。有的女性不仅爱读小说，还亲自评点小说。如清初《天花藏批评平山冷燕四才子书》第十二回就有这样的一段批语：“予向阅诸小言，味都嚼蜡，今始见‘四才子’，异而评之。第恨妾生较晚，不及细为点缀耳。”② 这说明当时的不少女性读者不但喜读小说，而且还有进一步批阅和评点的渴求。

由此可见，明清小说的读者几乎遍布了社会各阶层，而且队伍有日渐壮大之势。正基于此，清代钱大昕在《潜研堂文集》卷十七《正俗》中才慨叹：“古有儒、释、道三教，自明以来，又多一教曰小说。小说演义之书，未尝自以为教也，而士大夫、农、工、商、贾，无不习闻之，以至儿童妇女不识字者，亦皆闻而如见之，是其教较之儒、释、道而更广也。”③

### （二）读者对小说创作的影响

明清时期的读者既然对通俗小说喜闻乐见，那么其文化水平、欣赏习惯、审美趣味等，就势必会对小说的创作和传播产生不同程度的影响。

有的小说作家正是由于嗜读小说，然后才走上小说创作道路的。如吴承恩就说：“余幼年即好奇闻，在童子社学时，每偷市野言稗史，惧为父师诃夺，私求隐处读之。”④ 像金圣叹、张竹坡等人，虽没能亲笔创作小说，但其视小说评点为一种再创作活动，这也可称之为一种“另类”的小说创作者。

---

① 陈大康：《通俗小说的历史轨迹》，湖南出版社 1993 年版，第 53—54 页。

② 蔡亚平：《读者与明清时期通俗小说创作、传播的关系研究》，暨南大学出版社 2013 年版，第 87 页。

③ （清）钱大昕：《嘉定钱大昕全集》，江苏古籍出版社 1997 年版，第 272 页。

④ （明）吴承恩：《禹鼎志序》，载朱一玄、刘毓忱编《西游记资料汇编》，南开大学出版社 2002 年版，第 159 页。

西方接受美学的代表人物瑙曼（Manfred Naumann）曾说：“如果我们把文学生产视作一个过程，在这个过程中间，来自读者领域的种种需求发生着积极的或消极的影响，因而在某一特定时间里生产出的文学就不仅反映了作者的特点，而且也映照出读者的需要、兴趣和能力。”[①] 就明清通俗小说而言，读者对某类小说的需求、喜好或厌弃，也是导致该类小说兴衰的主要动因之一。例如，历史演义小说的开山之作《三国演义》问世后，立即引起巨大的社会反响。随之，历史演义小说的编创蔚然成风，这显然是由于《三国演义》受到热捧而引起的连锁反应。

明清小说主要有两种编创体式，即话本体和章回体。这两种体式都是小说的编创者为了更好地适应读者的接受口味和阅读习惯而采用的，也可以说是在小说创作者与读者互动过程中所共同形成的一种体裁形式。话本体的特征是由“入话”和“正话”组成，入话一般是一首诗，也可以是一个小故事，其最初的产生原因就是民间艺人为了更好地满足听众说书的需要而发明的。正话是作品的主要部分，其特点是散韵相间、夹叙夹议。正话的结尾，一般是一首诗，其作用在于总结全书要旨，给人以深思和回味的感觉。

章回体的产生也与宋元艺人为了照顾听众而采取的书场讲史的方式有关，而章回体的日趋完善，也与编创者对读者阅读审美心理的重视直接相关。清毛宗岗在《三国演义·凡例》中说：“俗本题纲，参差不对，杂乱无章，又于一回之中分上下两截。今悉体作者之意而联贯之，每回必以二语对偶为题，务取精工，以快阅者之目。”[②] 回目写得好，不仅能提纲挈领地概括每一回的基本内容，也能体现各回之间的内在联系，读者既可以领会每回的主旨，还可以从回目本身获得赏心悦目的艺术美感。

综上所述，明清时期的小说出版和传播不仅蔚为大观，且有隐隐然超越诗文而成文坛“显学”之势。明清小说的读者，则遍及社会各阶层，并与小说的编创之间构成积极的互动影响。与其他文学体裁相比，通俗

① ［德］瑙曼：《作品、文学史与读者》，沈悦苓译，文化艺术出版社 1997 年版，第 174 页。

② （清）毛宗岗：《凡例》，《毛宗岗批评本三国演义》，岳麓书社 2006 年版，前言第 12 页。

小说与读者之间的关系更为天然和密切，小说为读者而生，读者则为小说而感。明清小说评点家敏锐地抓住了二者间的关系，并以读者的阅读审美经验为理论突破口，可谓深得通俗小说的实质和精髓。

## 第二节 娱乐精神的勃兴

### 一、末世的绝望与逃遁

明朝自正德开始，朝纲日坏，朝政日非。15 岁即位的正德皇帝虽天资聪慧，然一生耽于玩乐，而荒于政事，最后病死于豹房，只为后世留下《游龙戏凤》之类的风流韵事。正德之后的其他历任皇帝基本上也都步正德后尘，荒废政事。嘉靖皇帝膜拜道教，宠信严嵩，为了修炼而大肆建造宫殿，以致国库极为空虚。为了炼丹长生，嘉靖皇帝还组织宫女清晨采露，并最终引发了一场“壬寅宫变”。长期服用丹药的结果，不仅使嘉靖的身体每况愈下，且性情也愈加暴躁，对大臣动辄廷杖，使得朝中人人自危。万历皇帝自 1589 年元旦之后再未亲临上朝，官员们在长达三十年的时间里没有看到过万历的“票拟”和“朱批”。不用说中下层官员，即使是像内阁首辅这样的高官，很多人直到告老还乡那一天也未曾亲睹过万历的圣颜。大臣们在奏疏中对他的描述是“我皇自十七年以来，久不视朝，臣等先在朝列者，罕睹天颜。……当此民穷盗起兵革交侵之时，皇上不以为意，夜饮无节，敲笞左右，死者颇多”①。天启皇帝则沉醉于木工制造之中，将政事托付给魏忠贤和奶娘客氏，任其胡作非为，也不予置问。明朝的末代皇帝崇祯虽有心力挽颓势，然一则整个皇朝已行至山穷水尽之时，再加上崇祯本人性格敏感多疑且刚愎自用，终无力回天，难逃亡国厄运。

黄仁宇在《万历十五年》中曾说过这样一段话：“大明帝国却已经走到了它发展的尽头。在这个时候，皇帝的励精图治或者宴安耽乐，首辅的独裁或者调和，高级将领的富于创造或者习于苟安，文官的廉洁奉公或者贪污舞弊，思想家的极端进步或者绝对保守，最后的结果，都是无分善恶，统统不能在事业上取得有意义的发展，有的身败，有的名裂，

① （明）赵南星：《味檗斋文集》（一），商务印书馆 1936 年版，第 27 页。

还有的人身败而兼名裂。”[1] 延续中国长达两千余年的封建社会正式走进了它的“末世”。

明清易代之际，政治局面日益恶化，特务机关横行，大狱迭起，朝政一片乌烟瘴气。大规模的土地兼并使得中央政府的田赋收入一落千丈。皇族、宦官瞒田逃税，亏空便转嫁给百姓，民间盛传“一亩官田七斗收，先将六斗送皇州”的歌谣。此时，上有暴政下有民变，内有党争外有强虏，明王朝犹如一座风雨飘摇中的百年大厦，已到了墙颓柱朽之际。明崇祯元年（1628），王嘉胤、高迎祥等人在陕北发动起义，陕西饥民纷纷参加。次年，明朝裁减驿站，数十万驿马夫也加入到农民起义的洪流中去，其中最为典型的代表就是李自成。1644 年，李自成的大军兵临城下，崇祯皇帝自缢煤山，大明日落。后满清入关，入关之后，战争又持续了数十年，凡是清军占领的地方，都实施了残酷的杀戮。仅对南明的战争，就有扬州十日、嘉定三屠，顾炎武诗写到江南抗清的惨烈：“旌旗埋地中，梯冲舞城端。一朝长平败，伏尸遍岗峦。”经此乱世之变，生命显得更为卑微，清朝建立以后，在当时的读书人中，有的坚持不奉征诏，但也有不少人选择到新朝为官。但不论是不奉征诏，还是身为“贰臣”，其内心的惶惑与绝望，则都是共通的。如吴梅村虽短暂侍奉新朝，但其仕清以后的岁月，却是在沉痛的后悔和自我批判中度过的。吴梅村死时要求家人为其殓以僧装，因为穿前朝衣服，会触怒当朝；而着清代衣衫，又非其本愿，僧衣是折中的办法，也是最后表明心迹的手段。功名利禄早已化为尘土，而读书人念念不能忘怀的生前盛名、身后声誉，说来也是既实且虚。此时，唯一能告慰吴梅村的，还是文章千古事，诗词风韵长。他的“梅村体”诗作写尽了乱离时世的飘宕之人，而且死后的墓碑上，也只题有“诗人吴梅村”五个字，可谓发人深思。

清朝开国之后，虽有过“康乾盛世”的百年繁华，但亦不过是封建社会的“回光返照”而已。生于雍乾年间的曹雪芹在《红楼梦》中就时时流露出这种“末世”心态，第五回贾宝玉神游太虚幻境，看到金陵十二钗的判词，写王熙凤是“凡鸟偏从末世来”，咏探春则是“生于末世运偏消”，直指这繁华背后的虚无本象。书中的贾府就像整个社会的缩影和

① ［美］黄仁宇：《万历十五年》，中华书局 1982 年版，第 238 页。

象征，也就是“外面看着还有个架子，内囊却早都已尽了”，用小说中冷子兴的话来说，就是“百足之虫，死而不僵”而已。

这种“末世”心态对明清文人至少产生了两个方面的影响：一是影响了其人生道路；二是塑造了其文化品格。[①] 明中后期的政治荒怠、仕途的跌宕无常在当时文人的人生中投下了浓重的阴影。王阳明致仕途中屡遭谗忌；唐顺之四起四落，曾遭“复削籍归”，故于阳羡山中，读书十余年。杨慎因跪哭文华殿事而遭削籍谪戍云南三十五年，然他肆力古学，不停著述，成为明代学术大家。李开先官至太常寺少卿，罢官居家三十年，富藏书，好收罗市井艳词，有《宝剑记》、《词谑》等作品传世。沈璟22岁中进士，37岁退出仕途，日以传奇自娱，遂成为吴江派的代表人物。汤显祖万历十八年（1590）上书言政被贬，万历二十六年（1598）更遭京察夺官，居家二十年，以“临川四梦”传世，尤以《牡丹亭》为千古绝唱。李贽曾自道“余唯以不受管束之故，受此磨难，一生坎坷，将大地为墨，难写尽也”[②]，辞官后愤然著书，所谓“和尚自入龙湖以来，口不停诵、手不停批者三十年，而《水浒传》、《西厢曲》尤其所不释手者也。盖和尚一肚皮不合时宜，而独《水浒传》足以发抒其愤懑”[③]。

广大文人放弃仕宦道路，以著述、评点自娱，在很大程度上也是一种不得已的退缩与选择。所谓“国家不幸诗家幸”，他们痛感政治的黑暗，人生的迅疾，转而从文学艺术中去寻求生命内在的审美超越。尤其是明清易代之后，文人的这种“伤逝”情怀更为强烈，少为纨绔子弟的张岱自述国破家亡时“所存者，破床碎几，折鼎病琴，与残书数帙，缺砚一方而已。布衣蔬食，常至断炊”[④]。金圣叹则身卧寒斋，“有时风寒，有时泥雨，有时卧病，有时不值，如是等时，真住牢狱矣”[⑤]，岁月的蹉跎，事业的无成，造成了金圣叹“拔剑四顾心茫然”的落魄和焦虑感：“盖自一副才调，无处摆划，一块气力，无处出脱，而桀骜之性既不肯以

① 林岗：《明清小说评点》，北京大学出版社2012年版，第24页。

② （明）李贽：《豫约》，《焚书》卷四，中华书局1975年版，第187页。

③ （明）李贽：《批评水浒传述语》，载陈曦钟、侯忠义、鲁玉川辑校《水浒传会评本》，北京大学出版社1981年版，第25页。

④ （明）张岱：《陶庵梦忆》，西湖书社1982年版，第123页。

⑤ （清）金圣叹：《自序》，《金圣叹批评本水浒传》，岳麓书社2006年版，前言第17页。

伏死田塍，而又有其狡猾之尤者起而乘势呼聚之，而于是讨个出身既不可望，点污清白遂所不惜，而一百八人乃尽入于水泊矣。嗟乎！才调皆朝廷之才调也，气力皆疆场之气力也，必不得已而尽入于水泊，是谁之过也?”①

为了摆脱这种对于无意义和空虚的焦虑，明清文人必须解决与个体生命休戚相关的难题，当仕途无望、报国无门之时，自我生命还有没有存在的价值？如果有，要靠什么来支撑和安顿个体生命的存在？奥地利著名心理学家阿弗雷德·阿德勒（Alfred Adler）指出：“一切人都具有共同的最终目标——力求优越，但是，如何追求优越就取决于个人独特的条件。每个独特的人试图获得优越的手段称为生活风格。”②

以金圣叹为例，在《水浒传》第十三回，金圣叹批道：

> 一部书一百八人，声施灿然，而为头是晁盖，先说做下一梦。嗟乎！可以悟矣。夫罗列此一部书一百八人之事迹，岂不有哭、有笑、有赞、有骂、有让、有夺、有成、有败、有俯首受辱、有提刀报仇，然而为头先说是梦，则知无一而非梦也。大地梦国，古今梦影，荣辱梦事，众生梦魂，岂一部书一百八人而已，尽大千世界无不同在一局，求其先觉者，自大雄氏以外无闻矣。③

在金圣叹看来，世事虚幻，飘曳不定，所谓人世纷扰，不过是无始无终的“梦境”。无论是有所为，还是无所欲为，人都终将直面死亡，生命必会水逝云卷。那么，要如何在短暂的人生旅途中实现个体的意义和价值？对此，金圣叹的应对策略是“世既弃我，我亦弃世”④，主张以“消遣”之法，“从吾所好”，“著书自娱”，在文学艺术中去实现生命内

---

① （清）金圣叹：《水浒传》第二回回评，《金圣叹批评本水浒传》，岳麓书社 2006 年版，第 29 页。

② ［美］B. R. 赫根汉：《人格心理学导论》，何瑾、冯增俊译，海南人民出版社 1986 年版，第 99 页。

③ （清）金圣叹：《水浒传》第十三回回评，《金圣叹批评本水浒传》，岳麓书社 2006 年版，第 148 页。

④ （清）金圣叹：《杜诗解·早起》批，《金圣叹评点才子全集》第一卷，光明日报出版社 1997 年版，第 693 页。

在的审美超越。在《水浒传》第十四回的回评中，金圣叹道：

> 阮氏之言曰："人生一世，草生一秋。"嗟乎！意尽乎言矣。夫人生世间，以七十年为大凡，亦可谓至暂也。乃此七十年也者，又夜居其半，日仅居其半焉。抑又不宁惟是而已，在十五岁以前，蒙无所识知，则犹掷之也。至于五十岁以后，耳目渐废，腰髋不随，则亦不如掷之也。中间仅仅三十五年，而风雨占之，疾病占之，忧虑占之，饥寒又占之，然则如阮氏所谓论秤秤金银，成套穿衣服，大碗吃酒，大块吃肉者，亦有几日乎耶！而又况乎有终其身曾不得一日者！故作者特于三阮名姓，深致叹焉：曰"立地太岁"，曰"活阎罗"，中间则曰"短命二郎"。嗟乎！人生迅疾，人命无常，富贵难求，从吾所好，则不著书，其又何以为活也。①

对金圣叹而言，生命的意义不在于其长度，而在于其质地。从人生的偶然性和短暂性出发，金圣叹找到了一条既能追求心理快适，又能展现自我意义的道路。这条道路，就是以审美的态度面对生活。在《西厢记·拷艳》的批语中，金圣叹一口气说出三十种人生快事，其强烈的求乐之心，赫然可见。

当代社会学家李银河说过这样一段话："人在全无必需的情况下，如果还有动力做事，应该出于以下几类动机。第一类动机是想使自己的生命伟大一些，而不是那么渺小。第二类动机出于对他人的同情和怜悯，帮助他人。第三类动机是所做之事能给自己带来巨大的快乐。目前，我连第一种动机和第二种动机都很淡，只剩下第三种动机使我每天还能勉强爬起来做一点什么。"② 这种生活态度可谓是对明清文人的审美人生所作的一个现代注脚。

---

① （清）金圣叹：《水浒传》第十四回回评，《金圣叹批评本水浒传》，岳麓书社 2006 年版，第 155—156 页。

② 李银河：《为什么做事》，李银河博客，http：//blog. sina. com. cn/s/blog_ 473d53360102f37q. html。

## 二、心学理论与文人性情

宋元以来统治社会的思想是程朱理学，程朱理学把儒家学说中有关维护封建等级秩序的理念加以条理化的发挥，成为官方哲学。朱熹在阐述封建伦理道德为万世不变的金科玉律时，用了一个巧妙的论证方法，即“理在气先”。“理”就是忠、孝、仁、义，三纲五常，是“天理”。据朱熹讲，“未有天地之先，毕竟也只是理。有此理，便有此天地。若无此理，便亦无天地，无人无物，都无该载了。有理便有气，流行发育万物”①。“理”是第一性的精神本体，他不说道德乃后天构造形成之物，却说“未有君臣，已先有君臣之理；未有父子，已先有父子之理”②，要求人们要“存天理，灭人欲”。

明中叶以降，心学兴起，王阳明反对程朱将“理”与“心”分开的思想，主张“心即是理”、“心外无理”、“心外无物”，倡导“致良知”。王阳明在论证自己的哲学体系时，把“人”与“心”等同起来，说：“人者，天地万物之心也；心者，天地万物之主也。心即天，言心则天地万物之主也。心即天，言心则天地万物皆举之矣。”③ 按照他的看法，人是因为某种思想的存在而存在，人人心中都有“良知”，所以要“求理于心”，不要被私欲蒙蔽，人们应该通过内省的方法将其一齐去尽，恢复“良知”的本体。

王学在明代的兴起，约在十五世纪末到十六世纪初的弘治、正德年间。顾炎武在《日知录》中说：“盖自弘治、正德之际，天下之士厌常喜新，风气之变，已有所自来，而文成（王阳明）以绝世之资倡其新说，鼓动海内。”④ 但依顾炎武看来，朱子学说的动摇，早在王阳明之前就已经出现了，王阳明只不过是顺应了这一“风气之变”的趋势。程朱理学扼杀了人的主观能动性，而王学“致良知”的内省，虽仍未摆脱理学的范畴，但却已经开启了主体探究的大门。

---

① （宋）朱熹：《朱子语类》卷九十五，中华书局1986年版。

② （宋）朱熹：《朱子语类》卷九十五，中华书局1986年版。

③ （明）王阳明：《答季明德》，《王阳明全集》，上海古籍出版社1992年版，第215页。

④ （清）顾炎武：《日知录》卷十八《朱子晚年定论》，《日知录集释全校本》，上海古籍出版社2006年版。

王阳明之后，泰州学派兴起。泰州学派的创始人王艮，号心斋，生于明成化十九年（1483），卒于嘉靖二十年（1541），在从学王阳明之前，他就已经开始在自己的家乡讲学。王艮出身于盐民之家，虽有过几年受书乡塾的经历，但是身上并没有传统道学的包袱，讲学时，能从人们的日常生活讲起，颇受时众欢迎。后来王艮38岁时，正式拜在王阳明门下，成为王门弟子，他在帮助王阳明讲学时，能糅进自己的思想，指百姓日用，以发明良知之学。王艮指出生活起居、穿衣吃饭等“百姓日用”也是“良知”，真正的圣人之道，所讲的都应该切实于“百姓日用”，背离这一原则的，才应该被视为异端。王艮不仅重视人性，也很重视自己独立的人性，他曾说：“夫子亦人也，我亦人也。”意思是说：孔子虽被看作圣人，不过也是一个人；我虽然不能算是圣人，但也是一个人。王艮极有个性，平时常常戴着纸冠，身穿异服，手持笏板，乘一辆惹人注目的“招摇车”，因此被视为左道惑众而受到攻击，但他的言论主张，却深受下层群众的欢迎。

其后的李贽远绍王阳明，近承何心隐，更是主张自然人性论和个性解放。李贽生于嘉靖六年（1527），卒于万历三十年（1602）。李贽早年中过举，也做过几任官职，但均落寞不得志，他接触王学和泰州学派是在40岁到北京之后。在担任南京礼部员外郎时，李贽见到了王艮之子王襞和弟子罗汝芳，并向王襞执弟子礼。李贽接触王学和泰州学派时虽已年届不惑，但对于泰州学派的思想主张却早就心仪，他称王艮为“真英雄，故其徒亦英雄也”，“一代高似一代”。何心隐被杀害，他撰《何心隐传》为其辩诬，称其为“英雄之士不可免于世而可以进于道”。

在美学思想上，李贽提出“童心说”，“夫童心者，真心也。若以童心为不可，是以真心为不可也。夫童心者，最初一念之本心也。若失却童心，便失却真心；若失却真心，便失却真人”①。童心既是天生自有的，人欲也是天生自有的，李贽说：“穿衣吃饭，即是人伦物理。除却穿衣吃饭，无人伦物理矣。”② 他反对理学家“存天理，灭人欲”的说法，反对

① （明）李贽：《童心说》，《焚书 续焚书》，中华书局2011年版，第146—147页。

② （明）李贽：《焚书》卷一《答邓石阳》，《焚书 续焚书》，中华书局1975年版，第4页。

以封建伦理道德来扼杀人的生活欲望。李贽由心生性，进一步引申出他的个性论。他认为人的个性的差异，是由物性不齐决定的；不同的个性，应任其自由发展，不受拘束；每个人只有从自己的性情和阅历出发，才能写出好文章。这种尊崇性情的士风盛极一时，使得整个社会生活与意识形态领域，都发生了由“理”到“情”、由“雅”到“俗”的转变。

李贽对晚明文坛影响甚大，在李贽之后，汤显祖更进一步发扬其学说，提出“唯情论”。汤显祖早年曾受教于王艮大弟子罗汝芳，其美学思想的核心范畴便是一“情”字。《牡丹亭》第一出标目诗云：“白日消磨肠断句，世间只有情难诉。玉茗堂前朝复暮，红烛迎人，俊得江山助。但是相思莫相负，牡丹亭上三生路。”这首标目诗，就极力突出了一个“情”字。汤显祖的“情”和“理”是相对立的范畴，在汤显祖看来，“情”是人天生就有的，他反对用“理”来否定“情”，认为“情”应该从“理”的束缚下解放出来。汤显祖追求“有情之人”，追求“有情之天下”，这里所谓的“情”，包含了个性解放、个性自由的内容，表达了市民阶层的心声和要求。

明万历十二年（1584），王阳明被诏命从祀于文庙，标示着王学从此取代程朱理学，成为社会思想的主流。余英时指出：“‘良知说’的‘简易直接’使它极易接受通俗化和社会化的处理，因而打破了朱子‘读书明理’之教在新儒家伦理和农工商之间造成的隔阂。”① 儒学的通俗化、社会化深刻影响了整个文化领域，为通俗小说的发展，提供了内在的文化基础。

考察《水浒传》的评点，无论是李贽，还是金圣叹，无不对李逵、鲁智深、武松等不愿受拘束之人叹赏不已，称为“第一等豪杰”。而且，在明清小说评点家看来，豪杰不仅是力量和勇气的象征，还是“多情”的化身。金圣叹在《水浒传》第三回夹批云：“天下真正英雄，如鲁达、李逵之徒，只是不好淫耳。至于儿女离别之感，何得无之？故鲁达有洒泪之文，李逵有大哭之日也。”② 像鲁智深这样的英雄豪杰，行事并非从

① 余英时：《士与中国文化》，上海人民出版社 1987 年版，第 516 页。

② （清）金圣叹：《水浒传》第三回夹批，《金圣叹批评本水浒传》，岳麓书社 2006 年版，第 47 页。

"道义"出发，而完全出自内心真情一片，他一再弄出事来，都是为了三个不相干的女子。小说第八回，鲁智深一路护送林冲到沧州，道："'杀人须见血，救人须救彻。'洒家放你不下，直送兄弟到沧州。"一段痴情，于"放不下"三字，淋漓可见矣。金圣叹于此处批道："天血雨，鬼夜哭，尽此二十三字！"[①] 于行事间自然流露内心深情，方是真英雄、真豪杰。这也是心学理论在明清小说评点中的一种投影显现。

### 三、市民文化与享乐心态

明代中后期，社会经济日益发展，追求奢靡、去朴从华、争新逐奇、轻视礼教，成为当时社会的风尚取向。在工商业显著发展的大城市中，如北京、南京、苏州、杭州、扬州等许多城市，商业化程度极为发达，人口稠密。这些商业城市的兴起，促进了商品关系的进一步发展。尤其是江南一带的富庶地区，据统计，在有明一代，江南市镇数达316个，清代更增至459个。[②] 这些以商业机能为主的市镇之间，间距很短，交通便利；它们有效地疏通与缩短了文化传播渠道，促进了城乡之间的文化认同，使市民社会得以兴起。

由于商品经济的繁荣，商人的地位得以提高，在社会生活中也发挥着更大的作用。商人们奢靡骄矜的生活方式，对社会产生了巨大影响，使得社会风尚也为之一变。时人张瀚在《松窗梦语》中说到江南风气的演变：

> 自昔吴俗习奢华，乐奇异，人情皆观赴焉。吴制服而华，以为非是弗文也；吴制器而美，以为非是弗珍也。四方重吴服而吴益工于服；四方贵吴器而吴益工于器，是吴俗之侈者愈侈，而四方之观赴于吴者，又安能挽而之俭也。盖人情自俭之趋于奢也易，自奢而反之俭也难。今以浮靡之后而欲回朴茂之初，胡可得也。[③]

---

① （清）金圣叹：《水浒传》第八回夹批，《金圣叹批评本水浒传》，岳麓书社2006年版，第102页。

② 樊树志：《明清长江三角洲的市镇网络》，《复旦学报》1987年第2期。

③ （明）张瀚：《松窗梦语》卷四《百工纪》。

明代对于服饰制式，原本是很重视的，各色人等，不同品帙，都有不同的制式和标志。但到明中叶以后，服制遭到破坏，正如《松窗梦语》卷七《风俗纪》所记载：

> 国朝士女服饰皆有定制。洪武时律令严明，人遵画一之法。代变风移，人皆志于尊崇富侈，不复知有明禁，群相蹈之。如翡翠珠冠，龙凤服饰，惟皇后、王妃始得为服。命妇礼冠四品以上用金事件，五品以下用抹金银事件，衣大袖衫。五品以上用纻丝绫罗，六品以下用绫罗缎绢，皆有限制。今男子服锦绮，女子饰金珠，是皆僭拟无涯，逾国家之禁者也。①

明嘉靖、万历以后，男子妇女服饰花式繁多，令人眼花缭乱。人们以奇为尚，当时有民谣讥讽这种追求新异的现象说：“一可怪，四方平巾对角戴；二可怪，两只衣袖像布袋；三可怪，纻丝鞋上贴一块；四可怪，白衣截子缀绿带。”一块平常的四角头巾，偏要对角戴；而“两只衣袖像布袋”，估计类似于当代的蝙蝠衫。这类追新逐异，反映了一种社会文化心理，其中表现出的互相攀比、争奇斗艳，也可看作是个性主义审美的表现。

家居装修在晚明也开始蔚然成风，范濂《云间据目钞》中有一则就是讲家居装修的：

> 细木家伙，如书桌、禅椅之类，余少年不曾一见……隆万以来，虽皂隶快甲之家，皆用细器，而徽之小工匠，争列肆于郡治中。即嫁妆杂器，俱属之矣。纨绔豪奢，又以椐木不足贵，凡床厨几桌，皆用花梨、瘿木、乌木、相思木与黄杨木，极其贵巧，动费万金，亦俗之一靡也。尤可怪者，如皂快偶得居止，即整一小憩以木板装铺，蓄盆鱼杂卉，内列细桌、拂尘，号称书屋，竟不知皂快所读何书也。②

---

① （明）张瀚：《松窗梦语》卷七《风俗纪》。

② （明）范濂：《云间据目钞》卷二《风俗》。

万历时太监刘若愚对晚明太监的家具使用，也有一段生动的描写："大抵天启年间，内臣更奢侈争胜。凡生前之桌、椅、床、柜、轿乘、马鞍，以至日用盘盒器具，及身后之棺椁，皆不惮工费，务求美丽。"又"万历、天启年间所兴之床，极其蠢重，十余人方能移，皆听匠人杜撰极俗样式，为耗骗之资。不三四年，又复目为老样子不新奇也"①。

在饮食方面，当时的人们也是极逞巧心慧思。冒辟疆在《影梅庵忆语》中回忆董小宛经营四季美食，样样出手不凡，无论用新鲜花果酿制香露、瓜膏，烹饪野鸡、兔肉、菌类，还是加工腐乳、豆豉、风鱼、熏肉，都精妙异常。熏肉有松柏之香，风鱼有麂鹿之味，那些色香兼具的梅花、野蔷薇、玫瑰、丹桂、甘菊、秋海棠等，初绽放时经她采摘、蜜渍，加工成花露，历久而香味、颜色不变，"红鲜如摘，而花汁融液露中，入口喷鼻，奇香异艳，非复恒有"。夏日，她则取西瓜汁、桃汁滤清，搅糖细炼，精心熬制成瓜膏和大红琥珀色的桃膏。冒辟疆嗜茶嗜香，他俩便常于花前月下，对尝佳茗；或静坐香阁，细品名香。冒家庭院遍植梅花，董小宛在梅花含蕊时，就预先端详花枝的横斜，选择与之吻合的梅瓶；或者提前修剪枝椏，使其姿态造型与梅瓶相得益彰。她以蕙质兰心，将"四时草花竹叶，无不经营绝慧。使冷韵幽香，恒霏微于曲房斗室，至秾艳肥红，则非其所赏也"，可谓把江南文人艺术化的生活方式发挥到一种极致。

除了个人的记载，关于明代社会风气的移易，也见于明清的一些方志。如乾隆《吴江县志》：

明初世风淳朴，非世家不架高堂，衣饰器皿不敢奢侈。若小民咸以茅为屋，裙布荆钗而已。即中产之家，前房必土墙茅盖，后房始用砖瓦，恐官府见之以为殷富也。嫁娶止以银为饰，外衣亦止用绢。至嘉靖中，庶人之妻多用命服，富民之室亦缀兽头，循分者叹其不能顿革。万历以后，迄于天、崇，民贫世富，其奢侈乃日甚一

① （明）刘若愚：《明宫史・火集・饮食好尚》，北京出版社1963年版。

日矣。[1]

“民贫世富”，说明百姓还是穷的，但是世风已经被先富起来的人搅动提升了。社会富足，崇尚奢靡，尤其在富庶发达的南方，社会生活更是出奇的考究。《松窗梦语》说：“民间风俗，大都江南侈于江北，而江南之侈，尤莫过于三吴。”[2] 即使在晚明烽火遍地之时，江南依然桨声灯影，歌听姬舞，不仅统治者纸醉金迷，普通百姓也依然沉浸在一片繁华梦中。张岱在《陶庵梦忆》中回忆道：

> 越俗扫墓，男女袨服靓妆，画船箫鼓，如杭州人游湖，厚人薄鬼，率以为常。二十年前，中人之家，尚用平水屋帻船，男女分两截坐。不坐船，不鼓吹，先辈谑之曰：“以结上坟两节之意。”后渐华靡，虽监门小户男女，坐用两座船，必巾，必鼓吹，必欢呼畅饮，下午必就其路之所近，游庵堂寺院及士大夫家花园。鼓吹近城，必吹海东青《独行千里》。锣鼓错杂，酒徒沾醉，必岸帻嚣嚎，唱《无字曲》。或舟中攘臂与侪列厮打，自二月朔至夏至，填城溢国，日日如之。[3]

余澹心在《板桥杂记》中更是详细讲述了晚明秦淮河的绮丽风情、繁华景象，那些栉比鳞次的妓家，户户屋宇清洁，花木萧疏，迥非尘境；秦淮河两岸的精美河房，雕栏画槛，绮窗丝幛，十里珠帘；到薄暮时分，河中灯船密密麻麻，如火龙蜿蜒，光耀天地。南京贡院紧邻艺妓们的聚居地，三年一度的乡试，四方应试者云集南京，那才是秦淮河的狂欢佳节，夜夜笙歌，处处艳舞。明崇祯九年（1636），嘉兴人姚北若，曾经汇聚十二条楼船畅游秦淮，灯火笙歌逶迤而来，一共召集了四面八方来应试的复社名流百余人，每条船还邀请名妓四人侑酒，“柳岸花溪澹泞天，恣携红袖放灯船”，场面之宏丽盛大，一时无二。

---

① 乾隆《吴江县志》卷三八。

② （明）张瀚：《松窗梦语》卷四《百工纪》。

③ （明）张岱：《陶庵梦忆 西湖梦寻》，上海古籍出版社1982年版，第6—7页。

笔记杂著中这些对社会风俗的记载，在明清小说中也有类似描写。《红楼梦》中无论对于居室、饮食还是服饰，都有美轮美奂的描述，可见曹雪芹也是深得其中三昧者。作为贾府大家长的贾母，不但爱玩，也极会玩。贾府中的一道茄子，要十几道工序和配料；日常吃的小点心，要做成牡丹花等各色花样；宝玉所喝的一碗荷叶汤，也有专用的面模子。《金瓶梅》中孟玉楼看见潘金莲在做平底鞋，就批评其落伍，孟玉楼不仅穿高底鞋，还将其木底贴上毡子，这样就既不打滑，也不响脚，可见是当时的新潮鞋无疑。

小说、戏曲等方面的娱乐，也成为社会生活中十分重要的组成部分，通俗文学作品之多、之广，浸淫了整个社会生活。城市消费带动了娱乐业的发展，戏曲、小说就是在这一基础上产生并繁荣起来的。通俗小说的勃兴，与城市的产生、市民的文化需求密切相关，与整个都市文化的繁荣紧密相连。通俗小说所面对的，是一个公众阅读兴趣异常突出而且不断增长的时代。从明中叶以后的材料来看，下层社会中的文化人不在少数。张岱说江浙一带的后生小子无不读书，及至二十无成，然后习为手艺。这一识字率的增长极大地扩充了通俗文学的读者群体，客观上促进了通俗文学的传播和发展。

“作为最富有城市特性的文化现象，白话小说的兴盛主要是适应了十七世纪中国长江流域迅速发展起来的大城市和都市社会的需要，适应了不断发展壮大的市民阶层的需要。”① 但是，这些市民读者的文化水平一般不高，他们读小说往往只重视其中的若干“事迹”和“人物”，追求一种精神的消遣和娱乐。作为“通作者之意，开览者之心”的评点，一方面既要迎合市民的这种审美取向，同时另一方面也承担着对其审美趣味进行净化和提升的功能。

综上所述，明清时期封建政体的腐化与无常、商品经济的兴盛和繁荣以及心学理论在文化思想领域的兴起，都促进了社会整体求“乐”语境的产生。明清小说评点家在这样的社会文化背景下，看到了广大市民阶层求“乐”的需求，并对这种需求加以积极的肯定。从他们自身的思

① 王宁、钱林森、马树德：《中国文化对欧洲的影响》，河北人民出版社 1999 年版，第 76 页。

想经历来看，命运的不济使得他们对现实社会不满，并转而从文学事业中去寻求生命内在的审美超越。他们看到了通俗文学的成就和社会影响力，故选择其为评点对象，以期能打通主流文化与世俗文化的界域，重建其心目中理想的“文化空间”。

## 第三节　阅读即审美

### 一、阅读之“乐”

小说的阅读与经史诗歌的阅读活动不同，因为小说本身具有极强的娱乐性，而广大读者之所以选择阅读小说，也是抱着一种强烈的“求乐之心”，故小说阅读在本质上可称之为是一种审美活动。明清小说评点家对这一点有着极为自觉的认识。金圣叹说“呜呼！天下之乐，第一莫若读书，读书之乐，第一莫若读《水浒》”①，将小说的娱乐性功能提到了极为重要的地位；烟水散人在《珍珠舶序》中明确要求小说应使“俾观者娱目，闻者快心”②；陶家鹤在《绿野仙踪序》中说“余每于经史百家批阅之暇时，注意于说部，为其不费心力，可娱目适情耳”③。这些都是小说阅读“求乐之心”的体现。

小说阅读作为审美活动，读者审美经验的生成主要由这样几个环节构成：审美注意—审美想象—审美快感—审美超越。

审美快感是一种情感，但它也指向一个实在的或想象的对象，而且首先需要这个对象打动我们的外在感官或内在感官，这时我们可称之为该对象引起了我们的审美注意。小说唤起我们审美注意的，可能是某段情节、某个人物，抑或某段描写，它们会对我们的感官形成刺激，并伴随着一定的生理或心理反应。明清小说评点中反复出现的“目眩耳聋”、“耀人目睛”、“眉飞色舞”、“闪心摇胆”正是这种生理或心理反应的

---

①（清）金圣叹：《水浒传》第十二回回评，《金圣叹批评本水浒传》，岳麓书社 2006 年版，第 139 页。

②（清）烟水散人：《珍珠舶序》，载朱一玄编《明清小说资料选编》，南开大学出版社 2006 年版，第 938 页。

③（清）陶家鹤：《绿野仙踪序》，载朱一玄编《明清小说资料选编》，南开大学出版社 2006 年版，第 506 页。

描绘。

那么，什么样的小说才容易引起我们的审美注意？明清小说评点家通过自己的阅读经验，提出三个观点：“事新”、“情真”、“文美”。

首先，明清小说评点家在对小说进行审美赏析时，非常注重小说的“新奇别致”。陈其泰在《红楼梦》第一回总评中说：“作书本旨，欲脱尽陈言，独标新义。开卷一回，戛戛独造，引人入胜。文心绝世。‘女娲炼石补天处，石破天惊逗秋雨。’文境如是，不识看书者能点头否耶？”①陈其泰引用李贺诗句，表述的正是曹雪芹在创作《红楼梦》时的美学追求。曹雪芹在开卷第一回写道：

> 历来野史，皆蹈一辙，莫如我这不借此套者，反倒新奇别致，不过只取事体情理罢了，又何必拘拘于朝代年纪哉！……至若佳人才子等书，则又千部共出一套，且其中终不能不涉于淫滥，以致满纸潘安子建西子文君，不过作者要写出自己的那两首情诗艳赋来，故假拟出男女二人名姓，又必旁出一小人其间拨乱，亦如剧中小丑然。且鬟婢开口即者也之乎，非文即理。故逐一看去，悉皆自相矛盾、大不近情理之话。

曹雪芹开卷便表明了自己锐意创新的勇气，在第五十四回“史太君破陈腐旧套”中，更借贾母之口，批评了当时才子佳人小说创作的俗套。脂砚斋也极为欣赏贾母的这番议论：“首回楔子内云古今小说千部共成一套云云，犹未真，今借老太君一写，是劝后来胸中无机轴之诸君子不可动笔作书。”②

其次，明清小说评点极为激赏小说中的“真性情”描写，认为其可以极大地引起读者的审美注意，并激发其审美感受。

作为人类的本质力量之一，情感的起落始终观照着人，它是对生命

---

① （清）陈其泰：《红楼梦》第一回回评，载朱一玄编《红楼梦资料汇编》，南开大学出版社 2001 年版，第 715 页。

② （清）脂砚斋：《红楼梦》第五十四回回评，《脂砚斋批评本红楼梦》，岳麓书社 2006 年版，第 508 页。

精神的肯定和张扬。明清小说评点家每看到书中深情之处，往往不能自已，金圣叹批到鲁智深护送林冲到沧州一回，用“天血雨，鬼夜哭”六字来表达自己的内心感受。《水浒传》第五十七回，贺太守强抢民女，并将其父判配流放，史进仗义救人，却被贺太守收监坐牢。鲁智深闻得此事，气得酒也不吃，口口声声要马上去救史进，并不顾武松、朱武等人劝阻，孤身去华阴。金圣叹于此处批道：“和血和泪之墨，带哭带骂之笔，读之纸上岌岌震动，绝妙之文。”①

无情未必真文学，《离骚》为屈子之哭，《史记》则为太史公之泣。小说创作离不开情感，而其最能打动人心之处，也在其一片深情。明清小说评点家以自身的阅读经验，对此作了最有效的证明。

最后，小说的文字表述要有美感，这样才能引发读者的审美注意。金圣叹在阅读《水浒传》时就被《水浒传》高妙的文情所吸引了，如他盛赞“花和尚大闹野猪林”一回的文字描写，指出鲁智深出场只是一件事，《水浒传》却写出了四个层次。先是“铁禅杖飞将来”，继而“跳出一个胖大和尚”，然后看清其衣着、兵器，最后才“认得是鲁智深”。于是，一件简单的事情就变成了生动的变化过程，既合乎情理，又渲染出当时千钧一发、惊心骇目的情势，只有具备这样的文字表现能力，才算得上“文情如绮”。

虽然审美快感的生成始于审美注意，但是它同样离不开审美想象的参与。小说阅读中的审美想象，主要包括这样几个层面的含义：

第一，与其他文体相同，小说阅读是一个由语言层面到形象层面再到意蕴层面的还原过程，而这一过程离不开审美想象的参与。文学创作的最后工序是“编码”，阅读的最初工序则是“解码”，只有“瞻言而见貌”后，才可以“披文以入情”。文学语言不同于一般语言，它的丰富信息不是直接宣泄于词语的表面，而是蕴含在词语的深层结构之中。所以，读者在阅读过程中，不能停留于对语言表层意义的直感上，而是要积极调动自己的审美想象力，洞隐烛微，这样才能领悟到语言深层次的意涵。

---

① （清）金圣叹：《水浒传》第五十七回夹批，《金圣叹批评本水浒传》，岳麓书社 2006 年版，第 673 页。

《水浒传》第八回有这样一个情节，作为带枷囚犯的林冲在柴进庄上碰到了柴家的枪棒教师洪教头。这洪教头看见柴进厚待林冲，心中不忿，就提出与林冲比武，想打败林冲，令其出丑。而林冲则怕比武中打翻了柴家教师，使柴进面子上过不去，故一再推辞。这时洪教头先拿了根棒跳到场子里，对着林冲说："来、来、来！和你使一棒看。"洪教头此时嘴里连说的三个"来"字，颇耐人寻味。这里的"来"字显然不只表达"由别处到此处"的意思，三个"来"字一出口，洪教头扬扬得意，自以为稳操胜券的那副小人嘴脸，可谓溢于言表，跃然纸上。

第二，小说的叙述结构较其他文体更为复杂，小说的阅读伴随着对其情节发展的想象与推测，而这一想象与推测的过程也正是审美快感生成的重要源泉。在读者的阅读过程中，读者的心理张力并非恒定不变地保持同一水平，而是处在一种内外交织的"紧张"与"松弛"状态中。这种矛盾交织，始终刺激着读者，使读者在阅读过程中保持着一种想象力高度活跃、兴奋的状态。但明伦在评点《聊斋》中的《葛巾》一篇时道：

> 此篇纯用迷离闪烁，夭矫变幻之笔，不惟笔笔转，直句句转，且字字转矣。文忌直，转则曲；文忌弱，转则健；文忌腐，转则新；文忌平，转则峭；文忌窘，转则宽；文忌散，转则聚；文忌松，转则紧；文忌复，转则开；文忌熟，转则生；文忌板，转则活；文忌硬，转则圆；文忌浅，转则深；文忌涩，转则畅；文忌闷，转则醒；求转笔于此文，思过半矣。①

但明伦在欣赏《葛巾》"事则反复离奇，文则纵横诡变"的奇妙时，悟出了文贵"转"的审美特点。即使是一篇短篇小说，也要在叙述结构上极尽"转"之能事，唯此方可调动读者的审美想象力，使其获得一种精神上的快慰和满足。

第三，对小说中人物形象的理解和把握离不开积极的审美想象，读

① （清）但明伦：《葛巾》评语，载任笃行辑校《全校会注集评聊斋志异》，齐鲁书社2000年版，第2088—2089页。

者只有将“己之心”变换为“他之心”，才能与人物产生一种情感的认同。

张竹坡在《金瓶梅》第二回中批道：

> 金莲、武二文字中，妙在亲密亲密的没理杀人。武大、武二文字中，妙在凄惨凄惨的伤心杀人。王婆、西门庆文字中，妙在扯淡扯淡地好看杀人。此等文字，亦难将其妙处在口中说出。但愿看官看金莲、武二的文字时，将身即做金莲，想至等武二来如何用言语去勾引他，方得上道儿也。思之不得，写笔写之亦不得，然后看《金瓶梅》如何写金莲处，方知作者无一语不神妙难言。至看武大、武二文字与王婆、西门庆文字，皆当作如是观。然后，作者之心血乃出；然后，乃不负作者的心血。①

张竹坡要读者“将身即做金莲”，即要读者在审美想象中暂时化身为作品中的人物。具体而言，就是要借助自己的审美体验，按照文本中此时此地、此情此景中的潘金莲的身份、思想、意图、心理、语言、行为去揣摩她将如何去挑逗武二，从而品味这段文字的妙处。在张竹坡看来，为了确保“乃不负作者心血”，也为了使读者获得预期的审美效果，读者不妨也可以化身为作者，从作者的角度去进行审美想象，再用笔描写一番，然后再对照文本进行审美欣赏，方能品味到文本的妙处。

审美快感不是单纯的生理感受，而是基于生理感受所做出的一种情感判断。这种情感判断依赖于我们的想象力，并通过我们将其与我们记忆中惯常的意象或观念进行比较而获得。所以，审美快感比任何被动的生理感受更倚重对对象具体性质的知觉和认识。一个口渴的人很高兴能喝到茶，但并不在意茶有什么味道，而一个喜爱品茶的人喝茶则不是为了解渴，他的快乐来自对茶的味道的反复品味，甚至清楚地知道他为什么这么快乐，因为他能辨别出口中的茶是什么茶，产自

① （清）张竹坡：《金瓶梅》第二回回评，载侯忠义、王汝梅编《金瓶梅资料汇编》，北京大学出版社 1985 年版，第 54—55 页。

哪里，在什么时节采摘，用什么水泡制，有多少种味道在刺激着他的味蕾。这种对于茶的认知能力无疑会增加其审美快感的强度和持续性。明清小说评点对于小说文法的强调，就是为了提升读者对小说文体特性的认识，而这一认识无疑会增强其对自身阅读快感的反省能力。具备了这样的反省能力，我们不仅可以向他人解释自身快感何以产生，而且也可以理解他人的快感何以生成，这种交流会帮助我们更好地获得和增强阅读快感。

从明清小说评点者自身来看，他们良好的知识背景有利于增强其在小说阅读中的审美理解能力，这种理解能力与情感、想象等能力结合起来，共同促发了审美快感的生成。李贽自认为是一个才识超人的人，“有二十分识，二十分才，二十分胆”，他的小说评点是才、识、胆三者的集中结合和体现。金圣叹天资颖悟，“记得圣叹最幼时，读《论语》至子张问：‘士何如斯可谓之达矣？’见下文忽接云：子曰：‘何哉？尔所谓达者？’不觉失惊吐舌。蒙师怪之，至与之夏楚”[①]。年幼的金圣叹即可窥见孔子答问的“机锋”，可见其读书不仅富于灵性，而且善于思考。在《杜诗解·黄鱼》批里，金圣叹曾经自述道：“为儿时，知负大材，不胜侘傺。恰似自古及今，止我一人是大才，止我一人无沉屈者。”[②] 金圣叹将一腔学识尽情倾注在评点事业中，来实现自我的生命价值。

脂砚斋在评点《红楼梦》第五十四回时道：

> 读此回者凡三变。不善读者徒赞其如何演戏，如何行令，如何挂花灯，如何放爆竹，目眩耳聋，接应不暇。少解读者赞其坐次有伦，巡酒有度，从演戏渡自女先，从女先渡自凤姐，从凤姐渡自行令，从行令渡其放花爆，脱卸下来，井然秩然，一丝不乱。会读者须另有卓识，单着眼史太君一席话，将普天下不近理之奇文，不近情之妙作一齐抹倒，是作者借他人酒杯消自己块垒，画一幅《行乐

---

① （清）金圣叹：《西厢记·寺警》批，《金圣叹评点才子全集》第二卷，光明日报出版社1997年版，第101页。

② （清）金圣叹：《杜诗解·黄鱼》批，《金圣叹评点才子全集》第一卷，光明日报出版社1997年版，第781页。

图》，铸一面菱花镜为全部总评。噫，作者已逝，圣叹云亡，愚不自谅，辄拟数语，知我罪我，其听之矣。①

脂砚斋将读者分为“不善读者”、“少解读者”、“会读者”三类，指出他们阅读该回有三种不同层次的理解。“不善读者”只为纷繁富丽的热闹场面所惑，获得的是一种“目眩耳聋”的低层次的审美快感；而“少解读者”就能透过表层文字看到该回所展现出来的人伦道德、文法秩序，欣赏其“秩序井然”、“天伦之乐”之美；最后“会读者”则能通过自己的才智理解，领悟到该回的主旨在于史太君的一番评论，并从这番评论体会到作者的美学追求和思想品格，获得一种更深层次的审美愉悦。脂砚斋看到“读此回者凡三变”，而导致这“三变”的原因就在于读者审美理解能力的差异。

虽然审美是“无功利性”的，但是大多数美学家并不否认审美与生活实践之间的关系。明清小说评点家对这一点有着清醒的认识，虽然审美是其切入小说的有效入口，但是这一路径的出口还是要实现对审美的超越。这一超越除了上文提及的审美内部理性对感性的参与和超越外，还包括审美与道德实践和政治实践的关系。小说阅读作为一种重要的审美活动，不仅可以促进社会大众审美趣味的提升，而且还可以在政治实践中发挥积极的社会作用。

小说是一种“商品化”色彩极其浓厚的文学样式，其在社会上的广泛流传，不仅形成了广大的读者群，推动了小说的社会化和公共化；而且还塑造了读者的趣味、欣赏习惯、文化生活模式乃至深层心理文化结构。哈贝马斯认为：“由于文化具有了商品形式，而且它只有这样才能真正称得上是‘文化’，因此，就要求它作为成熟的讨论对象，对于这个对象，与公众密切相关的主体性自身有着清楚的认识。”② 这也就是说，文化产品的生产和接受不再受到专制和权威的限制，其主体在新的经济形

① （清）脂砚斋：《红楼梦》第五十四回回评，载朱一玄编《红楼梦资料汇编》，南开大学出版社 2001 年版，第 485 页。

② ［德］哈贝马斯：《公共领域的结构转型》，曹卫东等译，学林出版社 1999 年版，第 34 页。

式中成为一个积极能动的因素。因为处于商品交换活动中而具有了私人性质，可以就这些文化产品进行自主、批判的认识，所以，这些文化形式在很大程度上具有自发性，必然与传统道德观念和话语体系发生冲突，也就必然要在未来的时间里建立自己的规范。

明清小说评点家在某种程度上正是充当了“规范制定者”的角色，他们不仅要对读者的审美趣味进行净化，而且最终的目标是利用小说来参与道德和政治上的实践。就当时的通俗小说市场来看，可谓良莠不齐、鱼龙混杂，不少书坊主为了牟取利润，一味迎合读者的低级趣味，刊刻了大量的恶俗作品。明清小说评点家以敏锐的目光从这些小说里挑出符合自己审美趣味的作品，并加以揄扬。就像在以豪奢争胜的世风背景下，李渔却对居室陈设提出“简”的美学追求；而作为服装界“弄潮儿”的秦淮粉黛，打扮也并不像一般女性只知浓妆艳抹、桃红柳绿，而是崇尚简约素淡之美，不以鲜华、绮丽为工也。文人对大众生活实践的参与和引导，有助于建立高雅的审美趣味，并在此基础上，可以建设一种新的文化格局，设定一种新的文化品位，产生一种新的社会交往方式，并最终建立起他们心目中的理想社会。

### 二、小说话语权的确立

历代史志总是把“小说家”列于“九流十家”之末，或附骥于子类，或隶属于史类。小说与史书、诗歌相比，长期处于被忽视和边缘的地位。从问世伊始，小说就一直受到正统文人的亵慢贬损，被视为“小道”。扬州学派的焦循在《论语通释》云：“圣人之道至大，其言曰：‘一以贯之’……圣人一贯，故其道大；异端执一，故其道小。”①他的意思是，“道”的真理性在于它能贯通，有放之四海之大；而小说这样的“异端”，虽有可观之处，但与“大道”相比，其作用和地位实在是太微小了。所以小说长期处于被放逐的文化边缘地位，古代的大多数知识分子都视之为“闲书”，禁止子弟染指。《红楼梦》中贾宝玉也是在搬进大观园，脱离了贾政的管束之后，才放胆读“闲书”的；而

---

① （清）焦循：《论语通释》，载程树德编撰《论语集释》第八册，中华书局1990年版，第1308页。

薛宝钗也说幼时薛家兄弟姐妹喜读“闲书”，后来被家长发现，打的打，烧的烧，这才罢开手。

从明代中后期开始，小说的繁荣已是一个不争的事实。此时，不仅广大市民读者喜读小说，即使是传统贵族、士大夫阶层，也有不少爱读小说者，只是因为小说无利于功名之求取，才在他们的阅读心理上构成了某种“禁忌”。小说的繁荣是商品经济和市民社会的产物，而它反过来又会促进一种新的市民文化的形成，这无疑会对传统文化秩序形成一种挑战。面对这样一种局面，解决路径可以有两种：一是继续站在维护传统的基础上，贬斥、打压小说的发展；二是正视现实，为小说“正名”，肯定和鼓励它在构建新的文化方式中的作用。

明清小说评点家无疑选取的是后一种路径，而其之所以会做出这样的选择，从客观上来看，就是当时小说的艺术发展已经比较成熟，虽然市场上也充斥着大量的低俗作品，但也已经出现了像《三国演义》、《水浒传》、《西游记》、《金瓶梅》这样的精品。金圣叹就认为，像《水浒传》这样的作品，足以与传统经典进行PK，所以他才将《水浒传》、《西厢记》这样的通俗文学作品列为与《史记》、杜诗并列的天下才子书。从评点者主观因素来看，他们做出如此选择的原因在于两个方面：一方面，他们是时代的先觉者，看到了小说这样的通俗文学在社会生活中的作用，察觉到世风的变化，并勇于在这一场文化的变革中充当“弄潮儿”的角色；另一方面，明清小说评点者大多是当时社会中郁郁不得志的文人，他们认为自身有才却得不到主流的认可，处于文化群体中被放逐和边缘化的地位。李贽生前即被视为异端，金圣叹也以狂放著称，此时，遇到同样在文体领域中“有才却不得志”的小说，岂能不起惺惺相惜的知音之感！作为文人，明清小说评点者也有着对“名”的喜好和追求，这“名”不一定是俗世之“名”，他们选择小说评点，也是要为后世留下其“文名”，通过别样的一种方式来实现自我的人生价值。郁郁不得志的心态又促使其产生一种文化上的叛逆心理，越不为士林主流所看重和推崇的，他们越要极力揄扬，有时甚至以一种非常夸张的方式去进行，对小说的极力肯定不仅是出于学理上的考量，还代表着一种姿态和立场，即与传统、主流相对立、决绝的姿态和立场。

那么，明清小说评点家如何来为小说“正名”，又如何确立其在整个文体领域的话语权力呢？此时，摆在明清小说评点家面前的任务有二：其一即从价值论的角度对小说的社会价值予以确立和肯定；其二即从本体论的角度对小说本身的艺术特质予以分析，即小说与传统经、史相比，是如何通过自身独特的艺术特质来实现此种社会功能。

第一，明清小说评点家敏锐地发现了当时广大读者对小说求“乐”的阅读欲望，读小说与读经、读史的功利性阅读不同，从本质上更接近于一种无功利性的审美活动。李贽以“童心”论文，指出评点小说不过是一种自娱性的阅读活动，可以“随意改窜”，“批点得甚快活人”①。既然评点是一种娱乐性甚强的阅读活动，作为评点对象的小说，自身也必有可资读者“娱乐”之处。正基于此，明清小说评点家把阅读活动中的审美经验问题作为立论的前提和核心，分别从阅读主体和客体两个角度论述了阅读审美经验的生成、特征及其功能。在这一探讨过程中，明清小说评点家不但肯定了小说文本的“娱乐”特质，而且对这一特质的生成机制作了深入和细致的分析，建构起小说艺术的理论体系。明清小说评点消解了小说阅读与传统读书法的“胶着”状态，使小说及其评点脱离了经学传统和文学惯例，呈现出一种精神愉悦共享的阅读状态，从而形成了崭新的小说话语权——一种充满了娱乐和游戏精神的快乐文本。

明清小说评点肯定求“乐”乃人的本能欲望，对于美的体验可以协调人的感官和精神存在，并为人性的自由发展提供动力和保障。“美”不是“真”和“善”的附庸和仆役，自有其不可替代的价值。席勒曾经说过：“所有的艺术都致力于使人愉悦，而没有比使人快乐更为高尚和有价值的事了。真正的艺术是那种提供最高程度的愉悦的艺术；而这在于精神处于放纵的状态之中，从而使其所有禀赋都可自由游戏。”②

无独有偶，金圣叹在《水浒传》的评点中也提到了一个问题，他以《史记》为例，为什么《史记》所记载的人物和事迹可以流传至今？是“真”，还是“美”，会对人们构成如此强烈的吸引力？金圣叹说：

---

① （明）李贽：《与焦弱侯》，《李贽文集》，燕山出版社 1998 年版，第 377 页。

② ［德］席勒：《悲剧中合唱的用法》，转引自［美］利奥·洛文塔尔《文学、通俗文化和社会》，甘锋译，中国人民大学出版社 2012 年版，第 47 页。

> 夫修史者，国家之事也；下笔者，文人之事也。国家之事，止于叙事而止，文非其所务也。若文人之事，固当不止叙事而已，必且心以为经，手以为纬，踌躇变化，务撰而成绝世奇文焉。如司马迁之书，其选也。……马迁之书，是马迁之文也，马迁书中所叙之事，则马迁之文之料也。……能使君相所为之事必寿于世，乃至百世千世以至万世，而犹歌咏不衰，起敬而爱者，是则绝世奇文之力，而君相之事反若附骥尾而显也。[①]

在金圣叹看来，历史所记载的人物和事件之所以能流传至今，就在于它们凭借了“绝世奇文之力”，“真”和“善”只有通过“美”的原则来运行，才能发挥其最大的影响力。明清小说评点家看到了社会风气的演变，并肯定了人们对“美”的追求和热爱。小说的兴盛正是顺应了这一历史潮流的变动，明清小说评点以“美”为小说张本，既规定了小说的本质属性，又确立了其在文体领域独特的价值和地位。

第二，明清小说评点虽然以审美经验为立论的前提和核心，但其最终的理论诉求则是要实现对纯粹审美经验的超越。究其原因，就在于对小说社会价值的评判。要想确立小说的话语权，除了揭示小说自身的艺术特性之外，还要从价值论的维度对其社会功能予以认定。

历代诟病小说者有的认为其“诲淫诲盗”，如清人梁拱臣云：“盖《水浒》诲盗，《西厢》诲淫，皆邪书中之最可恨者。”[②] 清代朴学大师钱大昕也说：“古有儒、释、道三教。自明以来又多一教，曰：小说。……释、道犹劝人为善，小说专导人以恶。奸邪淫盗之事，儒、释、道书不忍斥言者，彼必尽相穷形、津津乐道，以杀人为好汉，以渔色为风流；丧心病狂，无所忌惮。子弟之逸居无数者多矣，又有此等书以诱之，曷怪其近乎禽兽乎？”[③] 有的即使看到小说的社会作用，也认

① （清）金圣叹：《水浒传》第二十八回回评，《金圣叹批评本水浒传》，岳麓书社 2006 年版，第 330—331 页。

② （清）梁拱臣：《北东园笔录四编》，载朱一玄编《明清小说资料选编》，南开大学出版社 2006 年版，第 309 页。

③ （清）钱大昕：《嘉定钱大昕全集》，江苏古籍出版社 1997 年版，第 272 页。

为与经史相比，小说的社会作用极为有限，不过属于“小道”、“末流”而已，孔子早就说过：“虽小道，必有可观焉；致远恐泥，是君子弗为也。”但明清小说评点家则认为优秀的小说不但可以发挥积极的社会作用，而且其能量也完全不亚于传统经史，只是其实现途径与之有别，即“寓教于乐”。

首先，明清小说评点家反复强调读小说不能只留意其故事情节，要把小说作为好文章来读，注意其中的文法、章法，并对小说的文法、章法予以学理的分析。如此阅读的效果就是使读者超越纯粹的审美经验，不但得“乐”，而且还能体悟到文章的“为文之道”，明晓“何以得乐”，提升对小说的理性分析和评判能力。被动的阅读不会促进人们的思想，只会使其停止，像催眠或吸毒一样使读者进入一种消极状态，这样的阅读模式显然不为明清小说评点家所首肯。

其次，明清小说评点家在肯定求“乐”的阅读欲求的同时，还有着另外的一种理论焦虑。这种焦虑主要包括三个方面：求“乐”不能流于鄙俗；求“乐”不能停于表层；求“乐”应有助于人心净化。以小说为代表的通俗文学领域本就良莠不齐，再加上其先天具有的“商品性”，使得一些无良的书坊主和文人为了利益的需要，炮制和编造了大量的低俗小说作品充斥世间。有的神魔小说和历史演义小说光怪陆离、荒诞不经；有的世情小说则完全沦为艳情小说，一味迎合读者的感官欲望，充斥大量的色情描写，即使宣称所谓的“以淫止淫”，也只不过是为自己披上一幅道德的遮羞布而已。所以，如钱大昕这样的小说批判者称小说为“诲淫诲盗”之作，虽然有失片面，但是也有一定的内在合理性。明清小说评点家对这一点有着很清醒的认识，作为“度人金针”的评点，理应对读者求“乐”的阅读欲求进行有效的导引，使其能沿着积极的方向前行。因此，就需要树立一种积极健康的审美趣味标准，对读者的不良趣味予以限制和净化。

最后，明清小说评点与意识形态也有着密切的关联。作为通俗文学的小说、戏曲，始终与世俗社会和平民阶层关系密切。在某种意义上，它们游离于整体意识形态之外，其内部隐藏着世俗化、反理性的思想意识和文化诉求。明清小说评点者看到了这一点，所以他们在小说评点中所遵循的价值标准，已与传统拉开距离，体现了新兴市民阶层的审美趣味和价值伦理。但是，作为新旧交替过程中的文人，其与传统之间也保持着丝丝缕缕的联系，这就使得评点者既对当时的官方意识形态有所批判，同时又对新兴的市民意识保持着一定的警惕，并在这种两难境地中去实现小说的社会政治功能，以期能建立他们心目中理想的文化和政治格局。

# 第三章

# 阅读范式的构建：审美经验的主体维度

明清小说评点突出了小说阅读的审美性质，一个重要原因就是它们试图将读者的注意力从所写之事转移到所写之文，因文生事，是让事为文服务，因此阅读不是整体上的理性把握，而是呈现为与文法相互交流的过程。在评点文字中，有一大部分便是为了标记和指示阅读过程的绵延回溯；沿着这些文字，读者不仅对所写的人和事做出深切细致的道德评价，而且更重要的是，由人和事而生的情感不再是直接的和凝滞的，而是在评点文字的引导下处于流动之中，经历着跌宕起伏，这是审美情感的重要来源。

无疑，这些对读者提出了特殊的要求，评点家本身就是被塑造的一个“理想的读者”。理想的读者必须虚静，但也必须消除完全被动的状态，而是主动地参与到文本结构中；他们必须对小说中的人和事进行积极的期待和反省；他们必须要设身处地，潜入人物的内心，但也要出乎其外，以期获得纯净的审美感受。

评点家们在表达他们自己的美感或引导其他读者获得美感时，一方面是以小说文本的艺术法则为依据和媒介，另一方面也时时揭示美感由此产生的心理规律；虽然中国古代没有系统的心理学理论供他们运用，但他们的观察和体悟与西方近代美学描述的情感和想象规律暗合，很多时候会依托于文本而给我们展示一次完整的审美经验的详细经过。所以，我们可以把这种阅读看作一种时间模式，这些模式复杂多变，并充溢着丰富的美感。当然，这些美感依赖于不同的内容而变化，有时需要一气呵成，有时则需要驻足回味，表现出变幻莫测的阅读节奏——这也是审美情感的运行节奏。

同时，在评点家们看来，审美阅读也不仅是一个线性过程，而是呈现为一个由多种因素拓展而成的活动场域，其中既包括小说文本的结构要素，也包括读者的阅读态度、阅读环境或心境，甚至是生理感受。但所有这一切都成为审美的对象：从文本的结构要素，到读者的生理感受，再到心理反省，审美阅读展现为一个具有多重维度的空间。我们从中可以看到由于沉潜于世俗生活而体验到的各种感官的敏锐感受，在阅读中转化为想象的材料和审美情感的媒介，这远远超出传统美学的范围；我们也可以看到评点家们也汲取了传统美学的理论资源，并将它们嫁接到小说这种“低俗”的审美对象上，由此为小说和小说阅读争得合法的地位。

## 第一节　理想的读者

伊瑟尔说：“对于文本来说，读者的介入是必不可少的。因为从实质上说，文本只是作为潜在的现实而存在——它需要一个主体（也就是说，需要一个读者）来具体实现这种潜在的现实。所以，文学文本主要作为交流手段存在，而阅读过程基本上是一种成对的相互作用。”① 读者作为阅读活动的重要一极，我们有必要对其进行认真的讨论和研究。

明清小说评点家在其评点过程中，以自身为标杆，对读者的主观素养和能力提出一系列要求，以期建构“理想的读者”。

金圣叹“最恨人家子弟，凡遇读书，都不理会文字，只记得若干事迹，便算读过一部书了”②，又说“轻将古人妙文，成片诵过。此皆上犯天条，下遭鬼戮之事，必宜有则改之，无则加勉者也”③。那么，理想的读者应该符合哪些条件呢？

首先，理想的读者在阅读过程中必须积极地参与和体验文本。明清

① ［德］W. 伊泽尔：《审美过程研究——阅读活动：审美响应理论》，霍桂恒、李宝彦译，中国人民大学出版社 1988 年版，第 89 页。

② （清）金圣叹：《读第五才子书法》，《金圣叹批评本水浒传》，岳麓书社 2006 年版，前言第 4 页。

③ （清）金圣叹：《西厢记·拷艳》夹批，《金圣叹评点才子全集》第二卷，光明日报出版社 1997 年版，第 210 页。

小说评点家对于这一点都有着比较自觉的认识。当小说情节发展进入停顿和转折之处时，评点者就会要求读者在这里停下脚步，不要急于去看下文，而是认真思考情节可能会有什么样的发展。毛宗岗批《三国演义》用“猜”字27次，金圣叹批《水浒传》用“猜”字11次，皆多次要求读者“掩卷思之”，“试猜其殆欲如何”。

读者发挥积极的能动作用，去猜测文本叙述的发展趋向，并会在这一过程中获得相应的阅读快感。萨特对此有过一段精妙的论述：

> 阅读时，你在预测，也在等待。你预测句子的末尾，预测下一个句子，预测下一页书。你等待他们来证明你的预测是否正确。阅读是由许许多多假设、许许多多终于要醒的梦、许许多多希望和受骗所组成的。读者总是走在他们阅读的那个句子的前头，进入一个他们读下去时一部分逝去、一部分相应地聚集拢来的未来之中。这个未来从一页退到下一页，形成了文学客体的一个移动着的地平线。①

做出预测之后，就会期待预测的验证，这一期待的过程必然充满兴奋、焦虑和紧张，成为阅读快感的重要源泉。作为与说书艺术有着密切联系的通俗小说，对读者的这一心理可谓了如指掌，故文中每到关键之处，偏要生出无数曲折，其目的就是吊足读者的胃口，将这一等待预测验证的过程尽可能拖长，来增加阅读快感的强度。

哈斯宝在《红楼梦》第三回评道：

> 文章有拉来推去之法，已用在本回。所谓拉来推去之法，好比一个小姑娘想要捉一只蝴蝶，走进花园却不见一蝶，等了好久，好不容易看见一只蝴蝶飞来，巴望它落在花上以便捉住，那蝶儿却忽高忽低，忽近忽远地飞舞，就是不落在花儿上。忍住性子等到蝶儿落在花上，慌忙去捉，不料蝴蝶又高飞而去。折腾好久才捉住，因为费尽了力气，便分外高兴，心满意足。为看宝黛二人的命运而展

① 伍蠡甫主编：《现代西方文论选》，上海译文出版社1983年版，第193页。

开此书，又何异于为捉蝶儿走进花园？一直读至本回，又何异于等待蝶儿飞来？……使读者急不可耐，然后再出场，才能使他们高兴非常，心花怒放。呵，作者的笔是神是鬼？为何如此细腻不朽？①

这是一段关于读者审美预期心理态势的生动描述。读者在读这一回时，会对宝黛初会的场面进行自己的审美想象和心理预测，并急于在文中验证自己的这一想象。可是作者却行文曲折，先写贾母等人，又写贾赦等人，刚盼到宝玉出场，又写宝玉转身而去，这就像一只蝴蝶一样，一时飞到这朵花上，一时又飞到那朵花上，使读者急不可耐，心痒难搔。读者在经三番四次之后，方才读到宝黛初会的场景，并与自己先前的预期进行比较，这一阶段由于费尽了力气，就像捉蝴蝶的小姑娘一样，当最后终于将蝴蝶捉到手时，其内心的快感，自是不言而喻。

除却期待过程所带来的阅读快感之外，期待的不同验证结果也会为读者带来不同类型的阅读快感。概括起来，读者猜测的验证结果无非两种，即一为证同，一为趋异。

所谓“证同”，就是读者的审美预期在接下来的阅读过程中得到了印证，求同心理得到了满足，一方面，某种亲切感和熟悉感会转换为审美的愉悦感；另一方面，对自身理解和认知能力的肯定也会带给读者极大的满足感和愉悦感。

例如《红楼梦》第三回描述宝黛初会，读者在读这一回时对两人相遇场面的预期定是二人一见如故、一见钟情，事实发展也果真如此，宝玉一见黛玉便说“这个妹妹我见过”，而黛玉见到宝玉的第一反应则是“何故眼熟到如此”，这种两情相知的场景与读者的审美预期一拍即合，故读者读到此处，自然会获得一种“证同”的审美愉悦感。

所谓“趋异”，则是读者的审美预期与文本形成了差异，这时读者的心理感受会出现两种情况。如果作者确实文心高妙，技高一筹，读者在初看到“趋异”的验证结果时会有短暂的失望之感，但随着对文本的进一步思考又会体悟到文本的妙处，这时就会对作者的灵心巧思衷心佩服，

① （清）哈斯宝：《红楼梦》第三回回评，《新译红楼梦回批》，亦邻真译，内蒙古人民出版社1979年版，第32—33页。

并获得一种审美的愉悦。第二种情况是读者始终不能认同作者的安排，这种不予认同的原因有两种：一是虽从“理”上认同了作者，但从“情”上不能接受，如对“有情人不能成眷属”、“善无善报”等情节的非认同；二则是因为作者技巧拙劣，故弄玄虚，情节发展不合情理，这时读者也会产生一种对作者的非认同。

如果在期待验证的结果中出现了“非认同”的情况，那么这时的读者还能否产生一种阅读快感呢？我们先来看第一种“非认同”的情况，即从“理”上认同，而从情感上不认同。哈斯宝在评点宝黛二人的爱情悲剧时说：

> 文章之妙，在于事先料不到它的变化反复，事出突然而又合理。先在王熙凤戏谑之间送茶，说了那几句话，使读者觉得宝黛之盟已定不可移，以为作者构思就是如此，书中诸人也该这么想。后来忽然转折，无意中生变，而且又变得端端在理，这是何等之奇。①

此回王熙凤借送茶一事，和黛玉开玩笑，说既吃了我们家的茶，为什么不给我们家做儿媳妇？然后还指着宝玉，说到底是模样配不上，还是家私配不上？此玩笑弄得黛玉满脸含羞，转身要走，还是宝钗将她拉住了，说本就是个玩笑，要真恼了就没意思了。其实，不只王熙凤，就连薛宝钗也开过宝玉和黛玉的玩笑，以至于不仅读者，就连贾府中诸人也都认为他二人婚姻可成，是天生的一对。脂砚斋在此处也感叹当时人人皆认为二玉乃天作之合，孰知日后却并非如此。贾府家长最后选择了“金玉良缘”而不是“木石前盟”，虽大大出乎读者意料，但如仔细回思，贾宝玉和薛宝钗的结合也并非全然无理，而是如哈斯宝所言，虽是“无意中生变”，却“变得端端在理”。这时读者在“理”的层面上会接受这一结果，并有可能还会佩服作者行文之“奇”，但是从情感上应该还是会对宝黛的情感悲剧不能释怀。人生不如意事十有八九，良好的预期在现实生活中也多不能实现，这种感慨与书中人物的命运心心相契，读者在

① （清）哈斯宝：《红楼梦》第十回回评，《新译红楼梦回批》，亦邻真译，内蒙古人民出版社 1979 年版，第 48—49 页。

此时也会借由命运体悟而领会到一种更深层次的人生哲理，并获得一种情感的相通和共鸣。

而如果读者在发现其文本期待与作者构思出现差异之后，经过反思得出的结论是自己的构思优于实际文本，这时也会获得一种智力上的优越感，并从这种优越感进而得到心理愉悦。

综上所述，无论在阅读中出现哪种情形，只要读者积极地发挥自身的能动作用，其所获取的审美愉悦都将大大超过被动阅读的效能。

明清小说评点要求读者不仅在情节的发展上要积极发挥自身的想象和推理能力，对于书中的人物，评点家也要求读者进行一种移情式想象，与书中人物同欢喜，共命运，从而获得一种更真切的审美感受。金圣叹说："格物之法，以忠恕为门。何谓忠？天下因缘生法，故忠不必学而至于忠，天下自然无法不忠。火亦忠，眼亦忠，故吾之见忠；钟忠、耳忠，故闻无不忠。吾既忠，则人亦忠，盗贼亦忠，犬鼠无不忠，所谓恕也。夫然后能尽人之性，而可以赞化育，参天地。"① 由"尽己"抵达"尽人""尽物"，其中关键在于"恕"，即在小说创作中对于描写对象要进行"设身处地""推己及人"的想象。

与此同理，那么读者在解读人物形象时，也要能做到"设身处地"、"推己及人"，唯此才能获取更强烈的阅读体验。《聊斋志异》中有一篇《叶生》，写叶生文才冠绝当时，却久困名场，后承丁公赏识，教丁公子习文。丁公子成名后又反过来提携叶生，到得叶生衣锦还乡之时，家中人却俱惊骇不已，因为其早已死去数年。叶生入门后见到自己的灵柩，便扑地而灭。对于这个文人悲剧，冯镇峦批道："茫茫千古，此恨绵绵。万古冤魂长不死，更从何处哭刘蕡？"② 之所以会有这样的感慨，则是因为冯镇峦从自身"寒毡终老"的生活体验，体会到叶生的悲剧命运，并进而领会到蒲松龄的创作苦心。

即使是那些人生经历、性格与读者相差甚远的人物，读者在阅读时

---

① （清）金圣叹：《水浒传·序三》，《金圣叹批评本水浒传》，岳麓书社 2006 年版，前言第 11 页。

② （清）冯镇峦：《叶生》批语，《冯镇峦批评本聊斋志异》，岳麓书社 2011 年版，第 23 页。

也要暂时泯灭自身，化身为对方，张竹坡就要求读者在阅读《金瓶梅》时，“将身即作金莲”，唯此才不至于将人物扁平化，看到人物性格的复杂性和丰富性，体悟到文章的妙处。对于孟玉楼这个人物形象，文龙在对《金瓶梅》进行点评时，也并非因其“恶行”就对其一概驳倒，在某些事情上，也能客观地站在孟玉楼的立场上，对其做出一个公允的认识和评价。如对孟玉楼二次改嫁一事，文龙就批道：“试观‘奴也吃人哄怕了’一语，全身筋节、满腹精神，都于此七字中迸出来。则此数年来之玉楼，含羞忍辱，怀忿蒙污，藏拙守愚，听天由命，竟不意于清明之日洩其机，陶妈妈之来发其隐。而今而后，大可遂其志也，如其意，而仍不违其初心也。此玉楼之所以含笑允婚，洒泪上轿也。”① 对孟玉楼自己择偶的二度改嫁行为，文龙站在孟玉楼的立场上，对其进行了充分肯定和同情。

其次，理想的读者必须能透过作品表层，挖掘出文本的真正意蕴。金圣叹说：“看书要有眼力，非可随文发放也。”② 他本人对宋江这一人物形象的阐释，就是通过对文本的认真细读，去发现作者的“深文曲笔”。哈斯宝在评点《红楼梦》时也继承了金圣叹的观点，他说：

> 全书那许多人写起来都容易，唯独宝钗写起来最难。因而读此书，看那许多人的故事都容易，唯独看宝钗的故事最难。大体上，写那许多人都用直笔，好的真好，坏的真坏。只有宝钗，不是那样写的。乍看全好，再看就好坏参半，又再看好处不及坏处多，反复看去，全是坏，压根儿没有什么好。一再反复，看出她全坏，一无好处，这不容易。但我又说，看出全好的宝钗全坏还容易，把全坏写得全好便最难。读她的话语，看她的行径，真是句句、步步都象个极明智、极贤淑的人，却终究逃不脱被人指为最奸、最诈的人，

① （清）文龙：《金瓶梅》第九十一回回评，载朱一玄编《金瓶梅资料汇编》，南开大学出版社 2002 年版，第 649 页。

② （清）金圣叹：《水浒传》第四回回评，《金圣叹批评本水浒传》，岳麓书社 2006 年版，第 40 页。

这又因什么？《纲目》臧否全在笔墨之外，便是如此。[①]

哈斯宝认为曹雪芹在塑造薛宝钗这一人物形象时，用的不是“直笔”，所以就要求读者阅读时格外注意作者的真实意图。在《红楼梦》第五回，哈斯宝结合具体文本，评道：

> 薛宝钗是在林黛玉之后来的，见宝黛二人情意深厚，便想出千方百计，以夺宝黛因缘。上对贾母、王夫人谄谀备至，下对仆妇丫环笼络讨好。因为妒忌宝玉对黛玉的爱情，她费尽心机，故意要鉴赏那块玉，笑脸看着婢女，让婢女说出同自己金锁上的话是一对儿。写这等情节，令人觉不出她的奸诈狡猾，回目上也只写“巧合”二字，就这样却淋漓尽致地揭出了她是何等奸狡。如不仔细读，人又怎能得知？有人说，说宝钗的心地行为如此，总该是冤枉的。我说，如果那样，宝钗之来是等待宫选的，这时却为何一字不提此事了？以宝钗如此容貌，难道还不难入选吗？这是何人捣鬼？读者为何不察？[②]

薛宝钗这一形象确实具有多面性，哈斯宝从具体文本出发，对宝钗的性格得出迥异于表面文字的解读，这种阅读精神，是值得读者借鉴的。他对袭人这一人物同样做了颠覆性的阐释，指出其外好而内奸的性格：

> 读《红楼梦》的人都说袭人是第一等好人。我看，再没有比她更精通奸计诈术的人了。读者不必看别的，只要看她“故意装睡”这一句就够了。最先同宝玉发生奸情的是谁？在宝玉上学时她教唆的都是些什么？孟子说：“观其眸子，人焉兽焉？”这就是袭人的

---

① （清）哈斯宝：《红楼梦》第三十八回回评，《新译红楼梦回批》，亦邻真译，内蒙古人民出版社1979年版，第129页。

② （清）哈斯宝：《红楼梦》第五回回评，《新译红楼梦回批》，亦邻真译，内蒙古人民出版社1979年版，第37页。

眸子。[①]

对袭人和宝钗的解读，历来见仁见智，喜欢她们的读者赞赏她们贤良温淑的性情，而不喜欢她们的读者则对她们的一言一行都大加贬斥，斥其为阴险狡诈的小人。更有甚者，所谓袭为钗副，晴为黛副，有的读者还将晴雯和黛玉的悲剧完全归结到袭人和宝钗的身上，她们也因此成了杀害晴雯和黛玉的刽子手。事实上，这两个人物的存在，远非那般的脸谱化，在她们身上，充斥着理与情的复杂纠缠，她们既是酿成他者悲剧的成因，但也品尝了自身酿造的苦酒。哈斯宝对宝钗和袭人的解读，有一定的偏颇之处，也未必符合曹雪芹的创作本意，但他善于抓住文本的缝隙和矛盾之处，并能小中见大，这种方法和能力还是值得肯定的。

除却对人物的把握要能看到“曲笔”背后的“深文”之外，对一部小说真正的理解还在于要能透过表层的故事发掘出背后的深层意蕴。金圣叹指出，作者在进行创作活动时“先有成竹藏之胸中”，我们细读文本，就是要揭示出这种隐含在作品里的作者的真正动机，从而将作品的艺术内涵充分地显现出来。金圣叹说：“读书随书读，定非读书人。”[②] 又说：“读书尚论古人，须将自己眼光直射千百年上，与当日古人提笔一刹那倾精神，融成水乳，方能有得，不然，真如嚼蜡矣！”[③] 其意正是要求读者在阅读过程中，洞察作者的创作动机，领悟文本的真正内涵。

张竹坡在评点《金瓶梅》时也有一段类似的表白：“作者之意，曲如文螺，细如头发。不谓后古有一竹坡，为之细细点出。”[④] 自《金瓶梅》问世以来，由于其书中大量性描写的客观存在，就连蒲松龄也称之为“淫史”，一般的社会舆论更可想见。张竹坡则认为将这一千古奇书简单斥为“淫书”，不仅有违作者本意，也不符合文本实际。在《批评第一奇

---

① （清）哈斯宝：《红楼梦》第五回回评，《新译红楼梦回批》，亦邻真译，内蒙古人民出版社 1979 年版，第 38 页。

② （清）金圣叹：《水浒传》第十六回回评，《金圣叹批评本水浒传》，岳麓书社 2006 年版，第 181 页。

③ （清）金圣叹：《杜诗解·早起》批语，《金圣叹评点才子全集》第一卷，光明日报出版社 1997 年版，第 694 页。

④ （清）张竹坡：《寓意说》，《皋鹤堂批评第一奇书金瓶梅》，吉林大学出版社 1994 年版。

书金瓶梅读法》中，他说："何以谓'西门庆误《金瓶梅》?'时看官不作西门的事读，全以我此日文心，逆取他当日的妙笔，则胜如读一部《史记》。乃无如开卷便止知西门庆如何如何，全不知作者行文的一片苦心，是故谓之'西门庆误《金瓶梅》'。"① 他以"苦孝"、"奇酸"、"冷热"、"真假"概括《金瓶梅》的主旨，指出《金瓶梅》的内涵是多层次的，有关西门庆的故事只是表面层次的内容，反驳了肤浅的"淫书"观，有着积极的理论意义。

中国的语言文字似乎特别适合用来做文字游戏，于是玩弄字眼、暗含隐喻、活用谐音就成了中国小说修辞的一大特色，用评点家的话来说就是"游戏之中，暗传密谛"②。评点家遇到这种地方，总是一一拈出，加以评点，如《西游记》中菩提祖师住地为"灵台方寸山"的"斜月三星洞"，叶昼在这里批道："斜月象一勾，三星象三点，也是心。言学仙不必在远，只在此心。……一部《西游》，此是宗旨。"③

对《金瓶梅》中善用谐音的创作手法，张竹坡亦有所揭示：

> 更有因一事而生数人者，则数名公同一义。如车（扯）淡、管世（事）宽、游守（手）、郝（好）贤（闲），四人共一寓意也。又如李智（枝）、黄四，梅、李尽黄，春光已暮，二人共一寓意也。又如"带水战"一回，前云聂（捏）两湖、尚（上）小塘、汪北彦（沿），三人共一寓意也。又如安沈（枕）、宋（送）乔年，喻色欲伤生，二人共一寓意也。又有因一人而生数名者，应伯（白）爵（嚼）字光侯（喉），谢希（携）大（带）字子（紫）纯（唇），祝（住）实（十）念（年），孙天化（话）字伯（不）修（羞），常峙（时）节（借），卜（不）志（知）道，吴（无）典恩，云里守（手）字非（飞）去，白赖光字光汤，贲（背）第（地）传，傅

① （清）张竹坡：《批评第一奇书金瓶梅读法》，载侯忠义、王汝梅编《金瓶梅资料汇编》，北京大学出版社 1985 年版，第 43 页。

② （明）叶昼：《西游记》第十九回回评，《李卓吾批评本西游记》，岳麓书社 2006 年版，第 150 页。学术界已考证，此本实为叶昼所批。

③ （明）叶昼：《西游记》第一回夹批，《李卓吾批评本西游记》，岳麓书社 2006 年版，第 7 页。

（负）自新（心），甘（干）出身，韩道（捣）国（鬼）。因西门庆不肖，生出数名也。[1]

在《寓意说》中，张竹坡说："《金瓶》一部……大半皆属寓言。庶因物有名，托名摭事，以成此一百回曲曲折折之书。"[2] "物"即物类，包括小说中涉及的器物、景物、人物等各种实体；"名"即名称，指上述实体之名称；"事"即小说情节。张竹坡由"寓言"的基本点出发，认为作者的寓意要随时体现到作品的每个细节中去，因此对于这些文字细处，更要格外留意。

比如对李瓶儿这一人物，张竹坡提出："瓶因庆生也。"其理由是"庆"与"罄"同音，而西门庆"贪欲嗜恶，百骸枯尽，瓶之罄矣"，故"特特撰出瓶儿，直令千古风流人同声一哭"。由西门庆之"庆"想到"罄"，由"罄"（器皿空曰罄）想到"瓶"（瓶为器皿），而西门庆淫欲无度髓枯而死如同"瓶罄"，故写一名叫"瓶儿"的宠妾。由"瓶"想到"花"，所以李瓶儿的丈夫名叫花子虚。诸如此类，不胜枚举。

通过张竹坡的分析与提倡，这种注重分析文本语文修辞的方法得到了后世评点家的继承与发扬。《红楼梦》第一回中，当作者写到"庙旁住着一家乡宦，姓甄，名费，字士隐，嫡妻封氏"时，脂砚斋批道："托言将真事隐去也。"[3] 当书中写甄士隐"只有一女，取名英莲"时，脂砚斋批道："设云应怜也。"[4] 在介绍贾雨村出场时，书中写道："姓贾名化，表字时飞，别号雨村者。"脂砚斋又在此处批道："雨村者，村言粗语也，盖以村粗之言演出一段假话也。"[5] 接下去，当"家人报严老爷来拜"

---

① （清）张竹坡：《寓意说》，载侯忠义、王汝梅编《金瓶梅资料汇编》，北京大学出版社1985年版，第17页。

② （清）张竹坡：《寓意说》，载侯忠义、王汝梅编《金瓶梅资料汇编》，北京大学出版社1985年版，第13页。

③ （清）脂砚斋：《红楼梦》第一回夹批，《脂砚斋批评本红楼梦》，岳麓书社2006年版，第5页。

④ （清）脂砚斋：《红楼梦》第一回夹批，《脂砚斋批评本红楼梦》，岳麓书社2006年版，第5页。

⑤ （清）脂砚斋：《红楼梦》第一回夹批，《脂砚斋批评本红楼梦》，岳麓书社2006年版，第8页。

时，脂砚斋批道："炎也。炎既来，火将至矣。"① 还是第一回，写到甄士隐"命家人霍启抱了英莲去看社火花灯"时，脂砚斋批道："妙，祸起也。此因事而命名。"②

仅在《红楼梦》的第一回，我们就看到曹雪芹对语文修辞能力的妙用，而脂砚斋显然对这一方法也分外重视，达到了几乎每处必批的程度。这些语文修辞用法，有些仅具有一般文字游戏的意义，而有些则超出了文字游戏的范围，与文本内涵保持着一种更为深刻的内在性联系。如甄士隐、贾雨村二人之命名，就被概括为"真事隐去，假语村言"这一句精练的言语，而这也正是一部《红楼梦》的创作旨趣，这样一来，小小的文字游戏就具有非同一般的重要意义了。

因此，评点家也要求读者对小说修辞具备敏感的领悟能力，并从中获取一种"解谜"的知性愉悦。

最后，理想的读者能通过评点家的评点领悟到有效的阅读方法，并对其今后的阅读活动产生指导作用。金圣叹道：

> 旧时《水浒传》，子弟读了，便晓得许多闲事。此本虽是点阅得粗略，子弟读了，便晓得许多文法。不惟晓得《水浒传》中有许多文法，他便将《国策》《史记》等书，中间但有若干文法，也都看得出来。……人家子弟只是胸中有了这些文法，他便《国策》《史记》等书都不肯释手看，《水浒传》有功于子弟不少。③

金圣叹对"只可意会，不可言传"的批评观不以为然，他希望读者可以做到"观鸳鸯而知金针，读古今之书而能识其经营"④。他说："仆幼年最恨'鸳鸯绣了从教看，莫把金针度与君'之二句，……今日见

① （清）脂砚斋：《红楼梦》第一回夹批，《脂砚斋批评本红楼梦》，岳麓书社2006年版，第8页。

② （清）脂砚斋：《红楼梦》第一回夹批，《脂砚斋批评本红楼梦》，岳麓书社2006年版，第10页。

③ （清）金圣叹：《读第五才子书法》，《金圣叹批评本水浒传》，岳麓书社2006年版，前言第2—5页。

④ （清）金圣叹：《水浒传》第十三回回评，《金圣叹批评本水浒传》，岳麓书社2006年版，第147页。

《西厢记》，鸳鸯既已绣出，金针亦尽度。”[①] 而其评点也正是以“度人金针”为目的，他对评点曾做过两个生动的比喻：“后之人必好读书，读书必仗光明；光明者，照耀其书所以得读也。我请得光明以照耀其书而以为赠之。……后之人必好读书，必又好其知心青衣；知心青衣者，所以霜晨雨夜侍立于侧，并兴齐住者也。我请得转我后身便为知心青衣，霜晨雨夜侍立于侧而以为赠之。”[②] 在这里，金圣叹以“光明”、“知心青衣”比喻自己的评点，强调的正是评点的“导读性”。

评点的“导读”不是仅局限于所评文本之范围，“授人以鱼，不如授人以渔”，明清小说评点家的最终目标是要以自身的阅读作为案例，使其他读者掌握文本的阅读方法，这样方能一通而百通，真正提高读者的阅读能力和水平。

如果认为文本的阅读需要方法，那么就存在一个理论前提，即文本的构成有其基本规律，并且这基本规律是可以为读者所总结和认知的。明清小说评点家极为重视文本的构成方法，金圣叹说：“大千本无一有，更立不定，日新、日日新、又日新之谓也。圣人独以忧患之心周之，尘尘刹刹，无不普遍。又复尘尘周于刹刹，刹刹周于尘尘。然后世界自见其易，圣人时得其常，故云《周易》。”[③] 他这番话的意思是，世界总是在不断地运动着、变化着，但也处处联系、贯通和转化着；我们要把握住世界的本质，就必须发现一切事物之间的联系和贯通之处。那么，小说文本是否有其联系和贯通的规律呢？

应该说，明清小说评点家在这个问题的回答上是持一种肯定的态度的。无论是金圣叹，还是毛宗岗，抑或张竹坡，在阅读文本的过程当中，都注重对小说文法的总结。而将这些文法总结出来，就是要让读者看到小说独特的艺术规律，并在其后阅读其他作品时，心中有法可循。

明清小说评点家注重小说的文法，主要有这样几方面的理论意义：

第一，提高小说的文体地位，小说并非简单拼凑之作，而是有着精

---

① （清）金圣叹：《读第六才子书法》，《金圣叹评点才子全集》第一卷，光明日报出版社1997年版，第13页。

② （清）金圣叹：《西厢记》序二《留赠后人》，《金圣叹评点才子全集》第二卷，光明日报出版社1997年版，第5页。

③ （清）金圣叹：《序离骚经》，《金圣叹文集》，巴蜀书社1997年版，第163页。

严结构的整体，这其中的奥妙，一般人是难以领悟的，所以必须有高明的读者将其揭示出来，这样才能提升其他读者的阅读水平。金圣叹说："《水浒传》七十回，只用一目俱下，便知其二千馀纸，只是一篇文字。"① 人在观察对象的时候一方面会将其分解成各个部分；但另一方面，人也可以通过想象和推理等思维活动将各个部分联结成一个"观念"的整体。明清小说评点家既要求读者在阅读活动中掌握"细读"的分解方法，但也强调高明的读者必须具备对文本整体把握的能力。

第二，明清小说评点家发现小说的诸多文法，都是围绕读者的心理效应来展开的。比如在谈到小说的高潮安排问题上，金圣叹总结出"弄引法"和"獭尾法"：

> 有弄引法。谓有一大段文字，不好突然便起，且先作一段小文字在前引之。如索超前，先与周瑾；十分光前，先说五事等是也。《庄子》云："始于青萍之末，盛于土囊之口。"《礼》云："鲁人有事于泰山，必先有事于配林。"有獭尾法。谓一段大文字后，不好寂然便住，更作余波演漾之。如梁中书东郭演武归去后，知县时文彬升堂；武松打虎下冈来，遇着两个猎户；血溅鸳鸯楼后，写城壕边月色等是也。②

这里所谓的"大文字"，就是长篇小说中每个情节段落的高潮。"弄引"就是在高潮之前安排引子，使情节先起一个小的波浪；"獭尾"，就是在高潮之后拖一条尾巴，使情节发展余波荡漾。那么，为什么会有这样的创作手法出现呢？因为从读者的审美心理来讲，需要小说有一个张弛相间的节奏，金圣叹结合自己的阅读经验说："每每看书，要图奇肆之篇，以为快意。今读至此处，不过收拾上文，寥寥浅语耳。然亦殊以为

① （清）金圣叹：《读第五才子书法》，《金圣叹批评本水浒传》，岳麓书社2006年版，前言第1页。

② （清）金圣叹：《读第五才子书法》，《金圣叹批评本水浒传》，岳麓书社2006年版，前言第4页。

快者，半日看他两番大闹，亦大费我心魂矣。巴到此处，且图个少魂少息。”[①] 他指出读者有追求“快意”的阅读欲望，喜欢“奇肆”，也就是紧张热烈的情节，但是这种追求又带来一种精神压力，以致“大费心魂”。所以在铺排“大文字”之前，须制造一个引子、一个铺垫，这样才能使得读者阅读“大文字”时，心理的变化不至太过突兀；而在火爆热烈的高潮之后，若戛然而止，读者心理上也会感到陡然跌落的不适，会影响其阅读的审美效果。

第三，传统的诗文阅读强调对作品之“悟”，也就是接受者的心灵与接受对象所达到的一种深层的契合，在这一瞬间，接受者不仅体味、把捉到了作品微妙至深的情趣和韵味，而且也实现了对作品最高灵境的把握。所以中国古代诗文点评喜欢以禅喻诗，韩驹曰：“学者当如初学禅，未悟且遍参诸方。一朝悟罢正法眼，信手拈出皆成章”（《赠赵伯鱼》）；吴可曰：“学诗浑似学参禅，竹榻蒲团不计年，直待自家都了得，等闲拈出便超然”（《学诗诗》）。这种重直觉的艺术欣赏方法虽然道出了文学阅读活动中某些精微隐深的审美心理规律，但是如果将其推到一种极致，则容易走入神秘主义的不可知论。明清小说评点家显然对这种文学批评观有所诟病，他们认为不仅可以对阅读总结出有效的方法，而且这种方法是可以通过教育和学习进行传授的。“只可意会，不可言传”的文学批评观反映出来的是一种个人阅读经验的至上性，而这种个人阅读经验是难以互通的，这就会使得文学阅读长期处于一种失范状态。明清小说评点家对于文法和阅读方法的强调，某种程度上是针对这种失范有感而发的，其目的正是要通过“法”来保持文学阅读中审美判断的客观性。没有“法”，我们将无法根据客观的标准来对一个文学作品做出恰当的审美判断，即使我们认为一部作品是“美”的，我们也无法有效地将这种“美”传达给他者。理性的参与对审美判断来说是必要的，它不仅可以保证审美情感沿着正确的趣味标准前行，而且还可以加强和延长审美判断中的情感能量。明清小说评点继承了古典经学的科学认知方法，并将这种方法成功地运用于文学艺术领域。与传统诗文批评相比，明清小说评

---

① （清）金圣叹：《水浒传》第三回夹批，《金圣叹批评本水浒传》，岳麓书社 2006 年版，第 54 页。

点对理性的引入使得中国古代文学批评走向了一条现代化的道路；但是与当代文学批评的过度“科学化”相比，明清小说评点重视读者审美心理活动的整体背景又保障了文学阅读的审美特质。休谟曾说：“理性是并且也应该是情感的奴隶，除了服务和服从情感之外，再不能有任何其他的职务。”① 明清小说评点在文学阅读的感性与理性结合的问题上，具有独特的理论意义和价值。

但是，明清小说评点也存在一个弊病，即它将评点者的个人阅读经验与文本之“法”等同起来，这种等同无疑泯灭了自身阅读经验的主观特点，而是将其作为有客观性的法则和标准。这种混淆造成了明清小说评点在阅读上对其他读者的“话语霸权”，处处以“作者之意”、“文本之意”对其他读者强压一头。然而很多时候我们也会发现，评点者其实并不刻意考据真实作者的身份，也不借其生平来阐释作品，他们抬出“作者之意”、“文本之意”的意图不过是要以此来建立更为统一的文本脉络。

## 第二节 阅读过程：读者的时间维度

罗曼·英加登（Roman Ingarden）说：“当我们在阅读中慢慢地把作品从头读到尾，我们是从一个不断更新的时间角度，但总是在一个时间外观之中来理解具体化的作品的。没有一种能够单独在阅读中将艺术作品的整体在其现实性的形态中呈现给我们。它们中的每一个都只在一种‘缩短’现象中显现作品的一个片段。只有在阅读作品所有部分的连续性中我们才能获得它的时间外观的整个体系，文学的艺术作品只能在一个时间中展开的时间透视现象的连续统一体中对我们呈现出来。”②

伊瑟尔也认为：“阅读的每一个时刻都是保持和绵延的辩证统一，它传达一个未来的、有待于读者占领的视界，并且和已经实现了的（并且正在逐渐消失）过去视界融为一体；通过既处于同一时间内，又离开那

① ［英］休谟：《人性论》，关文运译，商务印书馆1980年版，第453页。

② ［波］罗曼·英加登：《对文学的艺术作品的认识》，陈燕谷、晓未译，中国文联出版公司1988年版，第150页。

些视界，使它们消失在它之后，游移视点开拓着自己的道路。视点的转变构成了读者对本文视野的注意中心，这些本文视野同样也变成相互影响的背景，它们把特殊的形状和形式赋予每一个新的前景。每一个结合起来的阅读时刻都承担着一个视野的转变，在读者阅读过程的时间流中，过去和未来连续不断地汇集在现在的阅读时刻中，自始至终经过读者的心灵。”①

阅读必须在一个时间延伸的过程中进行，我们在考察阅读活动时，必须关注到它的时间特征，读者的每一次体验永远不可能完全以同一种形式重复，如读者对文本的第二次阅读永远也不会有和他第一次阅读同样的效果，这里的原因非常简单明了，前一次阅读集结起来的意义必然影响他的下一次阅读。阅读视点在时间轴上的演变会引发读者关注点的不同，并带来相应的不同层次的审美愉悦。

明清小说评点者对于阅读的这一特征缺乏自觉的认识，他们在使用“读者”这一概念时，有着很强的随意性，“读者”在这里更像一个无所不包、含纳一切的集合体。笔者认为有必要对明清小说评点中的“读者”进行梳理，至少可以从以下四个方面进行区分。

## 一、评点者与意想中的读者

不同读者因为其生活背景、文化条件、个体性格的差异，面对同样的阅读客体，也会在阅读过程中产生不同的审美经验。明清小说评点中所描述的审美经验，具有两种存在方式：一种是评点者在阅读过程中实际产生的审美经验；另一种则是评点者推己及人，预想的审美经验。

作为“度人金针”的明清小说评点，其文学鉴赏是以评点者自身的阅读体验为出发点的，但其最终的理论目标则是要实现对其他读者阅读活动的指导作用。为了达到这个目标，评点者自身的阅读体验不仅是其导读活动的出发点，而且也是导读的一个必要方法和手段。我们要准确把握明清小说评点的特征，就必须结合其导读的整体理论背景。我们看到，导读在某种意义上成就了明清小说评点，使其在中国古代诗文批评

① ［德］W. 伊泽尔：《审美过程研究——阅读活动：审美响应理论》，霍桂恒、李宝彦译，中国人民大学出版社1988年版，第150—155页。

系统中具有独特的意义。正是因为要指导其他读者的阅读活动，所以明清小说评点者在评点活动中，不能只拘泥于个体的阅读经验，必须具备“推己及人”的想象和分析能力，这样才能推测出其他读者的阅读反应，并使不同读者的阅读体验可以形成沟通和对话，为文学阅读建立一种规范和模式。但是，导读的目标也使得明清小说评点具有了某种意义上的局限性。因为，为了实现导读的目的，明清小说评点者更多关注的是读者阅读体验的共通性，而相应忽略了不同读者阅读经验的差异性。

但事实上，由于不同读者的生平经历、知识背景、性格特征各有不同，在阅读活动中的审美关注也会出现差异，对同一段情节、同一个人物也会产生不同的审美感受和评价。明清小说评点者对这些差异性本身就不够关注和重视，即使是发现了出现差异的可能，也将其简单地归结为阅读能力和水平的差异，这是其理论的一大局限性。

我们可以举一典型的例子，即是对《水浒传》中宋江这一人物的感受和评价。金圣叹在评点宋江这一人物时，处处以“权术”作为其审美观照的关节。在第六十一回中，宋江劝卢俊义上山被其拒绝，金圣叹批道：

> 写宋江以忠义二字网罗员外，却被兜头一喝；既又以金银一盘诱之，却又被兜头一喝。遂令老奴一生权术，此书全部关节，至此一齐都尽也。①

金圣叹在这里认为权术是宋江奸雄的本色，并以此为出发点，得出其全劣无好的感受和评价。对金圣叹而言，“忠义”只是宋江招揽天下英雄豪杰的幌子和手段，对绿林豪杰，其能屈能伸，“处处写宋江权术过人”，“好在挺身下跪，又妙在竟实说出‘小可宋江’四字”，“不刚不柔，又悲又响，辞令至此，无人不哭”②。对朝廷将官，他则以招安为策，

① （清）金圣叹：《水浒传》第六十一回回评，《金圣叹批评本水浒传》，岳麓书社2006年版，第707页。

② （清）金圣叹：《水浒传》第四十回夹批，《金圣叹批评本水浒传》，岳麓书社2006年版，第473页。

对其进行诱降。所以，金圣叹认为宋江实乃一不忠不义之徒，在第十七回回评中，金圣叹云："宋江，盗魁也。盗魁，则其罪浮于群盗一等。"[①]但是，金圣叹的这种评价并非得到了所有读者的认同。在金圣叹之前，明人褒赞《水浒传》必首赞宋江，其中以李贽的评价最有代表性：

> 则谓水浒之众，皆大力大贤有忠有义之人可也。然未有忠义如宋公明者。……独宋公明者，身居水浒之中，心在朝廷之上，一意招安，专图报国，卒至于犯大难，成大功，服毒自缢，同死而不辞，则忠义之烈也，真足以服一百单八人者之心，故能结义梁山，为一百单八人之主耳。[②]

宋江作为《水浒传》中最重要的人物，从文本表层文字来看，其确实汇聚了君子的一切优点——孝顺、仁义、慷慨、正直，因此备受众人爱戴。以李贽为代表的读者在读到描述宋江"忠义"的文字时，就会有一种崇敬向往的心态油然而生；而以金圣叹为代表的读者则越是读到这样的文字，就越会觉得其虚伪不堪，更加深了对这一人物的反感和痛恨心理。对同一个人物的审美感受和评价会出现这样大的差异，其原因自然是多方面的。从读者主体来看，每个人的生平经历、知识背景、性格特征、艺术鉴赏能力各有差异；从文本客体来看，宋江这一人物形象本身就具有比较大的复杂性，也相应具备了较大的阐释空间，而小说在长期传抄的过程中，文字被大量有意无意地改窜，这也大大加深了文本的缝隙，为读者留下了发挥主动性的余地。

金圣叹看到了读者阅读经验的差异性，他说："彼村学究先生不知乌之黑白，犹鳃鳃以'忠义'目之，惟恐不得其当，斯其心何心也？"[③]我们可以看到，金圣叹在这句话中用了"村学究先生"这样的称谓，表明

---

① （清）金圣叹：《水浒传》第十七回回评，《金圣叹批评本水浒传》，岳麓书社 2006 年版，第 193 页。

② （明）李贽：《读忠义水浒全传序》，载陈曦钟、侯忠义、鲁玉川辑校《水浒传会评本》，北京大学出版社 1981 年版，第 28—29 页。

③ （清）金圣叹：《水浒传》第五十七回回评，《金圣叹批评本水浒传》，岳麓书社 2006 年版，第 665 页。

了他对这些视宋江为“忠义之士”的读者的鄙薄。在金圣叹看来，他对宋江的评价是客观和准确的，如果有读者在此与他发生了差异，那么该读者的阅读能力和水平也就只是如村学究先生一般，算不得真正的才子和有眼力者。金圣叹认为通过阅读态度的端正和阅读方法的改进可以泯灭这种阅读经验的差异，他说：“若写宋江则不然，骤读之而全好，再读之而好劣相半，又再读之而全劣无好矣。夫读宋江一传，而至于再，而至于又再，而至于又卒，而诚有以知其全劣无好，可不谓之善读书人哉？”① 在金圣叹看来，之所以会有读者认为宋江忠义，乃是因为其读书不够认真，思考不够深入，故才没能发现文本的“深文曲笔”。如果能反复细读，自然就会摒弃先前对宋江做出的“全好”的判断，而代之以“全劣无好”的评价。

金圣叹在此忽略了一个问题，难道读者再读与初读就必然会出现完全相反的审美感受吗？以李贽为代表的这些评点者，难道只是在对文本仅仅“骤读”的基础上就对宋江大加褒赞吗？笔者认为，完全有可能会出现这样的一种阅读情形，即在不断阅读的过程中，读者不但还保持原有的审美评价，并因阅读的细致和深入而使得这种审美感受和评价也得以进一步的巩固和强化。正如上文所言，读者出现相异的审美感受是文本阅读中的正常现象，其原因也是多方面的，我们对此必须进行认真分析。明清小说评点者在阅读过程中因“导读”而推己及人，并进而以己之偏概人之全，将阅读经验的差异完全归结到阅读能力和方法上去，这不仅有失简单，而且也是一种粗暴的行为。个人阅读经验的放大，需要掌握好其边界，即使是具有良好阅读能力的优秀读者，也不能将其阅读感受和评价强加于人，在个体经验与他者经验对话和沟通时，不仅要看到其共通性，也要看到其差异性。对于差异的存在，并非要对其进行完全泯灭，而是要看到它在阅读活动中的意义和作用，明清小说评点家对此显然缺乏应有的反思。

---

① （清）金圣叹：《水浒传》第三十五回回评，《金圣叹批评本水浒传》，岳麓书社 2006 年版，第 406 页。

## 二、阅读进行式与阅读完成式

这两种不同层面上的读者，其审美经验的层次、程度，都会有所区别。当一个读者在进行阅读活动时，他的审美经验总是处于一种变动不居的状态，不断继起的审美经验会覆盖先前的审美经验，并对先前的审美经验做出修正。古德曼（Goodman）认为，“阅读乃是一种心理语言学的猜测的游戏，它包括了思想和语言之间的相互作用；有效的阅读并非精确的知觉与辨认所有语言成分的结果，而是选择那些对于产生有效的猜测来说是必要的，而且也是最少的、最有效的线索的技能。因此，在阅读中去预期那些没有看到的东西的能力是最重要的，正如在倾听的过程中去预期那些没有听到的东西的能力是最重要的一样。”① 所以在阅读进行过程当中，最大的审美快感是由对文本的预期所带来的，其指向是前行性的，读者的审美感受主要由文本所控制和引导。而当阅读过程结束之后，审美快感则来自于对文本的反省，其指向则是回溯性的，读者在文本面前也具有更强的主动性和反控性。

明清小说评点家在其评点过程中，对这两种不同的心理状态都有所揭示，但并没有进行自觉的区分。在《三国演义》第四十三回，孙刘联盟，共抗曹操于赤壁，而此一战的前提就是孙权是否愿与刘备联合。对于这个事关全局的情节，毛宗岗以“五曲”予以评点：

> 此回文字曲处：妙在孔明一至东吴，鲁肃不即引见孙权，且歇馆驿，此一曲也。又妙在孙权不即请见，必待明日，此再曲也。及至明日，又不即见孙权，先见众谋士，又彼此角辩、议论龃龉，此四曲也。孔明言语既触众谋士，又忤孙权，此五曲也。迨孙权终作色而起，拂衣而入。读者至此，几疑玄德之与孙权终不相合，孔明之至东吴终成虚往者也。然后下文峰回路转，词恰情投。将欲通之，忽若阻之；将欲近之，忽若远之。令人惊疑不定，真是文章妙境。孙权既听鲁肃之说，定吾身之谋，又闻孔明之言，识彼军之势，此时破曹之计决矣。乃复踌躇不断，寝食俱废者何哉？盖非此一折，

① 张必隐：《阅读心理学》，北京师范大学出版社2004年版，第34页。

则后文周瑜之略不显，而孔明激周瑜之智不奇。不必孙权之果出于此，而作者特欲为后文取势耳。观此可悟文章之法。①

我们仔细分析一下这段点评，就会发现毛宗岗在这段点评当中其实已经涉及了两种不同层面上的读者，即阅读进行式的读者和阅读完成式的读者。所谓“惊疑不定”、“踌躇不断”、“寝食俱废”这类的心理反应，就属于阅读进行过程当中的读者的审美经验范畴；而认为“此回文字曲处：妙在……”、“文章妙境”、“为后文取势”这样的认知则属于阅读结束以后读者的审美感受。当读者在初读到此回时，对于孙刘两家是否能联合抗曹的认知，会出现两种情形。一种情形是对于这段史实毫无所知，故完全被小说文本所牵引而行，对于情节的发展不能做出肯定的判断。还有一种情形就是虽然知道历史上孙刘联合抗曹的最终事实，但是对于小说文本如何呈现这一事实，仍然缺乏明确的认知。但无论是哪一种情形，在读这一回的过程当中，都会因行文的曲折而惊疑不定，心理一起一落，读者的心理感受完全受到情节的左右，即使是那些了解基本史实的读者，也会因为文本的曲折多变而“几疑玄德之与孙权终不相合”。而只有在读完整部作品之后，读者才能跳出文本的禁锢，并以文本作为整体认知背景，来评价局部情节和文字表述。在这一段点评当中，毛宗岗把这一回文字的妙处概括为“五曲”，“将欲通之，忽若阻之；将欲近之，忽若远之”，不但使读者叹为观止，而且还能达到“为后文取势”的效果。试想这样的审美评价和感受，怎能于阅读的当下过程中产生？尤其是“为后文取势”的评价，更是点明了读者在此时已处于一种阅读完成式的状态，否则怎能知晓后文的发展，也就更不会做出如许评价了。

再比如由书中人物所引发的审美经验，会随着阅读的不断展开，逐渐走向深化，并有可能出现前后截然对立的审美评价。《聊斋志异》中有一篇《细柳》，当读者在初读此文的过程中，会对细柳的各种行为由不解而至忿恨，但到阅读结束之后，真相恍然大白，这时再重新考量细柳其

① （清）毛宗岗：《三国演义》第四十三回回评，《毛宗岗批评本三国演义》，岳麓书社2006年版，第338页。

言其行，就会产生完全不同的审美体会。

明清小说评点者对于这不同存在方式下的读者的审美经验的差异性有所认识，但是并没有对此进行有意识的区分。我们可以看到，明清小说评点经常会在一段评点当中将这两种存在方式下的读者的审美经验予以并举，这时就需要研究者对此做出更细致的区分，这样才能帮助我们更好地把握读者的阅读审美经验问题。

## 三、一气读之与阅读的间断

林岗在《明清小说评点》中认为：

> 评点家把小说看成是经由一番次第安排而出的“文”。……这样的叙事观念和批评体系，纯粹是以语句和篇章的空间组织的次第安排一以贯之的。理解评点家的叙事观念，最重要的是理解两个概念。一是故事“段”或者叫做故事单元的概念。……另一概念是连缀，光有故事“段”还不行，仅有故事单元还不能叫做叙事。叙事是按一定的“文法”规则把它们连缀组织起来。连缀组织得好与连缀组织不好关乎一篇的成败。①

小说文本由一段一段的故事“段”连缀而成，但任何“段”又不是固定大小不变的，在某个层次上，我们可以把它看成是一“段”，但这一“段”又有分成更细的数“段”的可能性。所以对一个小说作者而言，必须具有将这些“段”进行组织排列的能力，能力的高低也将决定一部小说的艺术成败。

明清小说评点家认为优秀的小说，必须使各个相对独立的“段”形成一个文法精严的有机共同整体，正如金圣叹所言：“如《水浒传》七十回，只用一目俱下，便知其二千馀纸，只是一篇文字。中间许多事体，便是文字起承转合之法。”② 所以，《水浒传》整部小说，可以看作是一

① 林岗：《明清小说评点》，北京大学出版社 2012 年版，第 122 页。

② （清）金圣叹：《读第五才子书法》，《金圣叹批评本水浒传》，岳麓书社 2006 年版，前言第 1 页。

个最大的故事“段”，对于这一大“段”，又可分为若干小“段”，金圣叹说：“《水浒传》一个人出来，分明便是一篇列传。至于中间事迹，又逐段逐段自成文字，亦有两三卷成一篇者，亦有五六句成一篇者。”①《水浒传》中每个好汉的故事，可自成一“段”，在这一“段”中，又可以进一步细分出自成小“段”的文字。而将这不同层级的“段”连缀成最终的小说文本，依靠的是作者的联贯能力，高明的作者可以联贯得自然流畅，不露任何斧凿痕迹。金圣叹之所以如此激赏《水浒传》，施耐庵高明的联贯能力也是一个重要的因素，金圣叹比较《水浒传》和《西游记》：“《西游》又太无脚地了，只是逐段捏捏撮撮，譬如大年夜放烟火一阵一阵过，中间全没贯串，便使人读之，处处可住。”②

金圣叹在这里涉及了两种不同的阅读状态，即“一气读之”和“阅读的中断”。小说的叙事结构决定了相应的阅读方法，从读者的阅读心理而言，都有一种追求完整性的趋向，这就使得读者在读到自成一体的“段”时，往往会欲罢不能，一气读之；而在“段”与“段”之间的“连缀”处，则可以适度中止阅读，形成阅读的间断。可高明的作者非常洞晓读者的这种阅读心理，他不会在“段”与“段”之间留下明显的缝隙，“段”与“段”之间的“连缀”非常自然流畅，读者如果不细心察之，则很难发现。这就使得读者经常在无意之中又已开启了下一“段”的阅读，如此循环往复，以致卷不终，则手不能罢。而如果小说“联贯”得不高明，就像金圣叹所言的“逐段捏捏撮撮，譬如大年夜放烟火一阵一阵过，中间全没贯串”，那就可以随时罢手，处处可住。

由此，我们发现，小说可以通过种种叙事手段来调控读者的阅读节奏，如果一部小说结构精严，情节联贯紧凑，就会使读者在阅读时能保持一以贯之的阅读动力，产生不通读不能释卷的心理反应。一气读之所引发的审美经验，尤其是在审美情感的强度上，会保持一定程度的连续性和延展性；但也会因为阅读的时间密度过大而导致读者想象力、理解

① （清）金圣叹：《读第五才子书法》，《金圣叹批评本水浒传》，岳麓书社2006年版，前言第2页。

② （清）金圣叹：《读第五才子书法》，《金圣叹批评本水浒传》，岳麓书社2006年版，前言第1页。

力的相对匮缺，从而为“只缘身在此山中”而“不识庐山真面目”。读者在这样的阅读过程当中会被由文本直接引发的情感所裹挟，却也因为想象力和理解力参与度过低而导致审美感受流于肤浅和表面化。所以，在阅读过程当中，适当的间断是有其必要性的。

阅读的间断会带来审美经验的间歇和中止，其审美情感不能保持相对的连续性，但是适当的间断则会使读者的阅读视点得以在“庐山之外”和“庐山之内”进行合理转换，可以更好地发挥读者的主动性。明清小说评点家对这一点也有比较深刻的认识，如果把小说的阅读过程看作是读者与文本的一场角力活动，那么当文本试图通过种种叙事技巧控制读者的阅读节奏时，读者不能一味被其所控制，而是要发挥一定的能动性，来对文本进行反控制。阅读的适当间断就是一种读者对文本的反控制，它是读者在阅读过程中所做出的一种有意识的主动选择，可以使读者从文本的禁锢中跳出，保持更清醒和敏锐的审美注意力、想象力和理解力，从而实现更好的阅读效果。

那么，判断适度中断的标准是什么呢？这时，就需要读者具备敏锐的观察力和理解力。在明清小说评点家看来，适当的中断必然是在文本的联贯之处，在“段”与“段”的“连缀”地带。当小说情节发展进入停顿和转折之处时，理想的读者不是急于去看下文，而是会认真思考情节可能会有什么样的发展。毛宗岗批《三国演义》用“猜”字 27 次，金圣叹批《水浒传》用“猜”字 11 次，皆多次要求读者“掩卷思之”，“试猜其殆欲如何”。这样的阅读方式虽然打断了情感的自然节奏，并有可能会丧失掉一些情感的“高峰体验”，但是却也摆脱了读者完全被文本所控制的“失语”和“无力”状态，有利于读者想象力和理解力的提升。

对于那些联贯不高明的小说文本，读者很容易发现其衔接之处，虽然可以时时住手，但是这种阅读的间断只能使读者的审美经验处于一种零碎化的片面状态，并不能催生读者想象力和理解力的发挥，也无益于良好的阅读效能的实现。

### 四、一次性阅读与反复细读

在这两种阅读的不同情形中，我们必须考虑到审美经验触发点的变异。如一次性阅读的读者，其审美经验的触发点主要还是停留于小说故事情节的开展；而反复细读的读者，则更能发现一次性阅读所不能发现的“人所未见之处”，其审美经验更具有全面性和丰富性。

明清小说评点在解读文本时经常提到一种“正文”与“闲文”交替穿插的笔法。“正文”与“闲文”的相互穿插，共同营造了小说的整体文本。所谓“正文”，就是小说的主体情节；而“闲文”，则是脱离主体情节的穿插性文字。对于一次性阅读的读者，其审美触发点或着落于“正文”而忽视“闲文”，或以文字多寡而误辨正闲；而反复细读的读者，不但能准确分辨正、闲，还能更深地体会到“闲文”的妙处。

金圣叹在评点《水浒传》时，最先提出小说文本的正、闲观。他在判断文字的正、闲时，不以字数的多少来定标准，而是根据其对情节发展的作用来确定。在第八回中，林冲流放路经柴进庄然后到达沧州城牢，文中多处提到银子，但金圣叹认为其乃“闲文”，他说：“此一回中，又于正文之外，旁作余文，则于银子三致意焉。”① 第十二回写杨志与周谨、索超比武，虽然比武场面描写详尽，但是金圣叹认为：

> 如此一回大书，愚夫读之，则以为东郭争功，定是杨志分中一件惊天动地之事。殊不知止为后文生辰纲要重托杨志，故从空结出两层楼台，以为梁中书爱杨志地耳。故篇中凡写梁中书加意杨志处，文虽少，是正笔；写与周谨、索超比试处，文虽绚烂纵横，是闲笔。夫读书而能识宾主旁正者，我将与之遍读天下之书也。②

所以，明清小说评点家认为，要想对文本有比较透彻和深刻的理解，就要求读者对文本进行反复细读，唯此才不至于误辨宾主或忽视文本细节，才能发现作者的深文曲笔之处。评点家在评点过程中，经常提醒读者注意欣赏小说的“闲文”，这是因为，这些“闲文”有些虽与“正文”无大关涉，却具有比较高的审美价值；而另一些“闲文”看似闲闲写去，

① （清）金圣叹：《水浒传》第八回回评，《金圣叹批评本水浒传》，岳麓书社2006年版，第100页。

② （清）金圣叹：《水浒传》第十二回回评，《金圣叹批评本水浒传》，岳麓书社2006年版，第139页。

但如能在反复细读之后对其认真观照，则可能得出与一次性阅读相悖的认识。

《水浒传》第一回里有这样一段描述："却说庄客王四一觉只睡到三更方醒觉来，看见月光微微照到身上，吃了一惊，跳将起来，却见四边都是松树。"这段文字虽然属于"闲文"，但金圣叹极为欣赏这里的景物描写。他批道："尝读坡公《赤壁赋》'人影在地，仰见明月'二语，叹其妙绝，盖先见影，后见月，便宛然晚步光景也。此忽然脱化此法，写作王四醒来，先见月光，后见松树，便宛然五更酒醒光景，真乃善于用古也。"[①] 这一景物细节描写虽与主干情节无大关涉，但也因其艺术性而能引起读者的审美注意。

有些"闲文"因闲闲写去，故很容易在一次性阅读时予以忽略，但如反复比照，则可能发现其所透露出的一些重要信息。比如宋江开枷与带枷一事，宋江遭刺配江州牢城，途经梁山，他的至交好友花荣劝宋江开了枷。宋江答道："此是国家法度，如何敢擅动！"金圣叹在此批道："宋江假。于知己兄弟面前，偏说此话，于李家店、穆家店，偏又不然，写尽宋江丑态。"[②] 后来，宋江继续上路，凡于无人处即付银子给公人，开了枷，于有人处则带上，如是者数遍。金圣叹认为通过枷锁一事可以反映出宋江的权诈和虚伪，故于第三十六回，特将所有关于枷的字句摘出，劝读者留意其中的深意：

> 天下之人，莫不自亲于宋江，然而亲之至者，花荣其尤著也。然则花荣迎之，宋江宜无不来；花荣留之，宋江宜无不留；花荣要开枷，宋江宜无不开耳。乃宋江者，方且上援朝廷，下申父训，一时遂若百花荣曾不得劝宋江暂开一枷也者，于是山泊诸人，遂真信为宋江之枷，必至江州牢城方始开放矣。作者恶之，故特于揭阳岭上书曰"先开了枷"、于别李立时书曰"再带上枷"、于穆家门房里

---

① （清）金圣叹：《水浒传》第一回夹批，《金圣叹批评本水浒传》，岳麓书社2006年版，第27页。

② （清）金圣叹：《水浒传》第三十五回夹批，《金圣叹批评本水浒传》，岳麓书社2006年版，第409页。

书曰“这里又无外人，一发除了行枷”、又书曰“宋江道：‘说得是。’当时去了行枷”、于逃走时书曰“宋江自提了枷”、于张横口中书曰“却又项上不带行枷”、于穆弘叫船时书曰“众人都在江边安排行枷”、于江州上岸时书曰“宋江方带上行枷”、于蔡九知府口中书曰“你为人枷上没了封皮”、于点视厅前书曰“除了行枷”，凡九处特书行枷，悉与前文花荣要开一段遥望击应。嗟乎！以亲如花荣而尚不得宋江之真心，然则如宋江之人，又何与之一朝居乎哉！①

金圣叹所引上述九处，除了一处“宋江方带上行枷”，容本原作“宋江依前带上行枷”之外，其他八处则一如原本，并无改窜。通过带枷一事，读者可以看到宋江这一人物性格的复杂性，并有可能得出与一次性阅读完全相反的认识。所以金圣叹在评价宋江时才说：“骤读之，极似写宋江好。细读之，始知正是写宋江罪。”② 由此可见，反复细读相比一次性阅读而言，可以在读者的审美经验上起到填补和提升的作用。因为当作品在反复细读中被读者成功地理解时，意识中得以实现的审美对象会被更清晰地感知到，犹如将一张膜从它面前移开一样。如此一来，它将更清晰，在细节上将更加生动，仿佛它从远处被移入视线的焦点。

明清小说评点在使用“读者”这一概念时，虽然对不同时间存在方式中读者的审美经验的差异性有所意识，但并没有从理论上予以严格的区分和细致的辨析。如果可以从以上几个方面对读者不同层面的审美经验进行更为细致的划分和描述，将有助于我们更好地理解和把握阅读审美经验这一理论问题。

## 第三节　阅读方法：读者的空间维度

### 一、阅读环境与审美经验

金圣叹曾云：“《西厢记》必须扫地读之。扫地读之者，不得存一点

① （清）金圣叹：《水浒传》第三十六回回评，《金圣叹批评本水浒传》，岳麓书社 2006 年版，第 417 页。

② （清）金圣叹：《水浒传》第五十九回夹批，《金圣叹批评本水浒传》，岳麓书社 2006 年版，第 689 页。

尘土于胸中也。《西厢记》必须焚香读之。焚香读之者，致其恭敬，以期鬼神之通之也。《西厢记》必须对雪读之。对雪读之者，资其洁清也。《西厢记》必须对花读之。对花读之者，助其娟丽也。”① 张竹坡也说：“读《金瓶》，必须静坐三月方可，否则，眼光模糊，不能激射得到。”② 从他们设计的这一套阅读仪式来看，说明明清小说评点者已经注意到一个问题，即阅读环境与读者审美经验的辩证关系。

营造一个虚静的阅读环境，有利于良好的阅读效能的实现。焚香、对雪、对花，意在营造一种幽雅虚静的阅读氛围，以期获得更大的心理愉悦。中国传统美学非常强调虚静心态的养成，读者通过自我调整，一旦达到了宁静专注、不旁牵他涉的独立自足的审美境界，具备了清净恬淡、空诸一切的审美心态，就能在自由洒脱、神思飘逸中接纳美感的兴会。

“虚”、“静”二字自中国哲学产生伊始，就被人们看作宇宙人生的本原，所谓“静即太极之体也”，古代睿智的先贤认为，有从无来，动从静来，无为而治，万物皆静观。所以，读者应该成为一个“静人”，具有自然恬淡、超逸高远的虚静心态，涵纳和壮大自身潜藏着的生生不已的生命元气。心灵达到空明澄澈的虚静境界，就能以极大的自由蹈虚逐无，追光摄影，在对艺术奥妙的冥想玄思和深层感应中获得美的享受。钱穆也写过一篇《欣赏与刺激》之文，谈到中国传统文人的读书情调，他强调应以平和的心态来阅读文学作品，如同中国人喜好饮茶，讲究淡茶一杯，神清气爽，追求口齿留香，余味绵长。③

但是，随着阅读活动的逐步展开，读者必然要与文本实现情感与精神的对流，与传统诗文相比，小说篇幅长、内容也更加丰富，且情节曲折多变，更容易引发读者情感的波动。这时，读者的虚静心态会被打破，情感为文本对象所蕴含的情绪结构所拨动，产生一种同声相应、同气相求的共鸣，并获得一种极大的心理愉悦。

---

① （清）金圣叹：《读第六才子书法》，《金圣叹评点才子全集》第二卷，光明日报出版社1997年版，第18—19页。

② （清）张竹坡：《批评第一奇书金瓶梅读法》，载侯忠义、王汝梅编《金瓶梅资料汇编》，北京大学出版社1985年版，第41页。

③ 钱穆：《中国文学论丛》，生活·读书·新知三联书店2002年版，第222—227页。

《红楼梦》第二十三回形象生动地描写了林黛玉欣赏《牡丹亭》的情感发展过程：林黛玉从一开始为“笛韵悠扬，歌声婉转”所吸引，到“心痛神驰，眼中落泪”，有一条清晰的情感发展的轨迹。在“点头自叹，心下自思”之时，林黛玉还处于相对冷静客观的心理状态，而当听到“如花美眷，似水流年”、“你在幽闺自怜”等句时，则引起其身世之感，与词句达到一种高度的情感共鸣，以致无法控制自己，“不觉心动神摇”，“如醉如痴，站立不住，便一蹲身坐在一块山子石上”。

明清小说评点中的代表人物如李贽、金圣叹、张竹坡等人，心中皆有一股郁郁不得志之气。他们自视甚高，却又未能在现实社会中一展身手，故只能选择评点事业聊以自慰。这种不平之气自然会在其评点中有所反映，狄平子说：“金圣叹满腹不平之气，于《水浒》、《西厢》二书之批语中，可略见一斑。”① 所以，在这里我们发现一个问题，即明清小说评点家虽然在阅读活动的起点强调读者的虚静心态，并认为幽雅安谧的环境有助于读者虚静心态的养成，但在具体的评点过程中却往往处于一种极度亢奋的心理状态，并每每不能自已。金圣叹在批《水浒传》时每看到英雄落难之时，就会生出“读此语时，正值寒冬深更，灯昏酒尽，无可如何，因拍桌起立，浩叹一声，开门视天，云黑如盘也”② 的强烈心理反应。

读者在阅读过程中不仅自身的情感被文本所裹挟，而且这种情感与其身处的阅读环境还存在一种相生关系。有时阅读环境会对读者的审美经验产生一种催生和促化作用，比如在寒夜孤灯下读到比较惊怖的情节时，难免会更加重读者的恐惧心理，金圣叹在评点时读到比较惊恐的情节时，就批道：“此一段写得有鬼怪气，深灯读之，要怕起来。”③ 与此同时，优秀的文学作品，凭借其高超的艺术表现力，还可以突破和超越阅读环境的限定。金圣叹批《水浒传》道：“此回前半只平平无奇，特喜其叙事简净耳。至后半写林武师店中饮酒，笔笔如奇鬼，森然欲来缚人，

---

① 阿英编：《晚清文学丛抄·小说戏曲研究卷》，中华书局1960年版，第317页。

② （清）金圣叹：《水浒传》第六十一回夹批，《金圣叹批评本水浒传》，岳麓书社2006年版，第712页。

③ （清）金圣叹：《水浒传》第十九回夹批，《金圣叹批评本水浒传》，岳麓书社2006年版，第225页。

虽坐闺阁中读之，不能不拍案叫哭也。”① 闺阁之地属于婉约之境，但即使身处这样的阅读环境之中，在读到气势如虹的段落时，读者也不能不心摇神荡，拍案而起。更有甚者，文本通过对读者情感的拨动，以致在读者眼中，阅读环境都会出现相应的变化。比如金圣叹在读到文中奇诡之处时，就感叹：“神妙之笔，灯下读之，火光如豆，变成绿色。”② 火光未必实为绿色，只因读者这时的心理状态发生了改变，就导致在读者眼中，火光也变成了绿色，与文本的审美风格相适应，具备了丝丝吊诡之气。

综上所述，明清小说评点在阅读环境与读者审美经验的关系上主要有这样几点认识：第一，阅读环境可以对读者的审美经验产生一定的影响作用，读者在阅读活动当中可以通过对阅读环境的选择来达到其预想的理想阅读心理状态；第二，为了加强读者的阅读审美感受，在阅读环境的选择上必须考虑文本的审美风格问题，阅读环境应与文本审美风格保持一致；第三，优秀的文学作品可以凭借其高超的艺术技巧和强烈的情感力量突破阅读环境的限制，使阅读环境在读者意想中发生改变，向文本的审美风格靠拢。

## 二、阅读方式与审美经验

### （一）语音与审美经验

金圣叹批《水浒传》时曾道：

我既得以想见其人，因更回读其文，为之徐读之，疾读之，翱翔读之，歇续读之，为楚声读之，为豺声读之。呜呼！是其一篇一节一句一字，实杳非儒生心之所构，目之所遇，手之所抡，笔之所触矣。是真所谓云质龙章，日姿月彩，分外之绝笔矣。如是而尚欲

① （清）金圣叹：《水浒传》第十回回评，《金圣叹批评本水浒传》，岳麓书社2006年版，第120页。

② （清）金圣叹：《水浒传》第二十二回夹批，《金圣叹批评本水浒传》，岳麓书社2006年版，第254页。

量才子之才为斗为石，呜呼，多见其为不知量者也![1]

在这里，金圣叹涉及了一个很重要的理论问题，即不同的阅读方式可以引发读者不同的审美经验，并敏锐地把握到了语言与审美经验的关系。

在明清通俗小说勃兴之前，文言是一种极大地跨越了地域和时间限制的书面语言。这种语言脱离了方言俗音，服务于书面交流。但是明清小说大部分采用白话文写作，更接近于日常口语表达。小说从其产生渊源来讲，与“讲史”、“说话”等口述文体有着密切的联系，明清小说评点家对此有着自觉的认识，对小说语言的口语特性持肯定和赞赏的态度，如在褒扬小说语言的鲜活性和生动性时，常会批以“如话”等语。

既然明清小说的语言表述与口语表达存在着紧密的关联性，所以不同的口语表达方式会直接对读者的审美经验产生影响。维特根斯坦说：“想象一种语言就意味着想象一种生活方式。”[2] 默读和诵读产生的审美经验自然有所区别，而同为出声诵读，采用不同的语音表述，也会产生不同的审美效果。就像今天很多文学艺术作品，如果更换一种不同的语言表达方式，其审美效果就会大相径庭。赵本山的小品如果丧失了东北方言的质素，粤语歌曲如果用普通话来演唱，其审美效果一定会发生很大的变异。

对文本的言说本身就是一种诠释，口头的言说也是一种对文本的诠释。读者可以通过不同的声调来诠释文本，表达它，解释它，传达出他所领悟和理解到的更多的东西。文学的活力，或者说文学的情感力量，在很大程度上来源于口语的力量。从远古时代起，那些语言性的伟大作品便意指其被大声说出和聆听。口语的力量应能使我们注意到一种重要现象，即书面语言的软弱性。书面语言缺乏口语的原初“表演性”。诚然，书写下来的语言固定并保存了口语，使其具有持久性，从而使之成为历史和文学的基础，但同时它也削弱了口语。

① （清）金圣叹：《水浒传》第二十五回回评，《金圣叹批评本水浒传》，岳麓书社2006年版，第294页。

② ［奥］维特根斯坦：《哲学研究》，陈嘉映译，上海人民出版社2001年版，第13页。

口头的语言似乎拥有一种几乎是不可思议的力量，一旦它成为视觉图像，就会丧失掉其中许多力量。文学运用语言以最大限度增强其效果，但是当倾听变为阅读的视觉过程时，话语的力量大多流失了。自然，今天我们可能再也回不到文学的口传形式那里，但是我们不应忘记，语言在其原初形式上更多的是被倾听而非观看，并且有充分的理由认为，口头语言比书面语言更容易被理解。

请细想一下大声阅读的行为。口头诠释并非像唱机播放唱片那样被动式地对纸上的文字符号做出反应；它是一种创造性活动，就像一位钢琴家诠释一段乐曲那样地表演。每一位钢琴家都会告诉你，乐谱本身是纯粹的外壳；要诠释音乐就必须把握这些乐章的意义。这个过程是一个令人费解的悖论，人们必须事先理解将被说出的东西，以便能够阅读，但是这种理解又必定来自阅读。口头诠释因此具有了两个方面：必须理解某种东西以便表达这种东西，然而理解本身又来自于一种诠释性的阅读——表达。

从中国古代文学的传统来看，古人写诗，都是先吟后写的。学诗，必须要学习吟诵。你的诗句，就是你内心的感动，就会伴随着你所熟悉的那个吟诵的声音跑出来。在中国古代，小孩一入学，也要先学习吟诵。《周礼》的《春官》记载，大司乐“以乐语教国子”，也就是教授诗歌，需要把意义跟声音结合起来教，要教孩子能够吟诵诗歌。如果说文字思想是理性的话，那么声音直觉就是感性。因此，只有使对理性文字的思索伴随着感性的声音而出，这样的诗才能算得上是好诗，才是有生命的、有兴发感动的诗篇，所以说吟诵是很重要的。

以李清照《声声慢》为例，开头三句为“寻寻觅觅，冷冷清清，凄凄惨惨戚戚”，三句话连用七个叠音词，也可看成是一个长的句子链，一口气读来，抑扬婉转，情感步步深沉，氛围一层比一层浓烈。这三句话富有音乐性地表现了词人情感波澜的三个递进层次，读者吟诵起来，好像倾听如怨如慕、如泣如诉的洞箫声，扣人心弦。三句话连用七个叠音词，构成七个均等的音符，仿佛是词人迟缓沉重的足音。

与诗歌相比，小说的阅读好像更依赖于视觉效果，但是即便是这样，我们在阅读时难道不是会经常性地想象出声音吗？所以，从某种意义上而言，文本意义与语音语调是不可分离的。一种好的阅读方式应该将语音这一维度重新回置于作品之中。

对明清小说评点家而言，他们继承了中国传统诗文重吟诵的传统，在阅读小说时，也尽量试图恢复其语音的维度。他们认为，优秀的小说必然适合口头表达，所以当他们看到小说中的一些精彩段落时，经常会批为“如话”，这里所传达出来的讯息即是好的书面语言应该具有口语的情感力量。对于小说而言，重要的不是它传达给我们多少信息，而是它能够唤起我们多少情感。如果小说语言能带我们回到语言原初的形式和功能，即作为充满了丰富意义的表达力量的那种活生生的声音，那它就是成功的。小说阅读不同于科学作品的阅读，科学作品旨在传达一种信息，诉求于人的理性而非其全部的情感和人格，所以科学作品的语言必须与口语划开明显的界限，在阅读科学性作品时，默读的方式显然更为适合，因为信息的接收不会受到默读的太大影响。而像诗歌、小说这样的文学作品，更适于采用出声诵读的方式，这样能加深读者对文本的理解，更好地唤起读者的阅读审美经验。

此外，不同的语音传达方式，比如“楚声”与“豺声”必定带来不同的阅读美感，但是一种恰切的语音传达方式必然与文本的审美风格相适应，而恰切的语音表达方式又必须建立在对文本的整体理解之上。苏东坡豪放之词就适宜关西大汉执铁板唱“大江东去”，然柳永婉约之作就只能是十七八岁的女郎手执红牙板歌“晓风残月”。《水浒传》第三十回中，武松割了张都监的头后“见桌上有酒有肉，武松拿起酒钟子，一饮而尽。连吃了三四钟，便去死尸身上割下一片衣襟来，蘸着血，去白粉壁上，大写下八个大字道：‘杀人者，打虎武松也。’”。金圣叹在这里夹批道：“奇文。奇笔、奇墨、奇纸，定然做出奇文来。卿试掷地，当作金石声。”① “杀人者，打虎武松也”，句中的“者”为文言虚词，表句子停顿；“也”也是文言虚词，表判断和肯定语气。我们可以试读一下这句话，八个字分成两句话读，前三后五，其语气必须铿锵有力，才能显示出武松敢作敢为、敢于承担责任的英雄气概。金圣叹在这里也说这是“一篇放胆文字”，所以“当作金石声”，唯此才能获取一种如“金石之

① （清）金圣叹：《水浒传》第三十回夹批，《金圣叹批评本水浒传》，岳麓书社2006年版，第353页。

声”的震撼人心的审美效果。

综上所述，如小说这样的文学作品，我们必须强调其阅读中的语音维度。不同的语音表达方式会带来不同的审美效果，而要想达到最佳的阅读审美效能，必须对文本的整体审美风格有准确的理解和把握，采取与之相适应的语音表达方式。面对文本，一般人只懂得一种欣赏角度、一套欣赏方法，而金圣叹则有“徐读”、“疾读”、“翱翔”、“歇读”、“楚声”、“豺声”、“骤读”、“细读”种种读法。一种读法会打开文本的一个世界，不同的读法，是对文本不同的存在方式的进入。明清小说评点家对各种读法虽无明晰的界定，但其已经认识到阅读方式与读者审美经验的互动关系，这也是一种理论上的进步。

**（二）身体与审美经验**

明清小说评点家为了达到良好的阅读效能，设定了一套阅读的方法和仪式，这些方法和仪式可以通过对读者身体的控制，来使其达到理想的阅读状态。例如为了实现读者心灵的“虚静”，可以通过“静坐”的身体规训方式，张竹坡说：“读《金瓶》，必须静坐三月方可，否则，眼光模糊，不能激射得到。”① 金圣叹也说：“《西厢记》必须扫地读之。扫地读之者，不得存一点尘土于胸中也。《西厢记》必须焚香读之。焚香读之者，致其恭敬，以期鬼神之通之也。《西厢记》必须对雪读之。对雪读之者，资其洁清也。《西厢记》必须对花读之。对花读之者，助其娟丽也。”② 在这里，我们发现，身体行为与阅读活动已经建立起一种必然的联系性，“扫地”、“焚香”、“静坐”等身体动作被认为可以更有效地帮助阅读审美活动的展开。

在中国古代艺术史上，庄子是第一个对身体的艺术表达有自觉意识的人，其著作中也有不少被人称为艺术活动的事例。这些活动虽然都表现为具体的技艺，但其目的不是最后所表现出来的结果，相反，在这里结果是次要的，重要的是具体操作的过程，以及在这些过程中人所获得

① （清）张竹坡：《批评第一奇书金瓶梅读法》，载侯忠义、王汝梅编《金瓶梅资料汇编》，北京大学出版社1985年版，第41页。

② （清）金圣叹：《读第六才子书法》，《金圣叹评点才子全集》第二卷，光明日报出版社1997年版，第18—19页。

的心理愉悦。就身体行为的描述而言，一方面，在艺术创作行为过程中心理行为与身体行为难以分离，二者其实是合而为一的事情；另一方面，大凡有习书画经验者皆知道，书法和绘画对握笔、运笔等过程中的手和整个身体姿态的种种要求，甚至成为各种不同的规范，这些都是对为了能更好地投入到具体创作中的途径的有效探索。

既然艺术创作活动与创作者的身体行为关系密切，在艺术欣赏活动中，我们同样也必须重视欣赏者的身体行为与阅读活动的关系。欣赏者的身体行为与心理状态确实密不可分，诸如“静坐”、“焚香”这类的身体动作可能确实有助于欣赏者的良好心理状态的形成，但即使是并无这样的实际效用，这些动作和行为本身也可以为我们带来一定的审美快感。正如在庄子笔下，不用等到画作的最终完成，只通过其创作前的一系列身体动作我们就能判断哪一个人才是真正的“画者”，其特立独行的身体动作已经预示和彰显了其画作的艺术价值。与此同理，真正的善读者，也必能掌握一套独特的阅读仪式。只要看其“扫地”、“焚香”、“对雪”、“对花”这一系列身体行为，不用等到阅读活动的展开，就已经彰显出该读者的独树一帜的阅读能力和水平。

此外，明清小说中还有大量的身体行为描写，对这些描写的阅读也可以视为是一种对身体的观看，读者在这种观看行为中亦可获得一种阅读的快感。以《水浒传》中鲁智深拳打镇关西为例：

> 郑屠右手拿刀，左手便来要揪鲁达；被这鲁提辖就势按住左手，赶将入去，望小腹上只一脚，腾地踢倒在当街上。鲁达再入一步，踏住胸脯，提起那醋钵儿大小拳头……扑的只一拳，正打在鼻子上，打得鲜血迸流，鼻子歪在半边，却便似开了个油酱铺，咸的、酸的、辣的一发都滚出来。……提起拳头来就眼眶际眉梢只一拳，打得眼棱缝裂，乌珠迸出，也似开了个彩帛铺，红的、黑的、紫的都绽将出来。……又只一拳，太阳上正着，却似做了一个全堂水陆的道场，磬儿、钹儿、铙儿一齐响。鲁达看时，只见郑屠挺在地上，口里只有出的气，没了入的气，动掸不得。

无论是李贽还是其他评点家，都对这一系列动作描写备加赞叹：“好文章，好文章，直令人手舞足蹈”；“庄子写风，枚生写涛，此写老拳，皆文字中妙绝画手”①。按照谷鲁斯的“内模仿”理论，审美主体在欣赏活动中，总是同情地分享着旁人或外物的姿态和运动，总会有一种内模仿的运动神经活动，从而在主体的心灵中产生一种自觉或主动的幻觉，仿佛要把自我变形投射到旁人或外物中去。读者在阅读《水浒传》时，早就对郑屠的行为愤恨至极，此时读到鲁智深拳打郑屠的文字，似乎也化身为鲁智深，并从对他的行动的“内模仿”中获取一种心灵的快感。

薛富兴在《〈诗经〉审美观念举例》一文中曾经指出，远在先秦时期，就已是一个男权社会，在审美活动中，男性多以审美主体身份出现，而女性则以审美对象而存在，对女性的欣赏是人类审美史之重要起点。②但是通过仔细考察《诗经》文本，可以发现那个时期对于女性的审美，多止于对女性仪容、神态的概括性的描摹，明清小说在女性审美表达上，继承了《诗经》的传统，并进一步在听觉、视觉、嗅觉、味觉、触觉等审美感官的协同作用下，营造出一种女性的身体之美。《红楼梦》第二十八回这样描写贾宝玉眼中的薛宝钗：

> 此刻忽见宝玉笑问道：“宝姐姐，我瞧瞧你的红麝串子?”可巧宝钗左腕上笼着一串，见宝玉问他，少不得褪了下来。宝钗生的肌肤丰泽，容易褪不下来。宝玉在旁看着雪白一段酥臂，不觉动了羡慕之心，暗暗想道：“这个膀子要长在林妹妹身上，或者还得摸一摸，偏生长在他身上。”

再来看第六十五回对尤三姐的描述：

> 这尤三姐松松挽着头发，大红袄子半掩半开，露着葱绿抹胸，一痕雪脯。底下绿裤红鞋，一对金莲或翘或并，没半刻斯文。两个坠子却似打秋千一般，灯光之下，越显得柳眉笼翠雾，檀口点丹砂。

---

① （明）李贽：《水浒传》第二回眉批，载陈曦钟、侯忠义、鲁玉川辑校《水浒传会评本》，北京大学出版社1981年版，第94页。

② 薛富兴：《山水精神——中国美学史文集》，南开大学出版社2009年版，第334页。

本是一双秋水眼，再吃了酒，又添了饧涩淫浪，不独将他二姊压倒，据珍琏评去，所见过的上下贵贱若干女子，皆未有此绰约风流者。

与《诗经》的女性写意美相比，明清小说中对女性的描述更增添了身体的肉欲色彩。薛宝钗、尤三姐不仅作为贾宝玉、贾珍、贾琏的观看对象而存在，同时也成为读者的观看性对象。在这种双重的观看行为中，女性的身体作为一种审美对象，给观看主体带来一种心理快感。

明清小说评点家对阅读过程中的身体反应也有所揭示和认识。因为不仅情感的一般原因是生理性的，而且情感自身也等同于这些生理兴奋令我们所具有的感受。当我们感到某物刺激时，身体变化直接遵循对刺激事物的感知，我们对它们发生时的那些同样变化的感受就是情感，我们感到伤心因为我们哭泣，我们感到愤怒因为我们回击，我们感到恐惧因为我们颤栗。对一个人身体感觉和感受的留意会有效地增进对其情感和意愿的理解。

在明清小说的批语中，我们可以看到多处标有如“拍案而起”、“慨然长叹”、“当浮一大白”等身体反应的词句，这些词句直接表明了评点者的情感和评价态度。从某种意义上而言，身体的直接反应比审美的语言表达更具有直接性和可信性。当一个读者在读到引起他情感共鸣的段落流泪或长叹时，这种身体的生理表现足以表明该阅读活动的审美特性，并彰显出读者审美情感的强度。这种情感也许比说一百次“好美啊”、“我好感动啊”这类的词语所蕴含的情感更为真实、丰富和热烈，所谓正是“此时无声胜有声”之意。所以，我们在研究明清小说评点时，这些描述身体经验的词句也应该引起我们足够的重视，唯此，我们才能对读者的阅读审美经验有一个综合的、丰富的、多层次的认识。

# 第四章

# 小说理论的探讨：审美经验的文本维度

明清小说评点的审美特征是建立在对小说文本“细读”的基础上的，这种细读并不是要探索和挖掘文字或形象的象征意义，而是着力于对小说艺术法则的归纳整理，由此来揭示阅读快感的原因。这些艺术法则是以往小说评点研究的重要内容，尤其是自结构主义叙事学在中国流行以来，这些内容得到了更为充分和深入的探讨，甚至一些海外学者也曾写过相关专论，最著名的便是浦安迪的《中国叙事学》。本书的研究汲取了这些研究成果，比如从故事结构、节奏、叙述视角等方面来分析评点中的叙事学，但本书也希望从另外的角度来阐释这些理论，那就是更加突出其中的美学意味。反观二十世纪的结构主义叙事学，虽然它们建立了更为系统的理论体系和解读方法，但其中一个主要特点是将叙事的种种要素看作是功能性的，目的是要将这些要素汇总成一个相互联系的结构，而不是从阅读心理学的角度来阐明这些要素。这种思路在一定程度上把阅读看作是一种智力游戏，忽视了小说阅读的情感意义，虽然审美情感也不能完全离开对叙事结构的深入认识。

本书更愿意将小说以及评点看作是一种活动空间或交流场域。明清时期的小说评点家们实际上也努力钩织一种较为完整的小说理论，但他们的文字更像是除叙述者之外的另一种声音，勾连着小说文本和读者，给读者将原本密实的文本打开一些空隙，让读者透过这些空隙看清小说的内在肌理；而且评点文字本身也成为读者的阅读对象，甚至是审美快感的一大来源。如果仅仅将叙事要素看作是功能性的，那么有些审美快感便会消失。比如人物形象，如果按照格雷马斯（Algirdas Julien Greimas）的矩阵来分析，他们便显现为结构性要素，但评点家们看重的是他们的性格，以及这些性格是在什么手法的塑造下鲜明起来的，并给读者带来非同寻常的情感体验；另外，评点家们并不会把人物形象与叙述视角这些结构要素分离开来，比如从某个人的视角来描绘另一个人的外貌和行动，不仅使叙述语言更加流畅，而且也使人物性格的显露更加灵活，读者的阅读体验自然也更为丰富。我们始终需要记住，评点者不仅是游离于文本之外的旁观者，而是沉浸于文本之中的一种特殊的读者，所以从阅读行为的角度来理解评点文字就非常重要。这里无意推翻基于结构主义叙事学对评点活动的研究，而且它们也是本书研究的重要基础，本书只是要强调，评点文字是那个时代小说的一个有机部分，是一种富有趣味的读者声音，这些文字非常重视从读者的阅读心理来敞露小说的叙述技巧，或者说它们构建了一套阅读心理学，亦即本文所谓的阅读美学。

## 第一节　文本叙述与阅读快感

### 一、叙述结构与阅读快感

明清小说评点已开始出现“结构”[①] 这一概念，金圣叹在其评点中曾四次使用“结构”，毛宗岗在批《三国演义》时更是多次提到“结构”，他说：“文如常山率然，击首则尾应，击尾则首应，击中则首尾皆应，岂非结构之至妙哉！”[②] 明清小说的叙述结构模式及其使用原则，值得我们进行深思和探究。

概括来看，明清小说评点所归纳的叙述结构主要遵循以下几条原则：

#### （一）整体性

在这里，整体性包括三个层面的含义：

其一，小说整体结构要有完整性，即要有“起”有“结”。金圣叹批《水浒传》道：“一部大书以石碣始，以石碣终。章法奇绝。”[③] “石碣”

① 韩进廉在《中国小说美学史》中提出“结构”一词为毛宗岗父子首次使用的观点，但据笔者考证，金圣叹在评点《水浒传》时就已开始使用这一概念。

② （清）毛宗岗：《三国演义》第九十四回回评，《毛宗岗批评本三国演义》，岳麓书社2006年版，第736页。

③ （清）金圣叹：《水浒传》第七十回夹批，《金圣叹批评本水浒传》，岳麓书社2006年版，第798页。

第一次出现是在楔子“洪太尉误走妖魔”中，金圣叹在该回回评中说“以开碣为楔，楔出三十六天罡、七十二地煞，此所谓正楔也”[①]，可见“石碣”第一次出现是《水浒传》故事的缘起。金圣叹在腰斩《水浒传》时，将容本的第一回改为楔子，其意就在明示“石碣”的引首作用。“石碣”第二次出现在小说第十四回中，金圣叹将其视为小说中的提纲：“此书始于石碣，终于石碣，然所以始之终之者，必以中间石碣为提纲，此撞筹之旨也。”[②]“石碣”第三次出现时，已是“金本”《水浒传》的第七十回，也是小说的点睛结穴处。金圣叹在此回回评中说：“一部书七十回，可谓大铺排；此一回，可谓大结束。读之正如千里群龙，齐入海，更无丝毫未了之憾。”[③] 金圣叹之所以腰斩《水浒传》，不仅是出于其“反对招安”的政治立场，也有美学上的考量，即从叙述结构上保持一部小说的严密性和完整性。金圣叹罹难后，他的评点本无数次地再版，以致使早期的版本基本上从市场上消失，读者的这种选择不仅说明金圣叹对文本的阐释和变动是深度历史化的，也是高度审美化的。

其二，局部情节的完整性。文前必有先声，文后亦必有余势，事件的前因后果一定要叙述完整，金圣叹称之为“弄引法”和“獭尾法”：

> 有弄引法。谓有一大段文字，不好突然便起，且先作一段小文字在前引之。如索超前，先与周瑾；十分光前，先说五事等是也。《庄子》云：“始于青萍之末，盛于土囊之口。”《礼》云：“鲁人有事于泰山，必先有事于配林。”有獭尾法。谓一段大文字后，不好寂然便住，更作余波演漾之。如梁中书东郭演武归去后，知县时文彬升堂；武松打虎下冈来，遇着两个猎户；血溅鸳鸯楼后，写城壕边月色等是也。[④]

---

① （清）金圣叹：《水浒传》楔子回评，《金圣叹批评本水浒传》，岳麓书社2006年版，第2页。

② （清）金圣叹：《水浒传》第十四回回评，《金圣叹批评本水浒传》，岳麓书社2006年版，第155页。

③ （清）金圣叹：《水浒传》第七十回回评，《金圣叹批评本水浒传》，岳麓书社2006年版，第796页。

④ （清）金圣叹：《读第五才子书法》，《金圣叹批评本水浒传》，岳麓书社2006年版，前言第4页。

毛宗岗继承了金圣叹的这一结构美学观，在《读三国志法》中，总结了《三国演义》的十二条叙事方法，其中写道：“《三国》一书，有将雪见霰，将雨闻雷之妙。”毛宗岗解释道：“将有一段正文在后，必先有一段闲文以为之引；将有一段大文在后，必先有一段小文以为之端。”①除此之外，毛宗岗还总结“《三国》一书，有浪后波纹，雨后霡霂之妙”，所谓“凡文之奇者，文前必有先声，文后亦必有余势”②。“先声”和“余势”是相对于情节的中心段而言的，其叙事功能是使局部情节不但有“身”，还有“首”和“尾”，这种完整的形式也能彰显局部情节作为一个叙事单位的相对独立性。

其三，整体与局部的有机统一性。毛宗岗在《读三国志法》中道：

> 《三国》一书，总起总结之中，又有六起六结。凡此数段文字，联络交互于其间，或此方起而彼已结，或此未结而彼又起，读之不见其断续之迹，而按之则自有章法之可知也。③

总起总结是主结构，六起六结是分结构，每个分结构既有自身的独立和完整性，又融汇在主结构中，形成一个有机统一体。金圣叹认为：“《水浒传》一个人出来，分明便是一篇列传。至于中间事迹，又逐段逐段自成文字，亦有两三卷成一篇者，亦有五六句成一篇者。”④所以《水浒传》可以看作是为一百零八英雄好汉所作的列传，每一位好汉的列传既独立成篇、自成段落，又互相贯串相连，组成一个整体的梁山英雄谱系。因此金圣叹说：“稗官固效古史氏法也，虽一部前后必有数篇，一篇

---

① （清）毛宗岗：《读三国志法》，《毛宗岗批评本三国演义》，岳麓书社2006年版，前言第7页。

② （清）毛宗岗：《读三国志法》，《毛宗岗批评本三国演义》，岳麓书社2006年版，前言第7页。

③ （清）毛宗岗：《读三国志法》，《毛宗岗批评本三国演义》，岳麓书社2006年版，前言第4页。

④ （清）金圣叹：《读第五才子书法》，《金圣叹批评本水浒传》，岳麓书社2006年版，前言第2页。

之中凡有数事，然但有一人必为一人立传，若有十人必为十人立传。”①这些“列传”自成一体，但是施耐庵通过其“联贯之才”将这些列传联结起来，像百川纳海一样，把一百单八将由分散而聚合，建构起《水浒传》的整体结构。

**（二）对称性**

对称性涵盖这样两方面：

其一，重叠照应。所谓重叠照应，即指小说中相同或相类似的“事件”或“物象”在文中反复出现，形成一种前后的照应关系。金圣叹评《水浒传》道：“晁盖七人以梦始，宋江、卢俊义一百八人以梦终，皆极大章法。”② 又道：“以诗起，以诗结，极大章法。”③ “梦”与“梦”，“诗”与“诗”，形成了一种重叠的对应关系。这种重叠不仅可以形成一种形式上的对称和均衡美感，而且还有着特殊的叙事意义。毛宗岗说：

> 《三国》一书，有首尾大照应，中间大关锁处。如首卷以十常侍为起，而末卷有刘禅之宠中贵以结之，又有孙皓之宠中贵以双结之，此一大照应也。又如首卷以黄巾妖术为起，而末卷有刘禅之信师婆以结之，又有孙皓之信术士以双结之，此又一大照应也。照应既在首尾，而中间百馀回之内若无有与前后相关合者，则不成章法矣。于是有伏完之托黄门寄书，孙亮之察黄门盗蜜以关合前后；又有李傕之喜女巫，张鲁之用左道以关合前后。凡若此者，皆天造地设，以成全篇之结构者也。④

这种照应性的结构反映出小说作者和评点者的叙事观，人事万象有起有灭，事物川流不息，生生灭灭，从一个具体过程来说，就是一个从

① （清）金圣叹：《水浒传》第三十三回回评，《金圣叹批评本水浒传》，岳麓书社 2006 年版，第 383 页。

② （清）金圣叹：《水浒传》第七十回夹批，《金圣叹批评本水浒传》，岳麓书社 2006 年版，第 803 页。

③ （清）金圣叹：《水浒传》第七十回夹批，《金圣叹批评本水浒传》，岳麓书社 2006 年版，第 804 页。

④ （清）毛宗岗：《读三国志法》，《毛宗岗批评本三国演义》，岳麓书社 2006 年版，前言第 10 页。

无到有，又从有到无的循环。历史也是一个大循环，今天之人不过是在自己的舞台上重复着古人的故事，与西方的线性时间观不同，中国人用以纪年的天干地支方式本身就反映出一种循环性的时间观。由“梦”至“梦”，“诗”起“诗”结，这种重复所引发的对称性关系不仅是一种叙事的美学原则，也反映出明清小说作者的时空观和历史观。

此外，小说中一些“物象”的反复出现，还可以起到“草蛇灰线”的叙事推动作用，金圣叹在批《水浒传》时道：“有草蛇灰线法。如景阳冈连叙许多‘哨棒’字，紫石街连写若干‘帘子’字等是也。骤看之，有如无物。及至细寻，其中便有一条线索，拽之通体俱动。”① 张竹坡和脂砚斋都继承了金圣叹的这一理论，在评点过程中也格外重视这种“物象”反复出现的情况。在《金瓶梅》第二十八回中，张竹坡批道：

> 此回单伏金莲之恶，故惟以“鞋”字播弄至后三十回，以春梅纳鞋，足完“鞋”字神理。细数凡八十个“鞋”字，如一线穿去，却断断续续、遮遮掩掩，而瓶儿、玉楼、春梅身分中，莫不各有一金莲，以衬金莲之金莲，且衬蕙莲之金莲，则金莲至此已烂漫不堪之甚矣。②

所谓“‘鞋’字神理”，即从“鞋”这一物象上可以映衬出人物性格的不同神理，张竹坡正是将这八十次的“鞋”与西门庆家中各色人等汇成一体，欣赏出“鞋”的独特审美功能，做出“‘鞋’字神理”的审美判断。

其二，特犯不犯。毛宗岗说：

> 《三国》一书，有同树异枝、同枝异叶、同叶异花、同花异果之妙。作文者以善避为能，又以善犯为能。不犯之而求避之，无所见

---

① （清）金圣叹：《读第五才子书法》，《金圣叹批评本水浒传》，岳麓书社2006年版，前言第4页。

② （清）张竹坡：《金瓶梅》第二十八回回评，载侯忠义、王汝梅编《金瓶梅资料汇编》，北京大学出版社1985年版，第101—102页。

其避也。唯犯之而后避之，乃见其能避也。譬如树同是树，枝同是枝，叶同是叶，花同是花，而其植根、安蒂、吐芳、结子，五色纷披，各成异彩。读者于此，可悟文章有避之一法，又有犯之一法也。①

这里所论述的正是"犯"和"避"的辩证关系。与重叠照应不同，"特犯不犯"讲究同中有异，异中有同，使读者在这种"犯"和"避"的辩证关系中体会文本艺术的高妙。

"特犯不犯"可以体现在情节叙述上，如毛宗岗在《三国演义》第三十二回批道：

侯成以献酒被责而降曹，冯礼亦以饮酒被责而降曹。降曹同也，而一降于决水之后而不死，一降于决水之前而随死，则大异。魏续为友人抱愤而献门，审荣亦为友人抱愤而献门。献门同也，而吕布在城中而被执，袁尚在城外而未擒，则又异。就其相类处，却又有极不相类处。若有特特犯之而又特特避之者，真是绝妙文章。②

此外，"特犯不犯"还可以体现在人物形象塑造上。如金圣叹说：

《水浒传》只是写人粗卤处，便有许多写法。如鲁达粗卤是性急，史进粗卤是少年任气，李逵粗卤是蛮，武松粗卤是豪杰不受羁绊，阮小七粗卤是悲愤无处说，焦挺粗卤是气质不好。③

"粗卤"是其共同特性，但"粗卤"之中又各个不同，可谓"犯中有避"。明清小说评点家对于"特犯不犯"的评价是沿着"避"—

① （清）毛宗岗：《读三国志法》，《毛宗岗批评本三国演义》，岳麓书社2006年版，前言第5页。

② （清）毛宗岗：《三国演义》第三十二回回评，《毛宗岗批评本三国演义》，岳麓书社2006年版，第249页。

③ （清）金圣叹：《读第五才子书法》，《金圣叹批评本水浒传》，岳麓书社2006年版，前言第2页。

"犯"—更高的"避"这一思路展开的。从读者追新尚奇的阅读心理来看，情节的雷同是最为读者所厌的，所以作者在小说创作中应尽可能去"避"。但是高明的作者偏要在"犯"中求"避"，正所谓题目越难，方见得解题者的手段。读者在读到与上文类似的人或事时，并不会对其抱以太高的心理预期，然读完之后才会发现原来并非自身预想的那样简单，此时读者不仅会为作者高明的艺术技巧所折服，还会获得一种预想之外的心理愉悦感。

### （三）间架性

叙事的空间化是中国古代长篇叙事的一个根本性特征。高妙的叙事艺术几乎都发生在故事"段"与"段"的连接处，发生在故事"段"与"段"的交叠重合处。[①] 因此，情节之间的衔接与过渡文字，就显得特别重要，金圣叹将之称为"间架"，主要包括两种情形：其一，局部结构中两个较小事件或情节的衔接。其二，全书的叙述结构中，各个局部的叙述结构的过渡。

小说所面临的一个重要问题就是情节之间的连接和转换，一个作者艺术功力的高低，往往可以在情节转换中得以展现。高明的作者在情节转换时往往不落痕迹，而低劣的作者则在情节转换处流露出斧凿痕迹。明清小说评点家在探讨这个问题时，从读者的审美心理出发，总结出这样几个原则：

第一，情节之间的连接要有紧密性。金圣叹称之为"鸾胶续弦法"：

> 有鸾胶续弦法。如燕青往梁山泊报信，路遇杨雄、石秀，彼此须互不认识；且由梁山泊到大名府，彼此既取小径，又岂有止一小径之理？看他顺手借如意子打鹊求卦，先斗出巧来，然后用一拳打倒石秀，逗出姓名来等是也。都是刻苦算得出来。[②]

"鸾胶续弦"是《十洲记》中的典故，传说西王母以凤凰骨髓熬成

---

① 林岗：《明清小说评点》，北京大学出版社 2012 年版，第 147 页。

② （清）金圣叹：《读第五才子书法》，《金圣叹批评本水浒传》，岳麓书社 2006 年版，前言第 5 页。

胶，其黏无比，献给汉武帝。汉武帝弓弦断了，便用此胶粘结，牢固异常，遂名为“续弦胶”。金圣叹在这里用此典故，意在比喻情节连接的牢固性和紧密性。金圣叹以《水浒传》第六十一回为例，这一回卢俊义由梁山回大名府后被判斩，此时小说出现两条情节线索：一条是宋江派石秀下山去侦察，最后演至石秀单身劫法场；还有一条是燕青救卢俊义不得，最后投奔梁山。那么，如何把这两条情节线索连接起来呢？施耐庵在文中设计了一段小插曲，燕青射鹊充饥，喜鹊带箭飞走，燕青追鹊翻过山岗，恰遇石秀，双方然后开打，再最后相认。这一段射鹊的小插曲可称之为是连接两条情节线索的“鸾胶”，这样一粘，燕青遇上石秀就不显得那么突兀，而带上一点必然的色彩，正如金圣叹所批：“如此交卸过来，文章便无牵合之迹。”①

第二，情节的转换要有自然性。这里的自然性除了像上文所举之例那样不露“牵合之迹”外，还要有“金针暗度”的功力，要尽可能不被读者所察觉。金针暗度法，关键在一个“暗”字，它强调的是自然、合理、不露痕迹，读者还以为作者在明修栈道的同时，作者已经在暗度陈仓了。有的小说评点者不把这种方法称之为“金针暗度”，而是用“移云接月”“过枝结叶”等词语来表述相类似的含义。如金圣叹就称这种情节转换的方法为“移云接月”，他在《水浒传》第四十三回的夹批中说：“卸去戴、杨，交入杨、石，移云接月，出笔最巧。”② 毛宗岗则称之为“过枝结叶”，在《三国演义》第八十一回回评中说道：“其过枝结叶处，全不见其断续之痕，而两边夹叙，一笔不漏。”③

第三，情节的转换要适应读者的审美心理。比如小说中正在叙述一件事情的时候，忽然插入另一件事，那么为何要进行这种情节之间的转换呢？金圣叹说：“只因文字太长了，便恐累赘。故从半腰间暂时闪出，

① （清）金圣叹：《水浒传》第六十一回夹批，《金圣叹批评本水浒传》，岳麓书社 2006 年版，第 719 页。

② （清）金圣叹：《水浒传》第四十三回夹批，《金圣叹批评本水浒传》，岳麓书社 2006 年版，第 514 页。

③ （清）毛宗岗：《三国演义》第八十一回回评，《毛宗岗批评本三国演义》，岳麓书社 2006 年版，第 632 页。

以间隔之。”[1] 毛宗岗也说：“文之长者，连叙则惧其累赘，故必叙别事以间之，而后文势乃错综尽变。”[2] 这种情节的转换可以使读者在心理上形成一种疏隔，既可避免因故事段落过长而带来阅读的沉闷，也可以使读者在阅读时紧张的情绪得到暂时的缓冲，从而有助于对小说文本的欣赏。

综上所述，明清小说评点家总结出小说的叙事结构的安排应遵循整体性、对称性和间架性这三条原则。那么，这些原则的依据何在呢？毛宗岗在《三国演义》第九十二回回首，有这样一段批语：“观天地自然之文，可以悟作文者结构之法。”[3] 毛宗岗在这里提出，叙事的方法，结构的方法，是从现实生活本身来的。这是一个很重要的思想，但是，不可否认，叙述结构原则的另一个重要依据，就在于这些原则的形式美因素符合了读者的阅读审美心理。完整性和对称性的审美原则已被历代美学家所认可，小说结构的间架性在形式结构上既可以防止两头大、中间小、缺层次、少变化的弊病，同时还可以在读者心理上形成一种疏隔，有助于其心理调节，以获取更大的审美愉悦。[4]

## 二、叙述节奏与阅读快感

英国著名的小说理论家福斯特（Edward Morgan Forster）曾这样论及小说的叙述节奏在文本中的作用：“如果处理不当，节奏就会令人非常讨厌。它会僵化而变成一个象征。这时它就不会载负着我们在小说里前进，反而会把我们绊上一跤。”[5] 在他看来，安排恰切的叙事节奏应该“不像模式似的老待在那儿，而是以它那美妙的消长起伏使我们心里充满了惊

① （清）金圣叹：《读第五才子书法》，《金圣叹批评本水浒传》，岳麓书社 2006 年版，前言第 5 页。

② （清）毛宗岗：《读三国志法》，《毛宗岗批评本三国演义》，岳麓书社 2006 年版，前言第 7 页。

③ （清）毛宗岗：《三国演义》第九十二回回评，《毛宗岗批评本三国演义》，岳麓书社 2006 年版，第 722 页。

④ 吴子林：《经典再生产——金圣叹小说评点的文化透视》，北京大学出版社 2009 年版，第 113 页。

⑤ ［英］福斯特：《小说面面观》，朱乃长译，中国对外翻译出版公司 2002 年版，第 431 页。

讶、新鲜和憧憬等感觉”①。

> 文章家有过枝接叶处，每每不得与前后大篇一样出色。然其叙事洁净，用笔明雅，亦殊未可忽也。譬诸游山者游过一山，又问一山，当斯之时，不无借径于小桥曲岸，浅水平沙；然而前山未远，魂魄方收，又况其一桥一岸，一水一沙，乃殊非七十回后一望荒屯绝徼之比。想复晚凉新浴，豆花棚下，摇蕉扇，说曲折，兴复不浅也。后山又来，耳目又费。则虽中间少有不称，然政不致遂败人意。②

无独有偶，金圣叹在这里也形象地说明了小说叙述节奏的重要性。如果把阅读比作游山的过程，那么怎样才能使游山者在游山过程中始终兴致勃勃，不致意兴阑珊、败兴而归呢？金圣叹认为，小说叙事应形成缓急相间的节奏，这样方能适应读者的阅读审美心理。因此，我们发现金圣叹与福斯特关于小说叙述节奏的论述，其共同点就在于他们都认为“节奏”的实质，实际上是对读者阅读过程中心理和情绪的一种控引和扬抑。

在此理论基础上，明清小说评点关于小说叙述节奏与读者阅读快感之间关系的论述主要包括以下几点：

其一，流畅与阻隔。小说情节发展既要流畅，又需适度停顿，形成一种适当的“障碍阅读”。一般来说，情节的发展应该有连续性，而且要紧凑。但是，金圣叹认为，有时也不妨中断一下，停顿一下，他称这种方法为“忽然一闪法”。如《水浒传》第八回写林冲在柴进庄上与洪教头比武，中间便作数次停顿。金圣叹在这三处停顿下批道：“说使棒反吃酒，极力摇曳，使读者心痒无挠处。”“此一回书每用忽然一闪法，闪落读者眼光，真是奇绝。”“奇哉！真所谓极忙极热之文，偏要一断一续而

① ［英］福斯特：《小说面面观》，朱乃长译，中国对外翻译出版公司 2002 年版，第 431 页。

② （清）金圣叹：《水浒传》第三十二回回评，《金圣叹批评本水浒传》，岳麓书社 2006 年版，第 374 页。

写，令我读之叹绝。”① 从这些批语来看，情节发展中的这种适当阻隔是从读者的审美心理来着眼的。读者在阅读过程中，如果其思维活动始终处于一种顺畅无阻的状态中，那么这种思维状态本身就能使人感觉到一种愉悦。但是，过度的畅通也会使人感到厌倦，这就是为什么小说作者要安排适度的阻隔。比如一个游客去游山，如果满山风景一览无余，其所获取的审美快感就是相当有限的。停顿的目的就是要引起读者的悬念，有意模糊读者的视线，让某一故事处于烟云笼罩之中，当读者最终从这满山的烟云走出来的时候，将能获得更多的审美愉悦。

其二，极急与极缓。这里又可分为两种情况：其一，正作用力。如极急之事用极险之笔，形成“险极则快极”的心理效果，将读者的情绪推向一个高潮和顶峰。《水浒传》第三十六回写宋江在浔阳江遇险，金圣叹有一段批语：“此篇节节生奇，层层生险。节节生奇，奇不尽不止；层层追险，险不绝不追。……一篇真是脱一虎机，踏一虎机，令人一头读，一头吓，不惟读亦读不及，虽吓亦吓不及也。”② 这种奇险的情节设计就是为了让读者在阅读时得到一种精神上的愉悦和享受，正如金圣叹所言：“不险则不快，险极则快极也。”③ 其二，反作用力。极急之事，偏用极缓之笔，引发读者的悬念，增强其审美感受。《水浒传》第三十九回“梁山泊好汉劫法场”中，作者“写急事而不肯少用笔”，这种细叙详述与读者只想尽快知道宋江、戴宗二人结局的急不可耐的阅读心理形成一种强烈的反差，真所谓是读者越急，而作者则越不急。娓娓道来的细述，不断延伸读者的焦急情绪，不断增强小说的吸引力，也不断强化小说的审美效应。这种焦急、惊恐、担忧的感情交替出现，并最终转化为一种“读书之乐”的审美快感。

其三，“疾雷”与“好月”。毛宗岗道：

---

①（清）金圣叹：《水浒传》第八回夹批，《金圣叹批评本水浒传》，岳麓书社 2006 年版，第 106—107 页。

②（清）金圣叹：《水浒传》第三十六回回评，《金圣叹批评本水浒传》，岳麓书社 2006 年版，第 417 页。

③（清）金圣叹：《水浒传》第三十六回夹批，《金圣叹批评本水浒传》，岳麓书社 2006 年版，第 423 页。

《三国》一书，有笙箫夹鼓、琴瑟间钟之妙。人但知《三国》之文是叙龙争虎斗之事，而不知为凤为鸾、为莺为燕，篇中有应接不暇者，令人于干戈队里时见红裙，旌旗影中常睹粉黛，殆以豪士传与美人传合为一书矣。[1]

崇高与优美不同审美风格的交织，如“疾雷之馀，忽见好月”[2]。金圣叹也十分欣赏小说中这种不同审美风格之间的转换和间隔，在《水浒传》第二十三回的回评中，他批道：

上篇写武二遇虎，真乃山摇地撼，使人毛发倒卓，忽然接入此篇，写武二遇嫂，真又柳丝花朵，使人心魂荡漾也。吾尝见舞槊之后，便欲搦管临文，则殊苦手颤；铙吹之后，便欲洞箫清啭，则殊苦耳鸣；驰骑之后，便欲入班拜舞，则殊苦喘急；骂座之后，便欲举唱梵呗，则殊苦喉燥，何耐庵偏能接笔而出，吓时便吓杀人，憨时便憨杀人，并无上四者苦也！[3]

武二遇虎与武二遇嫂给人的审美感受是截然不同的，前者紧张，而后者舒展；前者给人以崇高的审美愉悦，后者则给人以优美的审美享受。这两种不同的审美风格交汇在一起，使读者在审美心理上形成一种平衡和舒适感，从而获得审美愉悦的满足感。

其四，细笔与空白。明清小说中有些事件的描述，不惮文辞之繁，反复刻画；但又在文中留出若干“不定点”，以激发读者的审美想象力。金圣叹在《水浒传》第二十七回中这样评述施恩款待武松的细节描写：“连叙管营逐日管待……如此等事，无不细细开列，色色描画。常言太史公酒帐肉簿，为绝世奇文，断惟此篇足以当之。若韩昌黎画记一篇，直

① （清）毛宗岗：《读三国志法》，《毛宗岗批评本三国演义》，岳麓书社 2006 年版，前言第 8 页。

② （清）毛宗岗：《三国演义》第八回回评，《毛宗岗批评本三国演义》，岳麓书社 2006 年版，第 54 页。

③ （清）金圣叹：《水浒传》第二十三回回评，《金圣叹批评本水浒传》，岳麓书社 2006 年版，第 260 页。

是印板文字，不足道也。”[①] 施恩一则敬仰武松英雄，二则想借武松神勇夺回被蒋门神强占的酒店，小说正是借助这些有关饮食起居的每一个细节“逐件写”、“亦逐件写”、“越写得出奇”，将施恩的心情与意图表现得淋漓尽致。金圣叹认为这种通过细节“细细开列，色色描画”引出人物相见，变“酒帐肉簿”为“绝世奇文”，变“印板文字”为“绝世奇文”，对这种成功的细节描写可谓赞誉到了极点。同时，金圣叹又说：“从来妙文，决无实写一法。夫实写，乃是堆垛土墼子，虽乡里人犹过而不顾者也。”[②] 有效地运用“省笔”艺术，不但可以避免节外生枝、喧宾夺主，还可以给读者在阅读时留下审美想象的空间。金圣叹在《读第五才子书法》中说：“有极省法。如武松迎入阳谷县，恰遇武大也搬来，正好撞着，又如宋江琵琶亭吃鱼汤后，连日破腹等是也。”[③] 曹雪芹在《红楼梦》中更是将这两种创作手法辩证地结合起来，他一方面非常重视文本的细节描写，举凡居室饮食、人物服饰容貌，无不描摹靡细；另一方面却又在文中留下很多“不定点”，给读者以想象的极大余地。其中最大的“空白”就是秦可卿之死，给读者以极大的发挥空间，当代作家刘心武解读《红楼梦》正是从秦可卿入手，得出与传统红学家迥然不同的看法，由此可见“空白”在小说文本中的重要意义。

其五，关目与旁笔。评点者提醒读者一方面既要注意文章的“关目”[④]，但也要注意欣赏中心情节骨架之外的闲文点缀，叙事的妙处很可能不在中心情节骨架之中，而在附着于此骨架的珠玉花朵。所谓的“闲文”、“旁文”、“余文”，就是这些珠玉花朵。[⑤] 读者在阅读过程中，要把握好阅读的节奏，既要关注主要情节的发展线索，同时也要学会放慢步伐，懂得欣赏小说中的“闲文”之美。《红楼梦》第五十一回写吃茶、看病等小事，与主干情节并无多大关联，但作者却写得栩栩如生，如若在

① （清）金圣叹：《水浒传》第二十七回回评，《金圣叹批评本水浒传》，岳麓书社 2006 年版，第 321 页。

② （清）金圣叹：《金圣叹评点才子全集》第三卷，光明日报出版社 1997 年版，第 71 页。

③ （清）金圣叹：《读第五才子书法》，《金圣叹批评本水浒传》，岳麓书社 2006 年版，前言第 5 页。

④ 关目，本为戏剧术语，泛指戏剧的艺术构思和剧情安排，明清小说评点中则用来特指小说作品的中心事件。

⑤ 林岗：《明清小说评点》，北京大学出版社 2012 年版，第 146 页。

阅读时只为其与主干无甚关联，便轻轻放过，便不能欣赏到这段“闲文”之美。脂砚斋在此评道：“文有数千言写一琐事者，如一吃茶，偏能于未吃之前即吃之后，细细描写；如一拿银，偏能于开柜前生无数波折，称银时又生无数波折，心细如发。”[①] 如能细细读此段落，就不会觉其繁，而只会觉其细得有趣，读者在读到这样的文章时，宛如细观一幅生活立体图画，正所谓“文情如绮”是也。

### 三、叙述视角与阅读快感

在很多情况下，如果叙述视角被改变，一个故事就会变得面目全非甚至无影无踪。叙述视角不是作为一种传送情节给读者的附属物后加上去的，相反，在绝大多数现代叙事作品中，正是叙述视角创造了兴趣、冲突、悬念乃至情节本身。

二十世纪以来，曾经出现过各种有关视角的分类。弗里德曼（Fredman）在《小说的视角》一文中提出的区分也许是最为详尽的一种，他区分了八种不同的类型。[②] 后来，热奈特（Gerard Genette）在自己的巨著《叙事话语》一书中对弗氏的八分法进行了归纳和简化，并提出了自己的三分法。他的三分法是对三种聚焦模式的划分，第一类即一般由传统的叙事作品所代表的类型，为无聚焦或零聚焦模式；第二类为内聚焦叙事，它又分三种形式，即固定式、不定式和多重式；第三类为外聚焦叙事。[③] 零聚焦或无聚焦即无固定视角的全知叙述，它的特点是叙述者说出来的比任何一个人物知道的都多，可用“叙述者 > 人物”这一公式来表示。内聚焦的特点就是叙述者仅说出某个人物知道的情况，可用“叙述者 = 人物”这一公式来表示。而外聚焦模式中的叙述者就像一个忠实记录的摄像机，其叙述特点可用“叙述者 < 人物”来表示。

明清小说评点家自然不可能像西方叙述学理论那样对叙述视角做出如此细致的划分和深入的探讨，但是这并不代表他们对这个问题漠无所

---

① （清）脂砚斋：《红楼梦》第五十一回回评，载朱一玄编《红楼梦资料汇编》，南开大学出版社 2001 年版，第 481 页。

② 申丹：《叙述学与小说文体学研究》，北京大学出版社 2004 年版，第 207—212 页。

③ ［法］热奈特：《叙事话语 新叙事话语》，王文融译，中国社会科学出版社 1990 年版，第 129—130 页。

视。明清小说评点家注意到一个重要的理论问题，即叙述视角的转换。

金圣叹在批点《水浒传》时，已经对这个问题有较为自觉的关注，如杨志失陷生辰纲、宋江杀阎婆惜、李逵“暗杀”罗真人这几回，金圣叹都发现叙述视角的转换有利于增强小说的表现力和感染力。从零聚焦转为内聚焦，采用限知视角，不但显得更为真切，还有助于营造某种特定氛围。

《水浒传》第二十一回“宋江杀阎婆惜”，有这样一段描写：

> （阎婆惜）正在楼上自言自语，只听得楼下呀地门响。婆子问道：“是谁?”宋江道：“是我。”婆子道：“我说早哩，押司却不信要去，原来早了又回来。且再和姐姐睡一睡，到天明去。”宋江也不答话，一径奔上楼下。那婆娘听得宋江回来……

这是一段典型的全知叙事，金圣叹在评点时将这段改为：

> （阎婆惜）正在楼上自言自语，只听得楼下呀地门响。床上问道：“是谁?”门前道：“是我。”床上道：“我说早哩，押司却不信要去，原来早了又回来。且再和姐姐睡一睡，到天明去。”这边也不回话，一径已上楼来。那婆娘听得是宋江了。

在做出这一番文字的变动之后，金圣叹特意加批引起读者注意：“不更从宋江走来，却竟从婆娘边听来。神妙之笔!”“一片都是听出来的，有影灯漏月之妙。”[①] 在容本原文中，采用的是全知叙事视角，所以叙述聚焦能进行全方位的移动。金圣叹在做出改动以后，将原来的叙事视角由全知改为限知，这样叙事聚焦就集中在阎婆惜一人身上。阎婆惜睡在楼上，所以她无法看到楼下的情景，只能是先朦胧听到门声响动、床上语声、门前语声，而后才能辨出是宋江来。这一改动与容本相比，更能表现出人物心理节奏的变化，因此显得更真切、具体、集中，也更具有

① （清）金圣叹：《水浒传》第二十回夹批，《金圣叹批评本水浒传》，岳麓书社2006年版，第234页。

艺术的感染力。

张竹坡在《金瓶梅》的评点中也很重视限知视角的运用，在第九回“西门庆偷娶潘金莲”中，第二天潘金莲去拜见吴月娘，小说写道：“这妇人坐在旁边，不转睛把众人偷看。”张竹坡对此夹批道：“众人俱在金莲眼中描出。”① “从金莲眼中”，即说明此时叙事视角已从全知改为限知，这种视角的转换，不但使文情更加生动，更重要的是还表现了潘金莲善于察言观色、心机深重的性格。同时文本对吴月娘等人的体貌描述因是从金莲眼中看出，故增添了金莲的个人主观评价色彩，也为日后金莲如何处理与西门庆的其他妻妾之间的关系埋下了伏笔。

脂砚斋在评点《红楼梦》时对于叙事视角亦有所探讨：

> 其演说荣府一篇者，盖因族大人多，若从作者笔下一一叙出，尽一二回不能得明，则成何文字？故借用冷字一人，略出其大半，使阅者心中，已有一荣府隐隐在心。然后用黛玉、宝钗等两三次皴染，则耀然于心中眼中矣。此即画家三染法也。②

在这里，我们可以发现，脂砚斋借用中国古代绘画理论，不但强调了限知叙述视角的作用，还认为在文本叙事中，不同视角的叠加也具有特殊的美学意义。比如对荣国府的介绍和描述，因其族大人多，如果采用全知叙事视角，一一罗列叙出，不但文字累赘，而且也无艺术感染力可言。所以曹雪芹先借冷子兴之口演出一荣府，使读者心中对荣府有一个大概的印象，再通过林黛玉进贾府、薛宝钗进京投亲，分别从林黛玉、薛宝钗眼中再演出一荣府，如此两三次皴染之后，荣府也就耀然于读者心矣。

同样，林黛玉出场之时，先从众人眼中写黛玉“年貌虽小，其举止言谈不俗，身体面庞虽怯弱不胜，却有一段自然风流态度”；又从宝玉眼

① （清）张竹坡：《金瓶梅》第九回夹批，载侯忠义、王汝梅编《金瓶梅资料汇编》，北京大学出版社 1985 年版，第 75 页。

② （清）脂砚斋：《红楼梦》第二回回评，《脂砚斋批评本红楼梦》，岳麓书社 2006 年版，第 13 页。

中细写黛玉“两弯似蹙非蹙罥烟眉，一双似喜非喜含露目。态生两靥之愁，娇袭一身之病。泪光点点，娇喘微微。闲静时如姣花照水，行动处似弱柳扶风。心较比干多一窍，病如西子胜三分”。两相叠照，既可加深我们对黛玉的印象和认识，又能通过众人眼中的黛玉与宝玉眼中的黛玉之差异，显现出宝玉的不俗及二人之关系，“不写衣裙装饰，正是宝玉眼中不屑之物，故不曾看见。黛玉之举止容貌亦是宝玉眼中看、心中评，若不是宝玉，断不能知黛玉是何等品貌”①。

明清小说评点家认为小说中对各种叙事技巧的运用，绝不是无意为之，而是一种有意识的选择。张书绅说：

> 《西游记》，却从东胜写起，唐僧又在中华，其相隔不知几万千也，如何合得来？看他一层一层，有经有纬，有理有法，贯穿极其神妙，方知第一回落笔之际，全部的大局，早已在胸中。非是作了一段，又去想出一段也。②

这段话表明小说作者在进行文本创作时，早在动笔之前，便已有成竹在胸。小说的叙述结构、节奏、视角的选择和安排，是经过精心设计而成，远非随心所欲的急就章之作。这些形式因素不仅对小说情节的发展和人物塑造具有重要的叙事意义，而且就形式本身而言，也具有一种审美意义，可称之为是“有意味的形式”。作者在创作小说时，选择叙事方法的一个重要理论考量就是要适应读者的审美心理。无论是小说作者，还是小说评点者，都认为小说应能最大限度地引起读者的阅读兴趣，并使读者在这一阅读过程中获得一种持续性的审美愉悦。所以，阅读快感应是研究小说叙事艺术的一个重要维度，有利于我们探究小说叙事艺术的成因及其美学追求。

---

① （清）脂砚斋：《红楼梦》第三回夹批，《脂砚斋批评本红楼梦》，岳麓书社2006年版，第33页。

② （清）张书绅：《新说西游记总批》，载朱一玄、刘毓忱编《西游记资料汇编》，南开大学出版社2002年版，第326页。

## 第二节　人物形象理论与阅读快感

> 别一部书，看过一遍即休，独有《水浒传》，只是看不厌。无非为他把一百八个人性格，都写出来。……《水浒传》写一百八个人性格，真是一百八样。若别一部书，任他写一千个人也只是一样，便只写得两个人也只是一样。①

> 古史甚多，而人独贪看《三国志》者，以古今人才之众未有盛于三国者也。观才与不才敌，不奇，观才与才敌才奇；观才与才敌，而一才又遇众才之匹，不奇；观才与才敌，而众才尤让一才之胜，则更奇。吾以为三国有三奇，可称三绝：诸葛孔明一绝也，关云长一绝也，曹操亦一绝也。②

金圣叹和毛宗岗的这两段话充分说明了明清小说评点家对小说人物形象塑造的重视，一部小说能否吸引和打动读者，人物形象塑造的成功与否，是一个重要的衡量指标。而在这众多的人物谱系中，又有三类人物更能获得评点家的青睐，究其原因，正是这三类人物身上体现的某种精神特质符合了当时广大读者的审美趣味和人格追求。

### 一、人物之“美”

#### （一）千古文人英雄梦

司马迁在《史记》中对项羽、刘邦企慕秦始皇的帝王气派而分别发出“彼可取而代之”、“嗟乎，大丈夫当如此也!”的宏伟誓愿进行了先行揭示，亦为千古文人的“英雄梦”做了精神注解。

曹操之“雄”、诸葛之“智”、云长之“义”，无不显现了人类对

① （清）金圣叹：《读第五才子书法》，《金圣叹批评本水浒传》，岳麓书社2006年版，前言第2页。

② （清）毛宗岗：《读三国志法》，《毛宗岗批评本三国演义》，岳麓书社2006年版，前言第2页。

“强者”的崇拜，面对这些“强者”，即使不能像刘项那样付诸行动，也会有一种“虽不能之，心向往之”的情感油然而生。

《水浒传》中武松、鲁智深、林冲等人，更是施耐庵啧赞不已的“天下第一等好汉”。即便如《红楼梦》这样以女性为主体的作品，亦有王熙凤这样的“脂粉队中的英雄”。

但明清小说中的“英雄”又多命运多舛、时运不济。曹操雄才大略、文才武功，可称三国第一，然面对生死之人生大限，亦只能在铜雀台上留下“分香卖履”的遗言，一代枭雄，至此而终。诸葛之智，鬼神莫测，然亦不能扭转历史之大势，五丈原上，鞠躬尽瘁，只为后人留下“出师未捷身先死，长使英雄泪满襟”的无限喟叹。关羽温酒斩华雄、过五关斩六将，何等英气袭人，然终难脱败走麦城的英雄末路。

《水浒传》中的好汉更是人人心中有一份“怨毒之气”，林冲、杨志、武松三人，写尽天下英雄多蹇命运。《红楼梦》中的王熙凤虽被曹雪芹誉为“金紫万千谁治国，裙钗一二可齐家”，但也只落得“机关算尽太聪明”，“白茫茫一片大地真干净”。

生于明清这样的“末世”，文人的悲剧感，比其前代来得更为强烈。金圣叹道：

> 盖自一副才调，无处摆划，一块气力，无处出脱，而桀骜之性既不肯以伏死田塍，而又有其狡猾之尤者起而乘势呼聚之，于是讨个出身既不可望，点污清白遂所不惜，而一百八人乃尽入于水泊矣。嗟乎！才调皆朝廷之才调也，气力皆疆场之气力也，必不得已而尽入水泊，是谁之过也？①

明清小说评点家正是在对书中英雄的哀悼和慨叹中，反思自身的命运，并从中获得一种悲剧的美感。

**（二）为人但有真性情**

明清文人受阳明心学和李贽“童心说”影响甚大，这一点也体现在

① （清）金圣叹：《水浒传》第二回回评，《金圣叹批评本水浒传》，岳麓书社2006年版，第29页。

他们对书中人物的品评态度上，对保有“纯真本性”之人，不吝赞赏，对“虚伪奸诈”之徒，则大加挞伐。

宋江是梁山泊好汉中第一把交椅，但金圣叹却“独恶其人”。归其原因，就在于宋江之“伪”。金圣叹通过细读文本，对其作“伪”之处一一揭示，流露出的正是对其人格之不屑。而无论是金圣叹，还是《水浒传》的其他评点者，却无不对武松、鲁智深、李逵、阮小七等情有独钟，他们所欣赏的，正是其身上的磊落气质。

毛宗岗虽然站在封建道统的立场上“拥刘反曹”，但他却仍将曹操列为“三绝”之一，究其原因，正在于曹操身上也有一种“真”的气质。宁为真小人，勿做伪君子，用易中天的话来说，曹操是个“可爱的奸雄”。《红楼梦》中的黛玉身体孱弱，弄性使气，并常常出语尖酸刻薄，但曹雪芹和脂砚斋对她的偏爱，也正是建立在一个“真性情”的基础之上。《聊斋志异》中的婴宁不通世务，言笑晏然，却能“笑字余波袅袅”[①]，使人对之忘情。

明清小说评点家对“真性情”的叹赏，包含着一种复杂的人类审美情感，即对“童年经验”的珍视。尤其当社会黑暗、命运不济之时，更容易产生对“童年经验”的向往之情。这可以理解为一种退缩和逃遁，也可以视为一种超越和复归。明清小说评点家在对“真性情”的激叹之中，关心的是人生的根本问题，即如何才能保持“自然”，做一个自由的真正的人。他们“从吾所好”、“批书自娱”，都包含有心理快适与展现自我之双重内涵；其中所表述出的正是一种以个人价值为本位的快乐哲学。[②]

**（三）科诨谐趣亦动人**

与戏剧中的丑角类似，明清小说中还有一类人物形象，他们也许并不是书中的主角，也不是推动情节发展的关键，其在文本中的作用，主要是营造一种喜剧性的氛围。

---

① （清）冯镇峦：《婴宁》夹批，《冯镇峦批评本聊斋志异》，岳麓书社 2011 年版，第 46 页。

② 吴子林：《经典再生产——金圣叹小说评点的文化透视》，北京大学出版社 2009 年版，第 42 页。

明清小说评点家在阅读文本时，对这一点有着比较自觉和清醒的认识。如金圣叹评点《水浒传》，就非常强调李逵在这方面的作用。书中有两处情节，一处是李逵与戴宗结伴去请公孙胜；还有一处是李逵假扮道童与吴用去智取卢俊义，金圣叹在这里批道：

> 吴用买卦用李逵同去，是偶借李逵之丑，而不必尽李逵之材也。偶借其丑，则不得不为之描画一二。不必尽其材，则得省即省。盖不过以旁笔相及，而未尝以正笔专写也。①

为何不用他人，而用铁牛，金圣叹认为作者的用意乃在于借李逵外形之“丑”、性情之“趣”，可以增添文本的喜剧效果。再如《红楼梦》中的刘姥姥，既是书中串联情节的关键线人，又以其“俚言博笑”② 为大观园这一花柳繁华之地增添了几分世俗的诙谐色彩。

李贽批《水浒传》亦标举“趣为第一”，曰：

> 有一村学究道：“李逵太凶狠，不该杀罗真人；罗真人亦无道气，不该磨难李逵。”此言真如放屁！不知《水浒传》文字当此回为第一。试看种种摩写处，哪一事不趣，哪一言不趣。天下文章当以趣为第一。既是趣了，何必实有是事，并实有其人。若一味推究如何如何，岂不令人笑杀。③

李贽在具体评点中，曾多次用到“趣”字，究其内涵，主要是指由作品的情趣所引发的一种艺术感染力。明清小说评点家虽看到“谐趣”对文本艺术感染力的重要作用，但他们却不主张为“趣”而“趣”，因为这样就容易使“趣”流于一种审美上的恶俗。如李贽在《水浒传》第三

---

① （清）金圣叹：《水浒传》第六十回回评，《金圣叹批评本水浒传》，岳麓书社 2006 年版，第 695 页。

② （清）脂砚斋：《红楼梦》第四十一回夹批，《脂砚斋批评本红楼梦》，岳麓书社 2006 年版，第 396 页。

③ （明）李贽：《水浒传》第五十二回回评，载陈曦钟、侯忠义、鲁玉川辑校《水浒传会评本》，北京大学出版社 1981 年版，第 984 页。

十一回中，对轿夫的插科打诨，就批道："鄙俗可笑，可删！可删！"[①] 第九十回宋江作"胡敲诗"，亦批道："此段虽闲适有趣，毕竟无谓，删之为是。"[②] 脂砚斋在刘姥姥二进大观园这一回文字也批道："以小儿之戏，暗透前后通部脉络，隐隐约约，毫无一丝漏泄，岂独为刘姥姥之俚言博笑而有此一大回文字哉？"[③] 这里流露出来的，也正是与李贽相同的观点，必须将"科诨谐趣"限定在适度的范围之内，否则就只能沦落为吸引读者眼球的廉价噱头。

## 二、人物认同的模式

黑格尔在《美学》中说："一个小男孩把石头抛在河水里，以惊奇的神色去看水中出现的圆圈，觉得这是一个作品，在这作品中他看出自己活动的结果。这种需要贯穿在各种各样的现象里，一直到艺术作品里的那种样式的在外在事物中进行自我创造。"[④] 黑格尔认为，主体的自我认识有两种方式，一种是认识的方式，还有一种是实践的方式。人在自我思维中认识内在的自我，实践却使外在的事物刻下他内心生活的烙印，使他得以在外在事物中直观自身，直观主体的自我展开和自我实现。对一个读者而言，作品就是一面可以直观自身的镜子，在这面镜子里可以看到自己心灵的形象和精神的本性。

《红楼梦》第四十回中，写林黛玉最不喜欢李义山的诗，却偏偏只爱一句"留得残荷听雨声"。这句诗所包含的冷寂、孤高的意境，与林黛玉的性格特征十分吻合，故才能深深打动林黛玉的心灵。小说是人在现实生活中的各种隐藏欲望的替代性满足，在这种阅读活动中，读者通过想象等情感活动实现了一种"不在场的表达"。上述三种人物类型之所以会在评点者的阅读过程中引起其格外关注，是与评点者的心理结构及审美

① （明）李贽：《水浒传》第三十一回夹批，载陈曦钟、侯忠义、鲁玉川辑校《水浒传会评本》，北京大学出版社1981年版，第606页。

② （明）李贽：《水浒传》第九十回夹批，载陈曦钟、侯忠义、鲁玉川辑校《水浒传会评本》，北京大学出版社1981年版，第1321页。

③ （清）脂砚斋：《红楼梦》第四十一回夹批，《脂砚斋批评本红楼梦》，岳麓书社2006年版，第396页。

④ ［德］黑格尔：《美学》卷一，朱光潜译，商务印书馆1979年版，第39页。

趣味分不开的。读者对小说人物的情感认同主要体现为三种模式：敬仰式认同、同情式认同和戏谑式认同。

**（一）敬仰式认同**

英雄形象之得以形成及发展，与读者大众的心理需求有很大关系。人生来就有一种对于“强者”的崇拜，而乱世之际的英雄则更容易引发读者的情感认同。刘邵曰：“夫草之精秀者为英，兽之特群者为雄。故人之文武茂异，取名于此。是故聪明秀出谓之英，胆力过人谓之雄，此其大体之别名也。”明代中后期的政治黑暗、明清易代的家国之变、清初的思想钳制，都给当时的文人带来一种深深的悲剧感和无力感。明清之际的傅山有句妙语，说透了当时读书人的心理：“贫道岑寂中，每耽读刺客、游侠传，便喜动颜色，略有生气矣。”此时，人们更容易将超出自己日常生活与平凡人生的种种理想寄托在英雄身上，那是人们用自己的情感与意志、想象与经验所铸造出来的理想人格。

在明清小说中，我们可以看到评点家对英雄的大加赞叹。毛宗岗曾道：“吾以为三国有三奇，可称三绝：诸葛孔明一绝也，关云长一绝也，曹操亦一绝也。”[①] 诸葛孔明之“绝”，固因其智识超群，而毛宗岗尤其看重的，还是他“鞠躬尽瘁，志决身歼”的“为臣为子之用心”。而关羽更因其“独行之千里，报主之志坚；义释华容，酬恩之谊重”被毛宗岗称为“古今来名将中第一奇人”。曹操虽德不足以比此二人，但是其雄才大略，文治武功，在三国时期，也足称一时之冠。横槊赋诗，魏武扬鞭，更是让人遥想其英雄气概。

但同时，面对着历史的制约，任何人的力量都有一定的限度。所以，观照历史，人们总是容易产生强烈的悲剧意识。“滚滚长江东逝水，浪花淘尽英雄”，历史的时间本质使得一切人、事都将归于尘土，而英雄的悲剧则更容易打动读者，并使其从中获取一种崇高的美感。

总之，在这些英雄人物身上存在的一个普遍特点，就是他们具有某些令人敬仰的品性，并由此可引发读者的“敬仰式认同”，所谓“虽不能之，心向往之”是也。即使他们的最后命运以悲剧收场，读者也会在这

---

① （清）毛宗岗：《读三国志法》，《毛宗岗批评本三国演义》，岳麓书社2006年版，前言第2页。

悲剧之中体会到一种崇高之美，“世间好物不坚牢，彩云易散琉璃脆”，英雄末路不但不会影响其形象的伟大，反而更容易引发读者的知己之感。

### （二）同情式认同

除了英雄人物，小说中还有一类人物也极易唤起读者的情感认同。这些人物通常存在明显的性格缺陷，但因其为人行事亦有不落俗套，坦坦大方之处，故也有其“可爱的一面”。这些性格缺陷或是人类童年经验的留存，或是普遍人性弱点的放大。我们在这些人物身上，看到了自身的投影，并因此而产生一种“同情式认同”。

小说为人们提供了一个逃遁现实社会的途径，人们在小说的阅读中，得以摆脱俗世的纷扰，沉浸在小说提供给我们的艺术世界中。而小说中那些挑战“社会规范”的人物，也更能满足读者在现实生活中无法实现的潜在要求和欲望。人是一切社会关系的总和，生活在现实生活中的人，其思想、行为总要受到方方面面的制约，那些在现实生活中无法实现的潜在欲望也总要寻求一个突破和释放口。小说的一大功能，尤其是通俗小说，就是要满足读者的这一心理需求，那么那些敢于挑战规范、行动率性自由之人受到读者的青睐也就不足为奇了。

生于明清之际的文人感于政治和社会的黑暗，亟须一种新的诠释模式与人生态度去消解内心的愤懑，从而整合自身的人格，完成对人生的审美超越。阳明心学开启了探究内心主体的大门，其后的李贽等人更是主张个性论和人性的解放。考察《水浒传》的评点，无论是李贽，还是金圣叹，无不对李逵、鲁智深、武松等不愿受拘束之人叹赏不已，称之为“第一等豪杰”。所谓豪杰即有个性，甚或有缺欠的人物，所以不能乡人皆好。李贽认为，只有这样的人物才能成为圣贤，而那些看起来纤尘不染者反无成为圣贤的希望。明末张岱也曾说过：“人无癖不可与之交，以其无深情也；人无疵不可与之交，以其无真气也。”以此作为品评明清小说人物的标准，明清小说评点家极力颂扬那些真性情之人，像曹操、李逵等人，虽其奸、莽不足为人称道，但因其为人之“真”所产生的个人魅力，也获得了包括评点家在内的广大读者的普遍认同。故毛宗岗封曹操为“古今来奸雄中第一奇人”，而李贽在评点《水浒传》时也称李逵为书中“第一趣人”，即使是像他那样手持板斧不分青红皂白砍杀百姓的行为也成了一种天真豪爽的可供欣赏的特点，而那些善于作伪之人，无论是宋江，还是薛宝钗，都无一例外受到评点家的极力挞伐。

## （三）戏谑式认同

娱乐性是小说的一个重要特征和功能，李贽在评点《水浒传》时道：

> 有一村学究道："李逵太凶狠，不该杀罗真人；罗真人亦无道气，不该磨难李逵。"此言真如放屁！不知《水浒传》文字当此回为第一。试看种种摩写处，哪一事不趣，哪一言不趣。天下文章当以趣为第一。既是趣了，何必实有是事，并实有其人。若一味推究如何如何，岂不令人笑杀。①

李贽在这里提出一个很重要的观点，即"趣为第一"，而且从李贽对《水浒传》的评点来看，他所理解的"趣"是很宽泛的，阮小七割了何涛的耳朵，他批道："恶则恶矣，趣实趣也。"② 武松打到了孙二娘，他批道："趣绝！"③ 李逵闹学堂，作知县，他批曰："李大哥执事必奇，说话必趣，天纵之也。"④ 从这些批点我们可以看到，李贽所指"趣"的范围，既包括人物语言的生动和行为产生的幽默感，也包括情节的变化出奇，都带有一定程度的谐谑色彩，从而使小说超越沉闷的现实，具有更强的娱乐功能。

为什么小说中的喜剧性人物和场面会带给我们如此强烈的阅读愉悦感？当我们觉得一个人滑稽可笑，那说明我们在与他的接触中感觉到了自身的优越感，这种优越感可以体现在智力、情感等多方面。在这种令人愉悦的情感反应中，我们得以最大程度地逃脱现实生活的压力，忘却自身在现实中的种种失败与不快，重新确立对自身的自信。在这里，被现实经验打破的人格的完整性，从审美经验的参与中获得了弥补和修复。

---

① （明）李贽：《水浒传》第五十二回回评，载陈曦钟、侯忠义、鲁玉川辑校《水浒传会评本》，北京大学出版社 1981 年版，第 984 页。

② （明）李贽：《水浒传》第十八回眉批，载陈曦钟、侯忠义、鲁玉川辑校《水浒传会评本》，北京大学出版社 1981 年版，第 350 页。

③ （明）李贽：《水浒传》第二十六回夹批，载陈曦钟、侯忠义、鲁玉川辑校《水浒传会评本》，北京大学出版社 1981 年版，第 518 页。

④ （明）李贽：《水浒传》第七十四回眉批，载陈曦钟、侯忠义、鲁玉川辑校《水浒传会评本》，北京大学出版社 1981 年版，第 1283 页。

## 三、人物与环境

在明清小说中，人物与环境之间普遍呈现一种同一性关系。环境作为人物性格的自然化表征，在与人物的相互阐发中呈现出一种诗意的美感。环境描写的诗化和艺术氛围的营造，是明清小说中环境描写的一个突出特色。

战争构成了《三国演义》最重要的环境描写，在纷纭复杂变幻莫测的混战与纵横捭阖中，大大小小的人物各得其所，形成了一个气势恢宏、沉雄博大的艺术天地。毛宗岗道："古史甚多，而人独贪看《三国志》者，以古今人才之众未有盛于三国者也。观才与不才敌，不奇，观才与才敌才奇；观才与才敌，而一才又遇众才之匹，不奇；观才与才敌，而众才尤让一才之胜，则更奇。吾以为三国有三奇，可称三绝：诸葛孔明一绝也，关云长一绝也，曹操亦一绝也。"① 乱世出英雄，平民百姓所诅咒的乱世，却是英雄一展身手、建功立业的最好舞台。正是在这天下逐鹿的战争中，英雄的特质得以最大程度的彰显，也成就了其富有魅力的独特人格精神。

《水浒传》的整体环境则是"江湖"，"好汉"与"江湖"，在读者心目中早就联系在一起，也就是说，"江湖"属于"好汉"，"好汉"也只能生存于"江湖"之中。江湖世界当然也有秩序和规则，那就是扶危济困、惩恶扬善。"崇尚义气"是江湖的最高规则，《水浒传》中写得最出彩的几位好汉，无一例外，都是重义舍生之人。小说第八回，鲁智深一路护送林冲到沧州，道："'杀人须见血，救人须救彻。'洒家放你不下，直送兄弟到沧州。"一段痴情，于"放不下"三字，淋漓可见矣。金圣叹于此处批道："天血雨，鬼夜哭，尽此二十三字！"② "力"固然是考量英雄的一个重要指标，如鲁智深、武松、林冲等人皆有一副好身手，但是于行事间处处"义"字为先，方是真英雄真豪杰。宋江之所以在江湖上

---

① （清）毛宗岗：《读三国志法》，《毛宗岗批评本三国演义》，岳麓书社 2006 年版，前言第 2 页。

② （清）金圣叹：《水浒传》第八回夹批，《金圣叹批评本水浒传》，岳麓书社 2006 年版，第 102 页。

素有声望，就因其能处处扶危济困，义字当先，所以江湖上人才称其为“呼保义”、“及时雨”。“江湖”成就了“好汉”，他们的人生唯有在“江湖”之中才焕发出独特的异彩。林冲身为八十万禁军教头之时，处处受到掣肘，连自己妻子被人调戏也只能选择忍气吞声。他的人生始于“林冲夜奔”之时，正是“凉夜迢迢，凉夜迢迢……红尘中误了我五陵年少”，好汉注定不属于庙堂，只有当他找到真正的归宿时，他才能发现自身、成就自身，好汉成就了江湖，而江湖也就是好汉。

《聊斋志异》在环境描写上表现出浓烈的诗意化色彩，往往寥寥数语，略加点染，就能令读者感受到一种独特的环境氛围，如写人鬼恋情的《连琐》，开头写道：

> 杨于畏，移居泗水之滨。斋临旷野，墙外多古墓，夜闻白杨萧萧，声如涛涌。夜阑秉烛，方复凄断。忽墙外有人吟曰：“玄夜凄风却倒吹，流萤惹草复沾帏。”反复吟诵，其声哀楚。

作者以精练的笔墨对环境的氛围进行点染，鬼的形象还没出现，已使读者感觉到鬼气森然，阴幽逼人，正所谓景是鬼景，声是鬼声，情是鬼情。

《红楼梦》对环境的描写继承了前代小说创作的相关传统，林黛玉所住的是修竹森森的潇湘馆，薛宝钗所居之地是宛如雪洞的蘅芜苑，有男儿英豪之气的贾探春喜欢的是朗阔的秋爽斋，而一派田园风光的稻香村无疑更能契合心如死灰的李纨的寡居身份。当我们要想象和还原某个人物形象时，这种想象总会指向一个或有限的几个固定场景，如想象林黛玉会导向“黛玉葬花”，史湘云则会导向“湘云醉卧”，武松会导向“武松打虎”，而对于鲁智深的想象则会停留在“鲁提辖拳打镇关西”或“鲁智深倒拔垂杨柳”。这些最能彰显人物性格的场景与人物水乳交融、合而为一，并构成某种固定化的意象。

综上所述，明清小说中对环境的描写主要呈现出这样三个特征：

第一，诗意性。明清小说在这方面继承了古代诗文的传统，在对环境的描写上，讲求情景交融的意境美。《聊斋志异》写婴宁的居住环境是“乱山合沓，空翠爽肌，寂无人行，止有鸟道。遥望谷底，丛花乱树中，隐隐有小里落。下山入村，见舍宇无多，皆茅屋，而意甚修雅。北向一家，门前皆丝柳，墙内桃杏尤繁，间以修竹；野鸟格磔其中”。这段环境描写，都是由一些美的意象，如幽谷、丛花、茅屋、丝柳、桃杏、修竹等构成一种充满诗情画意的境界，使读者能真切地感受到一种充满诗意的艺术氛围。《红楼梦》第十七回写林黛玉所居住的潇湘馆：

> 忽抬头看见前面一带粉垣，里面数楹修舍，有千百竿翠竹遮映。众人都道：“好个所在!”于是大家进入，只见入门便是曲折游廊，阶下石子漫成甬路。上面小小两三间房舍，一明两暗，里面都是合着地步打就的床几椅案。从里间房内又得一小门，出去则是后院，有大株梨花兼着芭蕉。又有两间小小退步。后院墙下忽开一隙，得泉一派，开沟仅尺许，灌入墙内，绕阶缘屋至前院，盘旋竹下而出。

粉垣、翠竹、碎石小径、梨花、芭蕉，共同营造出一个诗意盎然的人间美境。这些环境描写，即使将其从小说中撷取而出，也可作为单纯描写景物的诗文看待，其本身就具有一种独立的审美意义。这种环境描写的诗意美，是中国文学传统的继承和发展。中国有悠久而深厚的诗歌传统，古代作家包括小说作家在内，多具有诗人的素养和才能，因此我们阅读明清小说，就会发现小说与诗词相结合的普遍现象。虽然在一些小说中，诗词只是作为叙事的零星点缀，并没有很好地融入到小说整体中去，但至少这种现象可以说明小说与诗歌的密切联系。明清小说评点家对这种现象普遍持一种赞赏的态度，当他们发现小说在不用诗体的情况下就能营造出诗的意境的时候，总是以一种欣喜的眼光去看待和叹赏，并将其作为为小说正名的有力论据之一。

第二，象征性。小说环境描写的诗意性特征在某种程度上引发了其象征性的审美功能。中国古典诗歌讲求“言有尽而意无穷”的意境美，这种传统被小说环境描写所继承，导致小说中的某些环境充满了强烈的象征色彩。比如《红楼梦》中对秦可卿居室的描写，评点家就格外重视其隐含的深层意蕴。对秦氏房中“便有一股细细的甜香袭人”，陈其泰在此批道：“房中甜香何香耶？明崇祯帝初登极，入宫闻香心动。曰：皇考、皇兄都为此物所误，急令撤去。秦氏此香，岂为宝玉设耶？犹恐人不觉，复细写铺陈物件，使人醒目。镜花水月，将下文摄入此句中，妙能使人不觉也。黛玉身上之香耶？宝钗冷香丸之香耶？"[①] 对秦可卿房中"案上设着武则天当日镜室中设的宝镜"，陈其泰批道："以古人作陪衬，可想见秦氏之为人。"[②] 对"说着亲自展开了西施浣过的纱衾，移了红娘抱过的鸳枕"，陈其泰批道："微词，不堪。"[③] 秦可卿房内的陈设，还包括"赵飞燕立着舞的金盘，盘内盛着安禄山掷过伤了太真乳的木瓜。上面设着寿昌公主于含章殿下卧的宝榻，悬的是同昌公主制的连珠帐"，对这些充满宫闱气息的物品，脂砚斋也批道："寓言细极。"[④] 由此可见，这里的环境描写并非全然写实，而是有着一定的象征色彩，从这些环境描写可以暗示出秦可卿的性格和命运。当代作家刘心武解读《红楼梦》正是从秦可卿这一人物形象入手，他认为秦可卿出身未必真如文中所述那般低贱，而是有可能出身于比贾府地位更高的皇族。其中最重要的证据，就是秦可卿屋内这一系列带有宫闱色彩的珍贵陈设。不论读者对秦可卿做何种解读，她所置身的环境都被看作是其人格和命运的物化象征，这一点似乎是毋庸置疑的。

第三，同一性。通过上文的分析，我们可以看到在明清小说中，人物与其置身的环境具有内在的同一性。环境作为人物性格的自然化表征，在与人物的相互阐发中呈现出一种诗意的美感。环境必须与人物性格相适应，即便人物还未出场，我们观其所居环境，即可大致遥想该人物的品格风韵。《聊斋志异》中有一篇《王桂庵》，写小说女主人公芸娘所居之地是"一家柴扉南向，门内疏竹为篱，意是亭园，径入。有夜合一株，红丝满树。隐念：'门前一树马缨花'，此其是矣。过数武，苇笆光洁。又入之，见北舍三楹，双扉阖焉。南有小舍，红蕉蔽窗"。在这里，柴扉、疏竹、苇笆、小舍、红蕉等美的意象，不仅营造出一种富含诗意的

---

① （清）陈其泰：《红楼梦》第五回夹批，《桐花凤阁评红楼梦辑录》，天津人民出版社1981年版，第59页。

② （清）陈其泰：《红楼梦》第五回夹批，《桐花凤阁评红楼梦辑录》，天津人民出版社1981年版，第59页。

③ （清）陈其泰：《红楼梦》第五回夹批，《桐花凤阁评红楼梦辑录》，天津人民出版社1981年版，第59页。

④ （清）脂砚斋：《红楼梦》第五回夹批，《脂砚斋批评本红楼梦》，岳麓书社2006年版，第48页。

氛围，而且这里的境界带有一种素雅和质朴的特色，正与芸娘的出身和教养相契合。芸娘不是大家闺秀，家境比较清寒，但是她是一个有思想、有教养、自尊自重的非凡女子。从这段环境描写所透出的氛围中，我们就可以感受到她的这种内在的丰神韵致。

人物与环境的同一性关系不仅表现在人物性格与环境氛围的契合上，还表现在两者的相互阐发之中。在某种特定的情境中，人物的性格会被推到一种极致，并与该情境水乳交融，互为一体，从而构成小说中的经典画面，长留于历代读者的心中。

与同时代的英国小说相比，我们发现，在十八世纪的英国小说中，自然景象需要的不是敬仰，而是开发；《鲁滨孙漂流记》中的克鲁梭看到他的任何地方的田产，都只是将其作为他的经营成果而高兴得仰天大笑，无暇注意它们也构成了一种景色。十九世纪的现实主义小说把环境看作是人物性格的主要成因及人物行为的推动力。与这种人物与环境之间的二元互动模式相比，明清小说中的同一性模式更具有一种古典主义的审美趣味。“天人合一”的民族深层审美心理在小说中得到了另一种形态的表达。

## 第三节　小说语言与阅读快感

叶圣陶说：“文字是一道桥梁。这边的桥堍站着读者，那边的桥堍站着作者。通过了这一道桥梁，读者才和作者会面。不但会面，并且了解作者的心情，和作者的心情相契合。”① 作为文本载体的语言，是文本实现其审美功能的重要环节和保障。正是基于这一点，作家在进行文学创作时，必须对文本的遣词造句精雕细琢。中国古人有“吟安一个字，拈断数茎须”、“只将五字句，用破一生心”的说法，金代诗评家元好问论诗也说：“文须字字作，亦要字字读；咀嚼有余味，百过良未足。”这就是说，在阅读文学作品时，必须于文字的细密处下功夫，明清小说评点家也非常强调对语言文字的细掂精核，他们在评点作品时，针对小说语

① 叶圣陶：《文艺作品的鉴赏》，转引自龙协涛编《鉴赏文存》，人民文学出版社 1984 年版，第 7—8 页。

言的美感问题，提出许多真知灼见。

明清小说中的语言可以分为三类，即叙述语言、人物语言和特殊语言。所谓人物语言，即指小说中人物所说的话语。特殊语言，即指小说中具有独立审美意义的语言单位，一般表现为小说之外的其他文体形式，如小说中的诗词歌赋等。而叙述语言，则指小说中承担叙事功能的语言，为方便区分，我们在这里把除人物语言和特殊语言之外的其他语言都称为叙述语言。对于这三种不同的语言类型，明清小说评点家在评点过程中，结合具体文本，分别提出了与之相应的美学要求。

## 一、叙述语言

因为叙事功能是叙述语言承担的主要功能，所以明清小说评点家对它的首要要求为明晰性，即小说作者应该能用简洁明晰的语言交代清楚人物和事件发展的来龙去脉，呈现出事件的连续性和完整性。

在《水浒传》第六回中，高衙内第一次调戏林冲娘子未遂后，便连日里召集手下，准备再度图谋；而林冲这一边，施耐庵只用“且说林冲连日闷闷不已，懒上街去”，便作了交代。金圣叹在此批道：“四字腕中有鬼，何也？盖一路叙衙内设计，作者手笔忙极矣，不能折到鲁达一边去。夫林冲出门而不寻鲁达，然则林冲为何如人哉？计无复之，而竟公然下一笔云，‘懒上街去’，便将鲁达许多棘手，推过一边，干干净净，自非老笔，何以有此?”① 高衙内第二次图谋未果之后，林冲欲找陆谦出气，却一连三日，都没能见到陆谦。金圣叹在此批道：“省文也，却写得骇人”；“四个字放出后文一回大书来，不然，杀却陆谦便了无生色矣”。② 金圣叹在这里极为赞赏施耐庵高超的叙事语言技巧，认为其一方面既保证了事件叙述的完整性，在详叙高衙内等人的密谋细策之时，也不忘交代林冲这一边的情况；同时两条线索又显得主次分明、详略得当，因为如果两边同等用力，就会显得主次不分，而且还会显得行文拖沓。

① （清）金圣叹：《水浒传》第六回夹批，《金圣叹批评本水浒传》，岳麓书社 2006 年版，第 85 页。

② （清）金圣叹：《水浒传》第六回夹批，《金圣叹批评本水浒传》，岳麓书社 2006 年版，第 87 页。

最重要的是，“一连三日，并不见面”八字为后文林冲风雪山神庙枪杀陆谦之时预留了地步，可见好的叙事语言，不仅既要保证对人物、事件的发展交代清楚，还要详略得当，并能为后文的叙述留下若干伏笔，推动事件的连续性发展。

但是，在这大的原则之下，我们也发现还存在一些“异数”，即明清小说叙述虽然非常讲求完整性，然小说中也有某些人和事，正如“神龙见首不见尾”，给读者在阅读过程中留下无限的惆怅和期待。以《水浒传》为例，王进是引出梁山好汉的一个重要引线人物，他是八十万禁军教头，因高俅为报私仇，无端侮辱，甚至还要缉拿他，所以才有“王教头私走延安府”。由王进引出史进，再由史进引出鲁智深，于是故事才环环相套，得以发展。但是就是这样一个重要的人物，最后却不知所终，金圣叹批道：

> 史进寻王教头，到底寻不见，吾读之胸前弥月不快。又见张青店中麻杀一头陀，竟不知何人，吾又胸前弥月不快。至此忽然又失一栾廷玉下落，吾胸前又将不快弥月也。岂不知耐庵专故作此鹘突之笔，以使人气闷。然我今日若使看破寓言，更不气闷，便是辜负耐庵，故不忍出此也。①

与王进类似的人物还有孙二娘麻杀的头陀，以及祝家庄中的教头栾廷玉，对这三人的叙述或是有始无终，或是轻描淡写之后便不加提及，金圣叹认为这是施耐庵在故作“鹘突之笔”，故意使叙事留下若干空白，以使人气闷不快。由此可见，叙事的完整性固然重要，但是适当的空白同样可以使读者产生别样的审美感受，明清小说评点家看到了无论是完整还是空白，都是作者的有意之笔，而此意不在别处，正落在读者的阅读审美心理之上。

除了明晰性的要求之外，明清小说评点家还希望作者能用简洁的语言，去涵纳更多的思想容量，所谓“一笔作百十来笔用”也。脂砚斋在

① （清）金圣叹：《水浒传》第四十九回回评，《金圣叹批评本水浒传》，岳麓书社2006年版，第573页。

评点《红楼梦》时，就发现曹雪芹非常擅长这样的语言用法。比如通过送宫花一事，就将每个人的性格皆展现无遗，脂砚斋在此批道：

> 余问送花一回，薛姨妈云宝丫头不喜欢这些花儿粉儿的，则谓是宝钗正传；又生阿凤惜春一段，则又知是阿凤正传；今又到颦儿一段，却又将阿颦之天性从骨中一写，方知系颦儿正传。小说中一笔作两三笔者有之，一事启两事者有之，未有如此恒河沙数之笔也。[①]

《红楼梦》中类似的例子还有很多，如在刘姥姥二入贾府之时，鸳鸯和凤姐设计戏弄于她，让其在席间出尽洋相，通过此件小事，贾府诸人的性格和关系竟得以展现。同样是笑，但笑的方式、姿态各有差别，从中可以清晰地辨别出每个人的身份和性情。再如宝玉挨打一回，面对同样一件事情，每个人的反应各有差异，有人喜，有人悲，有人怒；而同为悲，有人则悲得外露，有人又悲得内敛，曹雪芹高超的叙事语言技巧于此可见一斑。

在此之外，明清小说评点家还要求小说的叙述语言必须具有生动性，在对场景和人物的描绘上，能让读者感到栩栩如生，如身临其境、面接其人。为了达到这一艺术标准，小说作者应在以下几方面加以注意：

第一，小说语言的精确性。明清小说评点家多具有较高的文字修养，对于文本语言的精确性和审美效果也非常敏感和关注。《水浒传》第六十四回有段描写："张顺悄悄开了房门，踅到厨下，只见一把厨刀油晃晃放在灶上。"金圣叹在这里批道："'油晃晃'只三字，便活写出娼妓人家厨下，俗本误作'明晃晃'，便少却多少色泽，且与下文口卷不合也。"[②]"明晃晃"三字只不过写出了一把新厨刀，"油晃晃"三字却写出娼妓人家厨房这一特定情境，明清小说评点通过这样一些例子，承继中国文学

---

① （清）脂砚斋：《红楼梦》第七回回评，《脂砚斋批评本红楼梦》，岳麓书社 2006 年版，第 75 页。

② （清）金圣叹：《水浒传》第六十四回回评，《金圣叹批评本水浒传》，岳麓书社 2006 年版，第 744 页。

“百炼为字，千炼为句”的“推敲”传统，对小说语言的精确性提出了较高的要求。再如武松杀了张都监后，心满意足，“拽开脚步，倒提朴刀便走”。金圣叹在此夹批道：“‘倒提’绝妙，是心满意足后气色，只两字便描写出来。”① 而西门庆为勾上潘金莲，反复出现在王婆家与其密谋，文中多次出现一“踅”字，金圣叹对这一“踅”字也有很精妙的解读：“写西门庆接连数番踅转，妙于叠，妙于换，妙于热，妙于冷，妙于宽，妙于紧，妙于琐碎，妙于影借，妙于忽迎，妙于忽闪，妙于有波磔，妙于无意思，真是一篇花团锦簇文字。”②“油”字、“倒提”、“踅”字，用语既精准又生动，如若换作其他词汇，其艺术表现力势必将大打折扣。

第二，小说语言的口语化。明清小说大多采用白话文写作，再加上其与“讲史”、“说书”等口述文体的天然联系，小说语言也具有口语化特征。小说语言是书面文字与口语表达之间的协调和沟通，具有一种特殊的张力美。《水浒传》第十六回描写酷暑时节的景象：

> 当日客店里辰牌时分慢慢地打火吃了早饭行，正是六月初四日时节，天气未及晌午，一轮红日当天，没半点云彩，其日十分大热，当日行的路都是山僻崎岖小径，南山北岭，却监着那十一个军汉。约行了二十馀里路程，那军人们思量要去柳阴树下歇凉，被杨志拿着藤条打将来，喝道：“快走！教你早歇！”众军人看那天时，四下里无半点云彩，其实那热不可当。杨志催促一行人在山中僻路里行。看看日色当午，那石头上热了脚疼，走不得。

这一段描写带有很强的口语化色彩，不避俗字俗语，明白如话，娓娓道来，却富有极强的艺术表现力。金圣叹在此批道：“看他写天气酷热，不费笔墨，只一句两句便已焦热杀人。古称盛冬挂云汉图，满座烦

① （清）金圣叹：《水浒传》第三十回夹批，《金圣叹批评本水浒传》，岳麓书社 2006 年版，第 354 页。

② （清）金圣叹：《水浒传》第二十三回回评，《金圣叹批评本水浒传》，岳麓书社 2006 年版，第 260 页。

闷，今读此书，乃知真有是事。”[①]

第三，小说语言的新奇性。明清小说评点家特别欣赏小说中的一些自铸新语，认为其可以摆脱俗套，使小说语言富有更强的艺术表现力。金圣叹在评点《水浒传》时，就对《水浒传》的字法之奇表示由衷的叹赏：“鲁达打郑屠，下了一阵肉雨，便无处不是肉；武松打蒋门神，泼了一个酒地，便无处不是酒；一样奇绝妙绝之文。”[②] 脂砚斋称曹雪芹是“奇笔摅奇文”，在小说第一回贾雨村和娇杏出场的时候，就写下一系列批语，称赞其语言描写不落俗套，“更好，这便是真正情理之文，可叹近之小说中满纸‘羞花闭月’等字，这是雨村目中，又不与后之人相似”；“最可叹世之小说中，凡写奸人，则用‘鼠耳鹰腮’等语”；“这方是女儿心中、意中正文，又最恨近之小说中满纸‘红拂紫烟’”[③]。脂砚斋继承了金圣叹注重语言新奇的传统，在对《红楼梦》的评点中，不仅强调了自铸新词的美学意义，而且在此基础上，认为通过对“近人常用”的语言进行规避，同样可以实现新奇的审美效能。

第四，小说语言的意趣美。明清小说中有很多描写富含画情诗意，朱光潜说：“文学到了最高境界都必是诗。”[④]《红楼梦》第二十五回，写林黛玉饭后看了两篇书，自觉无趣，便同紫鹃、雪雁做了一回针线，更觉烦闷，便倚着房门出了一回神。脂砚斋在此批道：“所谓‘闲倚绣房吹柳絮’是也。”[⑤] 接着，文中写黛玉信步出来，看阶下新迸出的稚笋，不觉出了院门，脂砚斋在此又批道：“好好，妙妙，是翻‘笋根稚子无人见’句也。”[⑥] 脂砚斋的这些批语都说明了《红楼梦》的语言有一种诗意

---

① （清）金圣叹：《水浒传》第十五回回评，《金圣叹批评本水浒传》，岳麓书社 2006 年版，第 168 页。

② （清）金圣叹：《水浒传》第二十八回夹批，《金圣叹批评本水浒传》，岳麓书社 2006 年版，第 337 页。

③ （清）脂砚斋：《红楼梦》第一回夹批，《脂砚斋批评本红楼梦》，岳麓书社 2006 年版，第 8 页。

④ 朱光潜：《朱光潜美学文集》第二卷，上海文艺出版社 1982 年版，第 226 页。

⑤ （清）脂砚斋：《红楼梦》第二十五回夹批，《脂砚斋批评本红楼梦》，岳麓书社 2006 年版，第 253 页。

⑥ （清）脂砚斋：《红楼梦》第二十五回夹批，《脂砚斋批评本红楼梦》，岳麓书社 2006 年版，第 253 页。

的意境美，而这些意境多与古典诗词具有相同的旨趣。同一回中，脂砚斋还批道："余所谓此书之妙，皆从诗词句中泛出者，皆系此等笔墨也。试问观者：此非'隔花人远天涯近'乎？"① 《水浒传》虽是一部英雄传奇小说，但书中状物画景，也多有与传统诗词意境相通之处。金圣叹每阅至此等处，也总是将其拈出，加以评析。《水浒传》第一回便有这样的批语："尝读坡公《赤壁赋》'人影在地，仰见明月'二语，叹其妙绝。盖先见影，后见月，便宛然晚步光景也。此忽然脱化此法，写作王四醒来，先见月光，后见松树，便宛然二更酒醒光景，真乃善于用古矣。"② 第三十八回宋江浔阳楼吟反诗，金圣叹又批道："写宋江问三个人住处，凡三样答法，可谓极尽笔墨之巧。至行入正库，饮酒吟诗，便纯用'月明星稀，乌鹊南飞'笔气，读之令人慷慨。"③ 明清小说善用诗词意入白话的语言特色，使小说叙述语言更加具有简洁性、生动性和表现力。评点家对这种语言特色的欣赏，也体现了评点者文学品评的传统趣味。

## 二、人物语言

对于小说中人物的语言，明清小说评点家总结出来这样几条美学原则：

第一，人物语言必须与人物性格相吻合。金圣叹在评点《水浒传》时，批道："别一部书，看过一遍即休。独有《水浒传》，只是看不厌。无非为他把一百八人性格都写出来。"④ 金圣叹在这里，认为《水浒传》之所以能具有如此的美感力量，就在于其成功地塑造了一批典型人物形象。而要塑造好典型人物，就必须写好人物语言，金圣叹认为，《水浒传》之所以能塑造出一系列栩栩如生的人物形象，是与其人物语言的高度个性化分不开的。金圣叹说："《水浒传》并无之乎者也等字，一样人，

---

① （清）脂砚斋：《红楼梦》第二十五回夹批，《脂砚斋批评本红楼梦》，岳麓书社 2006 年版，第 248 页。

② （清）金圣叹：《水浒传》第一回夹批，《金圣叹批评本水浒传》，岳麓书社 2006 年版，第 27 页。

③ （清）金圣叹：《水浒传》第三十八回回评，《金圣叹批评本水浒传》，岳麓书社 2006 年版，第 441 页。

④ （清）金圣叹：《读第五才子书法》，《金圣叹批评本水浒传》，岳麓书社 2006 年版，前言第 2 页。

便还他一样说话，真是绝奇本事。”[①] 在小说中很多地方，金圣叹都指出了人物语言的个性化特点：“是鲁达语，他人说不出”；“林冲语”；“定是小七语，小二小五说不出，爽快奇妙不可言”；“如此妙语，自非李大哥，谁能道之”。这些散落在文中各处、随处可见的批语，都说明了人物语言个性化的重要性。《水浒传》第五十七回，写鲁智深、武松到少华山接史进、朱武等四人到梁山泊入伙，谁知史进因行刺贺太守被关押在牢中，鲁智深便道：“史家兄弟不在这里，酒是一滴不吃，要便睡一夜，明日却去州里打死那厮罢。”金圣叹在此批道：“句句使人洒出热泪，字字使人增长义气。非鲁达定说不出此语，非此语定写不出鲁达。”[②] 在同一回中，金圣叹还对不同人物的语言进行比较，以显现《水浒传》高超的人物语言艺术。杨志、鲁智深同时上山与宋江见面，鲁智深道：“久闻阿哥大名，无缘不曾拜会，今日且喜认得阿哥。”而杨志则说：“杨志旧日经过梁山泊，多蒙山寨重义相留，为是洒家愚迷，不曾肯住，今日幸得义士壮观山寨，此是天下第一等好事。”金圣叹在此批道：“活是鲁达语，八字哭笑都有”；“写杨志便有旧家子弟体，便有官体，一发衬出鲁达直遂阔大来”。[③] 只听其人说话，便可知其性格、身份，人物语言只有达到这样高度个性化的要求，才算是成功的语言艺术。正是因为《水浒传》“人有其性情，人有其气质，人有其形状，人有其声口”[④]，金圣叹才称赞其写“一百八人性格，真是一百八样，若别一部书，任他写一千人，也只是一样，便只写得两个人，也只是一样”[⑤]，所以读者才能百读不厌，从中获取极大的审美享受。

张竹坡在评点《金瓶梅》时也谈到人物语言的个性化问题：

---

① （清）金圣叹：《读第五才子书法》，《金圣叹批评本水浒传》，岳麓书社 2006 年版，前言第 2 页。

② （清）金圣叹：《水浒传》第五十七回夹批，《金圣叹批评本水浒传》，岳麓书社 2006 年版，第 673 页。

③ （清）金圣叹：《水浒传》第五十七回夹批，《金圣叹批评本水浒传》，岳麓书社 2006 年版，第 678 页。

④ （清）金圣叹：《水浒传·序三》，《金圣叹批评本水浒传》，岳麓书社 2006 年版，前言第 11 页。

⑤ （清）金圣叹：《读第五才子书法》，《金圣叹批评本水浒传》，岳麓书社 2006 年版，前言第 2 页。

做文章不过情理二字，今作此一篇百回长文，亦只是“情理”二字，于一个人心中，讨出一个人的情理，则一个人的传得矣。虽前后夹杂众人的话，而此一人开口，是此一人的情理；非其开口，便得情理。由于讨出这一个人的情理，方开口耳。是故写十百千人，皆如写一人，而遂洋洋乎有此一百回大书也。①

张竹坡在这里认为，只要讨出了一个人心中的情理，就是写好了一个人的传，而要讨出一个人心中的情理，关键在于写好一个人的语言，人物语言写好了，即使这个人说话时前后夹杂着众人的话，也能从中区分出这个人独特的说话情理。在《金瓶梅》第七十六回，吴月娘和潘金莲审讯画童，其中人物语言的个性化极为鲜明，张竹坡多次在此批道：“是月娘，不是金莲”；“是金莲，不是月娘”；“是玉楼，不是金莲”，“活是金莲”②。此回文字重点突出的是吴月娘、孟玉楼、潘金莲三个人的对话，吴月娘出身大家闺秀，当听到画童讲述温秀才好男风一事时，便觉得不堪入耳，所以急忙喝止：“怪贼小奴才儿，还不与我过一边去!”这句话显示了吴月娘的身份，所以张竹坡说：“是月娘，不是金莲。”但潘金莲却对吴月娘的阻止不以为意，反而更津津有味地予以补充论证，这就暴露了其贪淫的品行，与月娘的性格形成比照，张竹坡在此批道：“是金莲，不是月娘。”而孟玉楼的性格是属于圆滑乖巧的一种，当她看到金莲喜、月娘恼时便一言不发，直到审讯快收场时才冷不丁地插问一句“这蛮子他有老婆，怎生这等没廉耻”，挑逗潘金莲又把温秀才的老婆大骂一顿，一方面借金莲之口为自己泄愤，另一方面又暗在指责月娘持家不严，因此张竹坡很欣赏这段话表现出来的孟玉楼的性格，故说“是玉楼，不是金莲”。这种在众人夹杂的说话中能鲜明地辨别出三个女性不同的性格和语气，表明了张竹坡在文学阅读过程中，能看到人物个性化

① （清）张竹坡：《批评第一奇书金瓶梅读法》，载侯忠义、王汝梅编《金瓶梅资料汇编》，北京大学出版社1985年版，第35页。

② （清）张竹坡：《金瓶梅》第七十六回夹批，《张竹坡批评第一奇书金瓶梅》，齐鲁书社1991年版，第1029页。

语言的审美意义。

第二，人物语言的“囫囵化”。明清小说评点家认为人物语言与叙述语言相比，应该具有不同的美学特点，其中最重要的一点区别，就是与叙述语言讲求完整性和明晰性不同，人物语言有时可以通过适当的囫囵化，来达到更佳的艺术表现效果。

在《金瓶梅》第七十五回，有吴月娘的一段话：“你看，……就是了，……泼脚子货，别人一句儿还没说出来……你看他嘴头子，就像淮洪一般。他打滚儿赖人，莫不等的汉子来家，把我别变了。你放恁个刁儿，那个怕你么？”这一段主要是由吴月娘和潘金莲两人对骂的话语所构成，其中由小说的叙述语言起联结作用。吴月娘的这一段断断续续的话，如若作为叙述语言，肯定是一败笔，但作为人物语言，在这里却成了刻画人物性格、渲染故事生动氛围的妙笔。张竹坡在此批道：“与上句不连”；“又与上句不连，一连三句，皆不成句”；“又与上句不连，自说没说出来，正是气急语”；“月娘正云一句没说出，金莲一面又说。月娘依旧没说出，所以又说‘你看’，又说其嘴也，情急如画”①。在这里，吴月娘断断续续的语言，不仅活画出其“气急如画”的生动场面，还反衬出潘金莲滔滔不绝的如“淮洪一般”的口才，可谓具有极强的艺术性。

金圣叹在评点《水浒传》时将其概括为“不完句法”，第五回有这样一段：“智深走到面前，那和尚吃了一惊，跳起来便道：‘请师兄坐！同吃一盏。’智深提着禅杖道：‘你这两个如何把寺来废了！’那和尚便道：‘师兄请坐，听小僧……’智深睁着眼道：‘你说！你说！’……说：‘在先敝寺……’”金圣叹回评云：“此回突然撰出不完句法，乃从古未有之奇事。如智深跟丘小乙进去，和尚吃了一惊，急道：‘师兄请坐，听小僧说’，此是一句。却因智深睁着眼，在一边夹道：‘你说你说’，于是遂将‘听小僧’三字隔在上文，‘说’字隔在下文，……总之只为描写智深性急。此虽史迁，未有此妙也。”② “不完句法”生动地刻画了鲁智深爽快

① （清）张竹坡：《金瓶梅》第七十五回夹批，《张竹坡批评第一奇书金瓶梅》，齐鲁书社1991年版，第1001页。

② （清）金圣叹：《水浒传》第五回回评，《金圣叹批评本水浒传》，岳麓书社2006年版，第69页。

性急的性格，具有更强的艺术表现力。

脂砚斋更进一步，不仅发现这种人物语言的“不完句法”有助于刻画人物性格，更指出人物语言还可以具有适当的矛盾性，即特作“囫囵语”。脂砚斋在评点中涉及“囫囵语”的地方有十几处，其中主要针对的是宝玉和黛玉两人的对话语言。如第二十回宝玉、黛玉口角，黛玉道：“我为的是我的心。”宝玉道：“我也为的是我的心。难道你就知你的心，不知我的心不成?”脂砚斋在此批道：“此二语不独观者不解，料作者亦未必解，不但作者未必解，想石头亦不解。”[①] 又如第五十二回，写宝玉与黛玉心里有许多话，只是口里不知要说什么，几番犹豫，却只说了几句文不对题的话，初看似不解，但其中所隐含的微妙情绪，却非“囫囵语”不能表达。所以脂砚斋才说《红楼梦》的人物语言：“其囫囵不解之中实可解，可解之中又说不出理路。……余阅《石头记》中至奇至妙之文，全在宝玉、颦儿至痴至呆囫囵不解之语中。”[②]

### 三、特殊语言

所谓特殊语言，即指小说中具有独立审美意义的语言单位，一般表现为小说之外的其他文体形式，如小说中的诗词歌赋等。明清小说评点家对这种夹杂于小说之中的特殊语言形式，普遍持一种赞赏性的态度，金圣叹在评点《水浒传》时，便道：“此书每每横插诗歌，如五台亭里，瓦官寺前，黄泥冈上，鸳鸯楼下，皆妙不可言。”[③] 具体而言，小说中的诗词歌赋从其艺术功能着眼，主要可以分为这样几种类型：

第一，象征型。《三国演义》的全书结尾处，有一首古风概述全书内容，毛宗岗在此批道：“此一篇古风将全部事迹隐括其中，而末二语以一‘梦’字一‘空’字结之，正与首卷词中之意相合。一部大书以词起以诗

① （清）脂砚斋：《红楼梦》第二十回夹批，《脂砚斋批评本红楼梦》，岳麓书社 2006 年版，第 202 页。

② （清）脂砚斋：《红楼梦》第十九回夹批，《脂砚斋批评本红楼梦》，岳麓书社 2006 年版，第 182 页。

③ （清）金圣叹：《水浒传》第五十回夹批，《金圣叹批评本水浒传》，岳麓书社 2006 年版，第 586 页。

收，绝妙笔法。”[①] 而所谓卷首词，正是全书开篇时那首《临江仙》：“滚滚长江东逝水，浪花淘尽英雄。是非成败转头空，青山依旧在，几度夕阳红。白发渔樵江渚上，惯看秋月春风。一壶浊酒喜相逢，古今多少事，都付笑谈中。”杨慎的这首词为全书奠定了一种饱经沧桑、看破兴亡盛衰的叙事基调，使得三国这一段历史被置入一种更宏大的叙事背景中去，从而具有了更为普遍和悠久的意义。《红楼梦》中的《好了歌》就像是该书的总体寓言，“好”即是“了”，“了”即是“好”，一开篇即为全书布下了挥之不去的阴霾色调，即使在满目繁华之中，仍弥漫着一阵苍凉的悲雾，最终落得白茫茫一片大地真干净。

除却这种总体的寓言诗之外，明清小说中的有些诗词歌赋则带有局部的象征意义，比如最为典型的例子就是《红楼梦》中的诗词。在第五回“贾宝玉神游太虚幻境”里，出现了金陵十二钗的判词，以及警幻仙子编撰的“红楼梦”新曲。这些诗和曲词都有着强烈的预言色彩，每一首诗，每一曲曲词，都暗示着一位女子不同的悲剧命运。

对于这种创作手法，明清小说评点家是持一种肯定态度的，与小说的散文体相比，诗词歌赋等韵文体的语言带有更多的多义性和朦胧性，适宜在小说中承担这种象征性的功能。同时，采用大家习见的诗词或自创新词来引出或预示故事的发展，可以使小说在诗词历史意识的烛照下，获得一种更宽广的阐释语境和深远的意义。感性的触摸与体验所凝结成的诗性智慧，可以通向具有哲学意味的深吟反思，也使得小说这一长久不登大雅之堂的文体，在与文体精英的联姻中，获得一种雅俗共赏的可能性。

第二，艺术型。小说中有些地方采用诗词歌赋，或是为了描摹景色，或是为了刻画人物，或是为了渲染故事氛围，从艺术表现力的角度考虑，诗词歌赋等文体形式能达到一种更好的艺术表现效果。

《红楼梦》中贾宝玉出场时，有两首介绍其容貌品性的《西江月》，

---

① （清）毛宗岗：《三国演义》第一百二十回夹批，《毛宗岗批评本三国演义》，岳麓书社2006年版，第943页。

脂砚斋在此批道："二词更妙，最可厌野史貌如潘安、才如子建等语。"①采用诗词的形式来描绘一个人的品貌，可谓在艺术手法上别开生面，不落俗套，可以达到一种新奇的审美效果。同时，小说中还有一些作者为书中人物代拟的诗词，这些诗词也可以起到刻画人物性格的作用。《红楼梦》中有不少书中人物所作的诗词，从其诗作中，即可见出一个人物的性格。史湘云曾携林黛玉写的一首《桃花行》给宝玉看，并戏称是自己所作，然宝玉一见便知是林黛玉的手笔，可见诗为心声，小说中人物的诗词如创作成功，也是一个很好的刻画人物的艺术手段。

《水浒传》中曾出现三次挑酒者的歌，第一次是在第三回，鲁智深在五台山正想酒喝，忽听得一个汉子挑酒上山唱道："九里山前做战场，牧童拾得旧刀枪。顺风吹动乌江水，好似虞姬别霸王。"金圣叹在此批道："不唱酒诗，妙绝。却又偏唱战场二字，挑逗鲁达，妙不可当。""第一句风云变色，第二句冰消瓦解，闻此二言，真使酒怀如涌。"②在杨志押送生辰纲时，时值酷暑时节，众军士正在黄泥冈上歇息，此时一个汉子挑着酒走上冈，唱道："赤日炎炎似火烧，野田禾稻半枯焦。农夫心内如汤煮，公子王孙把扇摇。"金圣叹在此又批道：

> 挑酒人唱歌，此为第三首矣。然第一首有第一首妙处，为其恰好唱入鲁智深心坎也。第二首有第二首妙处，为其恰好唱出崔道成事迹也。今第三首又有第三首妙处，为其恰好唱入众军汉耳朵也。作书者虽一歌不欲轻下如此，如之何读书者之多忽之也？③

金圣叹在这里认为书中这三首挑酒人所唱的歌，都不是作者随意写出的，所以读者也不能轻易放过，这些歌谣的撰写是为推动情节、渲染故事氛围服务的。

---

① （清）脂砚斋：《红楼梦》第三回夹批，《脂砚斋批评本红楼梦》，岳麓书社2006年版，第33页。

② （清）金圣叹：《水浒传》第三回夹批，《金圣叹批评本水浒传》，岳麓书社2006年版，第46—47页。

③ （清）金圣叹：《水浒传》第十五回夹批，《金圣叹批评本水浒传》，岳麓书社2006年版，第176页。

第三，炫才型。有些诗词歌赋在小说中承担的叙事功能并不明显，而且本身也无太大的艺术性，我们可称之为炫才型的特殊语言。如在《西游记》中，书中角色，无论是神仙，还是妖魔，经常在出场时会来上一段定场诗，这些定场诗的内容一般就是介绍一下自己的来历等等，语言比较俚俗，诗歌本身也无太大的审美性可言。像这样的诗歌，一方面反映了小说与说书等艺术形式的关联性，因为韵语与散文相比，更容易记忆，说讲时也易产生感染力；另一方面，就是反映了文人的传统趣味，必须适当借助与诗歌的联姻，来证明自身的才学和小说这一文体的艺术性。

综上所述，正是通过叙事手法、人物形象、小说语言这些因素对读者审美情感的积极调动，读者在阅读中获得了最大限度的审美愉悦和享受。这种阅读快感包括身心迷醉之乐、情感共鸣之乐和知性理趣之乐。与传统的“读经之乐”、“读书之乐”相比，小说的阅读快感主要呈现出这样几个特点：第一，直觉性。它有直接诉诸人的感性，不必通过知性思考而获取的一面。小说通过艺术形象来感染读者，形象可以极大地刺激读者的想象力，并唤起读者的情感反应。第二，全面性。小说的阅读快感不仅包括人的感性直觉的一面，还有知性领悟的另一面。读者在小说的阅读过程中，不仅需要感性能力，还需要理性思维的参与。对情节发展的预测，对小说艺术技巧的总结和领悟，都需要一定的推理和判断能力，读者在这种理性分析过程中也会获得一定的心理快适。第三，延展性。读者的阅读过程是其审美活动的开展，明清小说评点的对象多为长篇小说，读者对这一对象的把握并不能在瞬间完成，而是需要在蔓延的时间流中，通过想象、推理、判断等一系列能力来完成该审美活动。这种由表层的感官愉悦到深层的知性之乐是一个在阅读过程中逐渐展开和深化的动态过程。

# 第五章

# 审美经验的超越：明清小说评点的理论诉求

没有什么审美意识是脱离认识、道德而纯粹地存在的，因为但凡感性的形式在人类社会交往中都沾染了价值色彩，对于文学来说更是如此。描写、叙述等文学手法只因描写和叙述了某些具体的人和事而成为文学的形式；如果抛开这些形式，文学阅读就几乎没有任何审美色彩，但抛开写作的对象，审美也无以生成。从阅读主体方面来讲，直接的感官享受并不能称审美活动，甚至也不能完整地展现其生命存在，但离开了感官活动，审美也无所萌生，无所依附；进一步说，任何个体都生存于具体的社会和时代环境中，受着特定的思想意识的熏染，这些思想意识也同样参与到审美活动当中。

明清小说评点有着主动而明确的审美追求，但在特定的时代和社会语境中，这种审美追求蕴含着更为广泛而复杂的意义；简言之，除了肯定小说阅读给个体带来审美愉悦的同时，评点家们还力图让它们在社会中发挥更积极的作用。评点家们无意冲破以儒家思想为核心的道德和政治体系，但他们也发现这套体系越来越固化为一系列教条和规范，这些教条和规范是从外在方面来强制约束人的思想和行为，而不是从人的自然本性来激发个体对于道德和政治信念的体验和热爱，结果是教条和规范得到了维护，但个体的自然情感却游离其外，因而其思想和行为就是极其虚伪的。正如金圣叹眼中肆意玩弄政治权术和道德狡计的宋江就不只是虚伪，而且是罪恶，是彻底的离经叛道。我们可以看到，评点家们抵制理学，崇尚心学，李贽对他们的影响尤为明显。在他们看来，人的自然本性在于“情”，情感是推动人认识和行动的内在力量，古代圣人所创的道德规范也是顺应人的情感的；如今人们却反其道而行之，以外在的“理”来堵塞内在的“情”，实质上是歪曲了圣人的本意。

如此看来，最能激发人天生的道德信念的不是抽象的“理”，而是活生生的个体生命，小说中所塑造的那些发乎真情的人物的行为才算得上真孝、真悌、真义，他们给芸芸众生的影响是内在的、真切的；他们不似抽象的教条高高在上，让人敬而远之，相反却能引起读者的共鸣和同情，让人喜而爱之。的确，评点家们对那些情真意切但残忍暴力的英雄甚至也赞赏有加，但我们也应该明白，不要把他们的审美判断与道德实践混为一谈，比如：他们赞赏武松的真情，但不是让人模仿他的残暴；他们欣赏曹操的可爱，但不会表扬其奸诈。在文学描写中，善也鲜活，恶也鲜活，禀赋自然情感的人自有分辨。

就其政治和道德的指向而言，明清小说评点超越了审美的维度，但在某种意义上说，其中的实践目的和审美性质并不相互分离、相互矛盾。在审美的眼光中，道德判断才是真实而准确的。评点家们对此有较为明确的意识，他们认为通常所谓暴力、色情实乃人之天性，只有那些伪君子才鄙夷它们，只有低俗之人才沉溺其中；而且他们确实也指责那些只为迎合读者低俗趣味的浅薄噱头。只有那些展现了艺术之美的作品才能真正发挥社会作用，因为它们能让读者站在非功利的立场上品味人的性格，凭借自然情感判断其道德动机。因此而言，在评点家那里，真实的道德判断是通过审美判断或在审美判断的过程中实现的。所以明清小说评点最终的理论诉求，就是引导读者实现对审美经验全方位、多层面的超越，强化其审美体验能力，提升其审美趣味，并最终实现审美主体自身道德的完善。

## 第一节　从求“乐”到求“知”

旧时《水浒传》，子弟读了，便晓得许多闲事。此本虽是点阅得粗略，子弟读了，便晓得许多文法。不惟晓得《水浒传》中有许多文法，他便将《国策》《史记》等书，中间但有若干文法，也都看得出来。旧时子弟读《国策》《史记》等书，都只看了闲事，煞是好笑。……旧时《水浒传》，贩夫皂隶都看；此本虽不曾增减一字，却是与小人没分之书，必要真正有锦绣心肠者，方解说道好。[①]

在这里，金圣叹明确提出了评点的一个重要目的就是提升普通读者对文本的理性分析能力，要超越将小说当“闲事”读的层面，掌握其中的“文法”。只有掌握了文本的“文法”，才能真正理解和把握文本的深层审美意蕴。

虽然审美活动在整体上而言是感性的，但是也许不会有人否认理性认知因素在审美活动中的积极作用。在这里，我们需要思考一个问题，即缺乏相应专业背景知识的普通读者能否恰当地欣赏作品？明清小说评点家在回答这一问题时，其态度可分为两个层面：第一，缺乏相应专业知识的读者也可以进行审美欣赏活动；第二，评点者凭借其对文本的专业性解读可以提升和强化这些读者的审美感受能力。

对于文学阅读而言，我们可以区分两种情况，按照一般将文学作品分为雅、俗两大类而言，我们似乎存在一个先见，那就是只有阅读雅文学作品才需要掌握特殊的技能和知识，如果没有这些技能和方法的导引，那么阅读这类的雅文学将会困难重重。而大家阅读通俗文学作品就不会出现这样的障碍，任何一个普通的读者都能准确把握作品所传达的内容和意义。我们可以试想一下，如果不具有相关的文学知识背景，我们很难想象一个读者可以对《尤利西斯》这样的作品产生阅读兴趣。在接触到这样的先锋性作品时，我们必须依靠相关专家的指导，才会有一种“原来如此”的恍然大悟，但是，通俗文学作品的门槛似乎是很低的，我们在阅读金庸的作品时，应该不会产生需要文学专家进行导读的想法。

在这里，就出现了一个悖论，既然通俗文学因其固有的特质，更容易被读者所阅读和接受，那么，明清小说评点家为什么会选择通俗小说作为自己的评点对象呢？

从明清小说评点的整体状况而言，小说评点作为一种特殊的文学批评形式，从其问世之日起，就与商业结下了不解之缘。很多书坊主把小

---

① （清）金圣叹：《读第五才子书法》，《金圣叹批评本水浒传》，岳麓书社2006年版，前言第5页。

说评点作为一种促销的商业手段来使用，比如很多小说评点本就假托“李卓吾”之名，以致时至今日，到底何种版本真为李贽亲批，已成为一桩历史疑案。但是，明清小说评点中的佼佼者，如金圣叹、毛宗岗、脂砚斋等人，他们在进行小说评点时，并不完全是为了商业的目的，而是更将其作为一桩千秋事业来对待，一方面借评点来达成个人的自我实现；另一方面，也希望借助评点来起到导人心、醒世俗的作用。他们的评点本之所以能流传至今，在一定程度上，已经证明了其评点工作的成功和意义。

如果来分析明清小说评点家中的这几位佼佼者，我们就会发现，他们都具有一个共同的特性，即才高却不得志。李贽自认为是一个才识超人的人，“有二十分识，二十分才，二十分胆”，他不仅是一个杰出的文学批评家，还是位杰出的思想家，但却终身被视为异端，最后被捕入狱，自刭而死。金圣叹少有才名，却天性狂放，一生游戏科场，明清易代之后，因哭庙案被判立决处斩。他在临难前，只谈盐菜与黄豆同吃有胡桃滋味，可谓留下了最后的狂诞和幽默。张竹坡出身诗礼之家，幼习儒家经典，却在 15 岁赴科考时铩羽而归，只能将一腔致世之志倾注于评点事业当中。毛宗岗家境贫寒，终生未曾入仕为官，却留下了《三国演义》的经典评本。

如此看来，选择在文体领域中同样“有才而不得志”的小说作为自己的评点对象甚至终身事业，就成为评点家的一种自觉和必然的选择。通俗文学群体中可谓鱼龙混杂，既有粗制滥造、一味媚俗之作，也有化俗为雅、亦雅亦俗之品。然世人因其偏见，多将其一概抹倒，此时如有识见之人能将其中的精品之作择而评之，不仅能提高通俗文学作品的文学地位，更能因其“接地气”的特性使其在社会生活中发挥更重要的作用。所以，明清小说评点家绝不只把小说评点看作是一种自娱活动，金圣叹在多次评点中都流露出要“度人金针”的导读意识，而他之所以会认为像小说这样的通俗文学也需要如他们这样的专业读者进行导读，是和其文学观分不开的。

首先，对明清小说评点家而言，他们认为通俗小说中的优秀之作与传统经典相比，并不逊色，既然传统经典的学习和阅读活动需要进行引导，那么作为在艺术上可与它们比肩的小说，同样也需要专业读者的指引，否则就不能识其妙处。

金圣叹在他的评点活动中，提出了“才子说”：

> 才之为言材也。凌云蔽日之姿，其初本于破核分荚，于破核分荚之时，具有凌云蔽日之势，于凌云蔽日之时，不出破核分荚之势，此所谓材之说也。又才之为言裁也。有全锦在手，无全锦在目；无全衣在目，有全衣在心；见其领，知其袖；见其襟，知其帔也。夫领则非袖，而襟则非帔，然左右相就，前后相合，离然各异，而宛然共成者，此所谓裁之说也。……故依世人之所谓才，则是文成于易者，才子也；依古人之所谓才，则必文成于难者，才子也。依文成于易之说，则是迅疾挥扫，神气扬扬者，才子也。依文成于难之说，则必心绝气尽，面犹死人者，才子也。①

他以“善论文者”自居，认为“善论道者论道，善论文者论文”，这就在一定程度上将“文”与“道”提到了同等重要的地位，“文”不再是“道”的附庸和载体，而是与“道”并列而行的，具有独立地位和价值的另一套话语系统。既然“文”与“道”可并驾齐驱，那么作为在“文”的系统中可独占一席之地的小说，其价值和意义就不弱于“传道”的儒家经典。金圣叹的“才子说”对传统的“文以载道”论是一种冲击和解构，强调“文”的重要性就是强调审美的独立价值和意义。他在写给友人王斫山的信中说：“前云卫闻予批点《水浒传》，以为不足浪费笔墨而批稗史，其见恰左，圣叹不问其书之为正史，只问其书之文章作得好不好。文章好，即稗史亦不必不批，文章不好，即正史亦不必批。”②在这里，我们可以看到，金圣叹是把“文章作得好不好”作为自己选择阅读和评点对象的标准，也就是把艺术的标准、美的标准看作是阅读的最高法则。

---

① （清）金圣叹：《水浒传·序一》，《金圣叹批评本水浒传》，岳麓书社2006年版，前言第8—9页。

② （清）金圣叹：《金圣叹尺牍》，转引自吴子林《经典再生产——金圣叹小说评点的文化透视》，北京大学出版社2009年版，第293页。

既然“文”可在一定意义上独立于“道”而自成一套话语体系，那么小说在“文”的这套话语系统中是否可以与传统文学经典具有同等的艺术价值呢？明清小说评点家在其评点活动中，通过结合具体文本，对于这一问题给出了明确的回答。

李贽在评点《水浒传》时，对《水浒传》的审美价值给予了极高的评价：

说淫妇便象个淫妇，说烈汉便象个烈汉，说呆子便象个呆子，说马泊六便象个马泊六，说小猴子便象个小猴子，但觉读一过，分明淫妇、烈汉、呆子、马泊六、小猴子光景在眼，淫妇、烈汉、呆子、马泊六、小猴子声音在耳，不知有所谓语言文字也，何物文人，有此肺肠，有此手眼！若令天地间无此等文字，天地亦寂寞了，也不知太史公堪作此衙官否？[①]

金圣叹也说：“天下之文章，无有出《水浒》之右者；天下之格物君子，无有出施耐庵先生右者。”[②] 无论是李贽，还是金圣叹，都用极高的褒赞之词对《水浒传》的艺术和审美价值做出了充分肯定，正是因“天下之文章，无有出其右者”，所以“若令天地间无此等文字，天地亦寂寞了”。

在《水浒传》的具体评点过程中，金圣叹也多次结合具体文本，称赞《水浒传》“文情高妙”、“文情如绮”，可见如果以“文”的标准来衡量《水浒传》之类的优秀小说文本，它们也是当之无愧的顶尖之作。既然传统儒家经典需要注疏，优秀的诗词之作也有诸多“诗话”、“词话”之类的作品对其做出解读，那么作为艺术魅力不亚于它们的小说，当然也有被评点的权利和必要性。

其次，通俗文学具有更大的多面性和遮蔽性。优秀的通俗文学作品

---

① （明）李贽：《水浒传》第二十三回回评，载陈曦钟、侯忠义、鲁玉川辑校《水浒传会评本》，北京大学出版社 1981 年版，第 470 页。

② （清）金圣叹：《水浒传·序三》，《金圣叹批评本水浒传》，岳麓书社 2006 年版，前言第 11 页。

都是雅俗共赏的，这就意味着它既有媚俗的一面，也有超越的一面。西格蒙德·弗洛伊德（Sigmund Freud）将人类的精神世界分为自我、超我和本我，其中本我是人类存在中最原始的部分，它的一切目的就是遵循快乐原则，满足本能的需求。自我是从本我中生发出来的，借助外部的力量来压抑本我，遏制其发展，并试图使现实原则凌驾于本我内部滋生蔓延的快乐原则之上，从外部表现上来看，自我表现为我们常说的理性和常识。超我，是人格结构中代表理想的部分，它是个体在成长过程中通过内化道德规范，内化社会及文化环境的价值观念而形成，其机能主要在监督、批判及管束自己的行为，超我的特点是追求完美，所以它与本我一样是非现实的，超我大部分也是无意识的，超我要求自我按社会可接受的方式去满足本我，它所遵循的是道德原则。所以，在弗洛伊德看来，人的心灵是一个富含冲突的场所，最重要的冲突基本上都发生在本我与自我之间，本我总是不顾文化的约束，义无反顾地满足个体的欲望，而自我则和超我结成了松散的同盟，想方设法遵循社会规范。

如果将弗洛伊德的学说应用于通俗文学分析，我们就会看到，通俗文学并不执着于人生的哲理反思，它的着力点在于如何把握大众社会心理的脉搏，并通过种种艺术手段和技巧去迎合和满足读者的心理欲求。它精心为读者编织了一个和现实叠合的“虚幻现实”，最大限度地满足他们在现实生活中无法实现的美好愿望。而优秀的通俗文学作品虽然具有一定的思想性和艺术性，但是其通俗文学的根本特点则使得它在具有思想性和艺术性的同时，也具有一定程度的媚俗性。而其思想性和艺术性又往往被遮盖在媚俗的表层之下，这使得读者在阅读此类文学作品时，容易忽视其内在精华，同时文本中雅俗的彼此浸染、相互纠缠也为读者留下了多层次、多角度阅读的可能性。

例如《水浒传》、《红楼梦》、《三国演义》、《金瓶梅》这样的小说，我们不能因为今天它们已经被写进了各种文学史，就认为其不属于通俗文学作品，因为从明清小说评点的历史语境来看，这些小说在最初产生和传播的时候，属于不折不扣的通俗文学。只是它们与一味低俗媚众的同时期其他通俗小说相比，无论在艺术性，还是在思想性上，都具有无可比拟的优势，可谓是踩在雅和俗的交集之上。

但是，即使它们在思想性和艺术性上远远超出同类的其他作品，它们也依然具有通俗文学的一些相关特性，这就使得读者在解读这样的作品时，具有了多重解读的可能性。《红楼梦》的艺术魅力自然可以从多个层面进行解读，但其对贵族之家饮食、服饰、居室陈设等美轮美奂的描写也是构成它的阅读美感的重要因素。在《红楼梦》的阅读史上，不少读者对《红楼梦》就是采用一种“官能满足”的读法，他们把艺术幻境当作实际人生，在这个“天上人间诸景备”的大观园中流连忘返，过足了做白日梦的瘾。就像俞平伯所说的那样，这些读者在阅读《红楼梦》时，眼中只有贾氏家世如何华贵，排场如何阔绰，大观园风月如何繁盛，于是恨不得自己变了贾宝玉，把十二钗做他妻妾才好。[①] 俞平伯在这里谈及这种阅读现象自然是持一种批评的态度，但是无论批评与否，都不能否认这种阅读现象的客观存在性。而且，耽于耳目感官的阅读虽然有可能会导致阅读中的“买椟还珠”，但是，“椟”与“珠”之间一定就是一种不可调和的矛盾关系吗？没有“椟”的美感，“珠”还会引起读者的阅读注意和兴趣吗？难道在阅读中，就不能做到“椟”、“珠”共获吗？如果能通过正确阅读方法的指引，是否完全可以实现以“椟”为入口，再去获“珠”的阅读效能呢？

正如对《红楼梦》的阅读一样，谁又能否认《金瓶梅》中的色情描写也会对读者产生一种别样的诱惑力呢？而《水浒传》的嗜血倾向也早已得到了众多学者的承认，朱大可就曾在他的一篇文章中这样写道：“武松谋杀张都监一家十五人，其中包括无辜的女眷、随从、厨师、丫鬟，但这简洁的喋血事件却被投放在月光普照的空间，从而点亮了一种连金圣叹都大加赞叹的残忍诗意。”[②] 这些因素在小说中发挥着一种特殊的作用，并成为构成读者阅读快感的重要成因。

同这些浮于文本表层，容易诱发读者阅读官能快感的因素一样，作为通俗文学大家族中重要一员的小说，与其他通俗文学种类相比，还有一个调控读者阅读心理的重要法宝，即小说的故事性。故事性是小说最重要的特征，故事的精彩程度、情节发展的曲折与否，是小说阅读快感

① 俞平伯：《俞平伯论红楼梦》，香港三联书店 1988 年版，第 179 页。

② 朱大可：《色语、酷语和秽语：流氓叙事的三大元素》，朱大可博客，http://blog.sina.com.cn/zhudake。

的另一重要源泉。明清小说评点家很清醒地看到这一点，但在对这个问题的态度上，他们既不像传统道学家一样，指斥小说为诲淫诲盗之作；但也对一些读者只贪看“故事”的阅读取向表现出由衷的担心。如果只把小说作为“故事”来读，那么在一定意义上，就会只贪恋于小说故事的传奇性，如果任由这种阅读取向发展和蔓延下去，就会使作者一味在小说中争奇炫异，而忽视了文法的经营和艺术的雕琢。

金圣叹在自己的评点中是通过论述“事”与“文”的关系来探讨这个问题的：

> 其胸中自有一篇一篇绝妙文字，篇各成文，文各有意，有起有结，有开有阖，有呼有应，有顿有跌，特无所附丽则不能以空中抒写，故不得已旁托古人生死离合之事，借题作文。彼其意期于后世之人见吾之文而止，初不取古人之事得吾之文而见也。①

金圣叹在这里所论述的“事”与“文”，有点类似于西方结构主义叙事学中“故事”与“话语”的概念，所谓“事”，即指按因果关系、实际时间排列的事件，而“文”，则指的是表述故事内容的方式。在“事”与“文”的关系上，金圣叹认为“文”是第一位的，他最怕读者只重视“事”而忽视“文”，“吾最恨人家子弟，凡遇读书，都不理会文字，只记得若干事迹，便算读过一部书了”②。金圣叹在这里的意思是说，读者如果在阅读过程中只沉溺在“故事”等表层审美因素之中，就不能领悟到小说更深层次之“美”。所以他说：“然而吾独欲略其形迹，伸其神理。”③

脂砚斋在评点《红楼梦》第五十四回时道：

---

① （清）金圣叹：《水浒传》第三十三回回评，《金圣叹批评本水浒传》，岳麓书社2006年版，第383页。

② （清）金圣叹：《读第五才子书法》，《金圣叹批评本水浒传》，岳麓书社2006年版，前言第4页。

③ （清）金圣叹：《水浒传·序三》，《金圣叹批评本水浒传》，岳麓书社2006年版，前言第12页。

读此回者凡三变。不善读者徒赞其如何演戏，如何行令，如何挂花灯，如何放爆竹，目眩耳聋，接应不暇。少解读者赞其坐次有伦，巡酒有度，从演戏渡自女先，从女先渡自凤姐，从凤姐渡自行令，从行令渡其放花爆，脱卸下来，井然秩然，一丝不乱。会读者须另有卓识，单着眼史太君一席话，将普天下不近理之奇文，不近情之妙作一齐抹倒，是作者借他人酒杯消自己块垒，画一幅《行乐图》，铸一面菱花镜为全部总评。噫，作者已逝，圣叹云亡，愚不自谅，辄拟数语，知我罪我，其听之矣。①

脂砚斋将读者分为“不善读者”、“少解读者”、“会读者”三类，指出他们阅读该回有三种不同层次的理解。“不善读者”只为纷繁富丽的热闹场面所惑，获得的是一种“目眩耳聋”的低层次的审美快感；而“少解读者”就能透过表层文字看到该回所展现出来的人伦道德、文法秩序，欣赏其“秩序井然”、“天伦之乐”之美；最后“会读者”则能通过自己的才智理解领悟到该回的主旨在于史太君的一番评论，并从这番评论体会到作者的美学追求和思想品格，获得一种更深层次的审美愉悦。脂砚斋看到“读此回者凡三变”，而导致这“三变”的原因就在于读者审美理解能力的差异。

总之，明清小说评点家看到了通俗小说的多层次性和遮蔽性，读者如不能掌握正确的阅读方法，就容易沉迷于最表层的感官欲乐当中，从而失去对小说做更深层次的审美欣赏和理解的机会。

最后，明清小说评点家看到了通俗小说的社会影响力，这种影响力是一把双刃剑，如果加以合理利用，可以起到醒民心、涤世情的积极作用；但是，如果任由其中的“媚俗”因子发展，就会如当时的道学家所攻击的那样，对社会风俗和人心起到不良的催化作用。

优秀的通俗小说因为具有审美的多层次性，因此可以实现雅俗共赏，这就使得它具有极强的社会影响力。清代钱大昕在《潜研堂文集》卷十七《正俗》中慨叹：“古有儒、释、道三教，自明以来，又多一教曰小

---

① （清）脂砚斋：《红楼梦》第五十四回回评，载朱一玄编《红楼梦资料汇编》，南开大学出版社2001年版，第485页。

说。小说演义之书，未尝自以为教也，而士大夫、农、工、商、贾，无不习闻之，以至儿童妇女不识字者，亦皆闻而如见之，是其教较之儒、释、道而更广也。”①

通俗小说在社会上的广泛流传，一方面推动了小说的社会化和公共化；另一方面也塑造了读者的趣味、欣赏习惯、文化生活模式乃至深层文化心理结构。如果能合理利用这种社会影响力，不仅可以帮助当时的民众建立良好的阅读趣味，还能对其道德和意识形态产生积极的影响。而如果任由浅薄鄙俗的欣赏趣味发展下去，小说就只能沦为满足读者感官享受的噱头。

美是一种情感，趣味则是一种情感判断，但理性判断却能为情感判断提供准确可靠的观念或事实。要获得真实而正确的观念并不能倚重直觉，因为所有直觉都不可避免地依附于习惯性的想象，相反，必须抑制想象，运用比较、判断和推理等方法才能还原最初的印象和观念。休谟在《趣味的标准》中把趣味判断转化为事实判断，所讨论的就是如何让人们排斥各种干扰因素，以便让理性为情感判断提供适当的观念。休谟认为，真正的鉴赏家应该具备五种素质，也就是趣味和美的真正标准：有健全的感觉，与细腻的情绪相结合，因锻炼而得到增进，又通过比较而完善，还能消除一切偏见。其中的核心是感觉，锻炼、比较和消除偏见的作用也都是为了培养敏锐的感觉；不过这里的“感觉”不仅指的是感官知觉，更多的是直觉式的判断力和理解力，或者说是“理性”。长期锻炼可以使人不仅知其然，还能知其所以然，比较可以确定不同的美的等级，消除偏见可以恢复理解力的作用。

具体到艺术鉴赏，在休谟看来，要得到普遍一致的情感，人们首先应该运用理性得到正确的事实。构成艺术作品的事实又是什么呢？休谟说，这种事实是艺术法则，即艺术手法对于其目的的有效性：

> 每一部艺术作品都有它想要达到的某个目的或目标，并且根据其或多或少适合于达到这一目的，而被看作是或多或少地完美的。雄辩的目的是说服，历史的目的是教导，诗歌的目的是通过情感和

① （清）钱大昕：《嘉定钱大昕全集》，江苏古籍出版社 1997 年版，第 272 页。

想象来给人快感。①

但是，即使人们根据经验总结出了一些普遍的法则，每一件作品的具体表现也不尽相同。因此，对于艺术作品中的事实的鉴别需要更精细的判断力，也需要参照久经考验的典范来做出评定。在休谟看来，理性即便不是趣味的必需成分，也是趣味这种官能的活动所必要的。他不认为理性判断和情感判断之间存在什么不可调和的矛盾。他在《道德原则研究》中说，人天生就有某种内在感官让人能从任何对象上感受到美丑善恶的情感，在没有这些情感的地方，任何推理都无能为力。但是，"为了为这样一种情感铺平道路并确切地分辨它的对象，我们发现，事先进行大量的推理，作出精细的区分，引出合理的结论，建立广泛的比较，考查复杂的关系，确定和确断一般的事实，常常是必要的"②。在《趣味的标准》中，休谟也明确说："各种类型的作品，即使是最富于诗意的，也不过是一连串的命题和推理；当然这并不总是最正确和最严格的，但仍然是可信的，看似合理的，无论怎样被想象的色彩掩饰。"③

我们发现，明清小说评点家所做的评点工作及其致思路径与休谟的观点有异曲同工之妙。他们选择《水浒传》、《三国演义》、《红楼梦》等经典文本进行评点，就是要通过对这些文本的评点总结出一套小说的艺术法则，培养出读者精细的审美判断力。在将来的阅读活动当中，读者可以参照这些经典的法则对其他作品进行理性判断，并借以培养出高雅的审美趣味和敏锐的审美判断能力。

艺术的美具有特殊性，休谟在《道德原则研究》中说：

有许多种美，尤其自然的美，最初一出现就抓住了我们的感情、博得我们的赞许；而在它们没有这种效果的地方，任何推理要弥补它们的影响或使它们更好地适应于我们的趣味和情感都是不可能的。

① Hume, *Of the Standard of Taste and Other Essays*, edited by John W. Lenz. Indianapolis: The Bobbs - Merrill Company, Inc. , 1965, p.16.

② ［英］休谟：《道德原则研究》，曾小平译，商务印书馆2001年版，第24页。

③ Hume, *Of the Standard of Taste and Other Essays*, edited by John W. Lenz. Indianapolis: The Bobbs - Merrill Company, Inc. , 1965, p.16.

但也有许多种美，尤其是那些精巧的艺术作品的美，为了感受适当的情感，运用大量的推理却是必不可少的；而且一种不正确的品味往往可以通过论证和反思得到纠正。①

正如上文所述，构成艺术作品的事实并不是明白的，需要运用理性加以确定，然后才能得到艺术作品“想要”在接受者心中激起的情感。如果没有良好的理性评判能力，读者就会缺乏对自身审美经验进行反思和分析的能力。评点正是要帮助普通读者建立起这样的一种素能和习惯，所以它不仅要向读者揭示出文章的精彩之处，而且还要分析其背后成因所在。普通读者通过评点的指引，一方面可能会引发对自身原本未能产生审美经验地方的审美注意；另一方面即使对已触发审美经验之处，也会因评点者的深入分析，不但得“乐”，而且知其“何所得乐”，从而在此基础上，审美情感的广度和深度都得到了进一步的加强。但是，评点者的理论诉求还不止停留于此，他的最终目的是要读者把握到文章的“文法”，形成自己的知识体系，具备相应的文学批评能力，从而在今后的阅读和创作过程中，都能从中有所获益。对小说的阅读活动从感性审美出发，最后则走向理性认知。

但是，这种理性认知与想象、情感等因素又是密切交织在一起的，它需要对文本做出事实判断，但又并不完全等同于这种事实判断。它起源于情感，并以情感作为自己反思的对象，“判断与想象，也如判断与情感一样，都是互相协助的；不但信念给予想象活力，而且活泼而有力的想象，在一切能力中也是最足以取得信念和权威的”②。在《趣味的标准》中，休谟也特意说，艺术作品中的命题和推理不是最严格和正确的，只是“可信的，看似合理的”，即艺术的法则不是来自先天的推理；艺术服从的是想象和情感的规律。所以在一定程度上说，文学欣赏中的理性不过是冷静的情感，甚而至于，“理性是并且也应该是情感的奴隶，除了服务和服从情感之外，再不能有任何其他的职务”③。没有对小说产生情

① ［英］休谟：《道德原则研究》，曾小平译，商务印书馆2001年版，第24—25页。
② ［英］休谟：《人性论》，关文运译，商务印书馆1980年版，第143页。
③ ［英］休谟：《人性论》，关文运译，商务印书馆1980年版，第453页。

感的欲求，就不会有小说阅读和评点的出现，对小说构成事实的判断和推理，不仅有助于强化自身阅读快感，同时更重要的是，理性分析和体认可以将情感转化为可供描述的对象，这有利于不同读者之间情感的传达和沟通。

## 第二节　审美趣味的净化：美与道德

审美趣味是指一个人进行审美判断的能力。审美趣味是否有标准？如果有标准，应该建立一种什么样的标准？明清小说评点对这个问题的思考，可分为两个层面：其一，审美趣味有标准；其二，道德是评价审美趣味的重要维度。

明清小说评点家肯定普通读者的求“乐”欲求，但是他们也要对此欲求进行引导，规范和净化读者的审美趣味，并最终实现读者自身道德的完善。

### 一、“逐奇”与“尚实”

明清时期有不少小说抓住读者“逐新尚奇”的阅读心理，专在“新奇”二字上大做文章，如当时不少神魔小说变幻奇诡，光怪陆离，深受读者喜爱，得以风行一时。

明清小说评点家不满读者一味“追新逐奇”的阅读趣味，且一些低俗作品编造情节也多有荒诞不经，已沦落为赚取读者眼球的廉价噱头。李贽道：“世人厌平常而喜新奇，不知言天下之至新奇，莫过于平常也。……是新奇正在于平常，世人不察，反于平常之外觅新奇，是岂得谓之新奇乎？”[①] 就连《西游记》这样的神魔小说中的精品之作也受到不少评点家的非议，金圣叹嘲笑《西游记》“太无脚地”[②]，毛宗岗也说：“读《三国》胜读《西游记》。《西游》捏造妖魔之事，诞而不经，不若

---

① （明）李贽：《复耿侗老书》，《焚书》卷二，中华书局1975年版，第60页。

② （清）金圣叹：《读第五才子书法》，《金圣叹批评本水浒传》，岳麓书社2006年版，前言第1页。

《三国》实叙帝王之事，真而可考也。”①

明清小说评点家的这种“尚实”要求，主要出自对小说社会功能的理论考量。读者阅读“描摹世态，见其炎凉”的现实题材作品，更容易从中体悟到人情事理，有助于自身世事经验的增长，而过于荒诞的作品就如一剂麻药，与现实严重脱节，只能满足读者低俗的感官欲求，而不能对其成长经世有所助益。所以阅读小说，要超越一味“逐奇”的心理欲望，即使阅读非现实主义题材的作品，也要能从“幻”中见“真”，把握其“讽世寓理”的深层内涵。

因此，明清小说评点家认为小说需要把握好“奇”与“实”的辩证关系，既要保证小说的“新奇性”，以吸引读者的审美注意，同时还能做到寓“新奇”于“平实”之中，所谓“事赝而理真”是也。明清小说评点家在其评点过程中，结合具体文本，总结出一些相关的艺术法则。

第一，“幻”而“真”。冯镇峦在评点《聊斋志异》这部鬼狐之书时说：

> 昔人谓，莫易于说鬼，莫难于说虎，鬼无伦次，虎有性情也。说鬼到说不来处，可以意为补接，若说虎到说不来处，大段著力不得。予谓不然。说鬼亦要有伦次，说鬼亦要得性情。谚语有之：说谎亦须说得极圆，此即性情伦次之谓也。试《聊斋》说鬼狐，即以人事之伦次，事物之性情说之。说得极圆，不出情理之外；说来极巧，恰在人人意愿之中。虽其间亦有意为补接，凭空捏造处，亦有大段吃力处，然却喜其不露痕迹牵强之形，故所以能令人首肯也。②

以《聊斋志异》中的《绿衣女》为例，绿衣女是一个蜂精，所以蒲松龄在塑造这一人物形象时，就必须结合“蜂”这一动物的习性来进行描绘。但明伦评价蒲松龄笔下的绿衣女为：“绿衣长裙，婉妙无比，写蜂

① （清）毛宗岗：《读三国志法》，《毛宗岗批评本三国演义》，岳麓书社2006年版，前言第11页。

② （清）冯镇峦：《读聊斋杂说》，载朱一玄编《聊斋志异资料汇编》，南开大学出版社2002年版，第483页。

形入微。声细如丝，宛转滑烈，写蜂音入微。至浇屋周视，自谓鬼子偷生，则蜂之致毕露矣。身蘸墨走出‘谢’字，婉妙之态依然。展翼穿窗，不作偷生鬼子，自不受人缚缠矣。”① 无论从人物的外形描绘，还是从动作体态，绿衣女显然都具备蜂这一动物的特性。所以当其蜂精身份最后被揭示出来之时，读者就会感到其幻中有真，“写色写声，写形写神，俱从蜂曲曲绘出”。

第二，“奇”而“常”。李渔说：

> 人谓家常日用之事已被前人做尽，究微极隐，纤芥无遗。非好奇也，求为平而不可得也。予曰：不然。世间奇事无多，常事为多；物理易尽，人情难尽……性之所发，愈出愈奇，尽有前人未作之事，留以待后人。②

从人情、人性的角度出发，李渔认为作品正可以从家常日用之事入手，即前人已见之事中“尽有摹写未尽之情，描写不全之态”，作者如能“设身处地，伐隐攻微，彼泉下之人自能效灵于我，授以生花之笔，假以蕴秀之肠，制为杂剧，使人但赏极新极艳之词，而竟忘其为极腐极陈事者”③。极腐极陈之事如能对其进行高妙的艺术加工和处理，就能产生一种艺术欣赏中的“陌生化”效果，李渔在这里虽是针对杂剧而言，但也同样适用于同属通俗文学家庭的小说。

第三，“骇”而“近”。金圣叹在《水浒传》第二十二回批道：

> 读打虎一篇，而叹人是神人，虎是怒虎，固已妙不容说矣。乃其尤妙者，则又如读庙门榜文后，欲待转身回来一段；风过虎来时，叫声阿呀翻下青石来一段；大虫第一扑从半空里撺将下来时，被那一惊，酒都做冷汗出了一段；寻思要拖死虎下去，原来使尽气力手

① （清）但明伦：《绿衣女》评语，载任笃行辑校《全校会注集评聊斋志异》，齐鲁书社2000年版，第1022页。

② （清）李渔：《闲情偶寄·词曲部》，上海古籍出版社2000年版，第29页。

③ （清）李渔：《闲情偶寄·词曲部》，上海古籍出版社2000年版，第30页。

脚都苏软了，正提不动一段；青石上又坐半歇一段；天色看看黑了，惟恐再跳一只出来，且挣扎下冈子去一段；下冈子走不到半路，枯草丛中钻出两只大虫，叫声阿呀今番罢了一段，皆是写极骇人之事，却尽用极近人之笔，遂与后来沂岭杀虎一篇，更无一笔相犯也。①

武松以打虎英雄而闻世，然英雄亦是常人，施耐庵在武松打虎这段文字中首先描写了武松的“怯”，这种“极近人之笔”，使得故事中的英雄与普通人有了更多的共通特点，不但有传奇性，而且更富有真实性。如果没有“怯”的铺垫和点缀，武松这一人物形象就会沦为高、大、全的战斗机器，其艺术魅力则将大打折扣。

## 二、仁：至德要道

儒家的伦理思想是以“仁”为核心，什么是“仁”？“仁者，人也。”从字源学讲，“仁”从“人”从“二”，即二人相亲，引申为仁者爱人，这也是儒家伦理的基石。明清小说评点家极为看重小说在传承伦理道德方面的工具效能，即“寓教于乐”，通过鲜明生动的人物故事，感染和打动读者，使其实现自身道德素养的提升和完善。

首先，“仁”表现为“忠”。毛宗岗在评点《三国演义》时，极为叹赏诸葛亮，不仅因其“智”，更因其“忠”，所谓“鞠躬尽瘁，死而后已”之精神是也。在《三国演义》第五十六回回评中，毛宗岗道：“玄德遇孔明，如龙得水。孔明遇玄德，亦如龙得水。”② 自古以来，君王方可喻为龙，而毛宗岗却喻臣子孔明为龙，在毛宗岗看来，这位“三顾频烦天下计，两朝开济老臣心”的诸葛武侯自出茅庐后大展宏才伟略，施仁于民，尽忠于蜀汉王朝，其功绩可与刘备比肩，故并称“二龙”。像关羽、张飞、赵云这样的忠义之臣也都得到了毛宗岗的高度赞扬，而像吕布这样的人，就被毛宗岗骂为三姓家奴，必欲杀之而后快。其因就在于

---

① （清）金圣叹：《水浒传》第二十二回回评，《金圣叹批评本水浒传》，岳麓书社2006年版，第249页。

② （清）毛宗岗：《三国演义》第五十六回回评，《毛宗岗批评本三国演义》，岳麓书社2006年版，第438页。

吕布不能忠于其主，为贪图富贵而屡屡背叛旧主投靠新主，这样的小人自然会受到评点家的唾弃。《聊斋志异》中有一篇《秦桧》，但明伦在“秦桧七世身”下批道：“注日七世，记其数也。推而至百千万世，桧之为豕与天地无终极矣。”[①] 从这条批语亦可以看到但明伦对秦桧这类奸臣的痛恨和鄙夷。

其次，“仁”表现为“孝”。《水浒传》第五十回，雷横在勾栏里听白秀英说唱，因忘了带钱遭到白氏父女羞辱，打了白玉乔，而知县却因与白秀英旧日有染，故将雷横收监。雷母探监时骂白秀英，反遭白秀英毒打，雷横一怒之下，用枷锁将白秀英打死。金圣叹在此回回评中说：

> 雷母曰：“老身六旬之上，眼睁睁地只看着这个孩儿。”此一语，字字自说母之爱儿，却字字说出儿之事母……今雷横独令其母眼睁睁地无日不看，然则其日日之承伺颜色、奉接意思为何如哉！李密在《陈情表》曰：“臣无祖母，无以至今日；祖母无臣，无以终余年。”雷横之母亦曰：“若是这个孩儿有些好歹，老身性命也便休了。”悲哉！仁孝之声，读之如闻夜猿矣。[②]

而且，《水浒传》的评点者在“孝道”一事上，更称赞那种发自天性、朴素而真实的孝心。金圣叹赞李逵这样的人是“纯孝”之人，而像宋江这样整天将“孝”挂于嘴上之人却是一“伪孝”之徒。李贽与金圣叹相比，虽对宋江人品持肯定态度，但在“孝道”上，却也认为“李大哥是个天性孝子。宋公明取爷有些道学气味，亦算计利害耳。公孙胜望娘一团奸诈。如李大哥者，‘只要娘快乐’，再无第二个念头”[③]。

再次，“仁”表现为“悌”。金圣叹在评点《水浒传》时，极为欣赏武松与大郎的兄弟之情，并多次对此进行点评，如“读者自从柴家庄上

---

① （清）但明伦：《秦桧》夹批，载任笃行辑校《全校会注集评聊斋志异》，齐鲁书社2000年版，第2443页。

② （清）金圣叹：《水浒传》第五十回回评，《金圣叹批评本水浒传》，岳麓书社2006年版，第583页。

③ （明）李贽：《水浒传》第四十一回回评，载陈曦钟、侯忠义、鲁玉川辑校《水浒传会评本》，北京大学出版社1981年版，第787页。

得见武二，便读过他许多要寻哥哥句，不意今日见此一语，为之泪落”[①]。武大郎因受武松官司的牵连，离开家乡清河县到阳谷县谋生，但他视武松如子，并无怨言。而当武大被潘金莲等人鸩杀后，武松不顾自己的前程，立意为哥哥报仇，并最终得偿所愿。所以金圣叹赞其“兄弟二人，武大爱武二如子，武二又爱武大如子。武大自视如父，武二自视如父，二人一片天性”[②]。除血缘之亲外，异姓结为兄弟，虽无血脉之亲，但却情同手足，危难相扶，荣辱与共，历来为人们所称道和钦羡，也被小说评点家视为美德，加以褒扬。《三国演义》开篇刘关张桃园三结义，三人盟誓，毛宗岗在夹批中即赞为：“千古盟书，第一奇语!”[③]

最后，“仁”表现为“义”。《水浒传》中鲁智深仗义行侠，除暴安良，因此备受金圣叹赏识。林冲妻子遭高衙内羞辱，鲁智深不畏权势，说：“但有事时，便来唤洒家与你去!”后林冲被高俅陷害，发配沧州，鲁智深一直尾随其后，并在野猪林救了林冲性命，说：“‘杀人须见血，救人须救彻。’洒家放你不下，直送兄弟到沧州。”第五十七回中史进因仗义救人被贺太守关进监牢，鲁智深听闻后，连酒也顾不得吃，便孤身前去华阴救人。所以，无论是哪一位评点家，在评点《水浒传》时，无不对鲁智深的义德大加赞赏。李贽称其为“活佛”，赞其是“真朋友，真义侠”，金圣叹则认为“写鲁达为人处，一片热血直喷出来，令人读之深愧虚生世上，不曾为人出力。孔子云‘诗可以兴’，吾于稗官亦云矣”[④]。

## 三、“情”与“淫”

明清时期的小说创作中多有对男女两性关系的描写，如《金瓶梅》中就存在大量的赤裸裸的性描写，以至于有人说：“一部《金瓶梅》，说

---

① （清）金圣叹：《水浒传》第二十五回夹批，《金圣叹批评本水浒传》，岳麓书社2006年版，第299页。

② （清）金圣叹：《水浒传》第二十三回夹批，《金圣叹批评本水浒传》，岳麓书社2006年版，第268页。

③ （清）毛宗岗：《三国演义》第一回夹批，《毛宗岗批评本三国演义》，岳麓书社2006年版，第5页。

④ （清）金圣叹：《水浒传》第二回回评，《金圣叹批评本水浒传》，岳麓书社2006年版，第30页。

了个‘色’字。”[①] 张竹坡也在第一回总评中说：“此书单重财色”，并且“借色说人”[②]。一些书坊主和文人更是抓住普通读者追求感官刺激的欲望，大量出版各种艳情小说，以求媚俗娱众。

明清小说评点家面对这种“色欲横流”的状况，其观点主要包括以下几个方面：

首先，为“情欲”正名。冯梦龙在《情史·叙》中说：“六经皆以情教也。《易》尊夫妇，诗有《关雎》，《书》序嫔虞之文，《礼》谨聘奔之别，《春秋》于姬姜之际详然言之，岂非以情始于男女？”[③] 在冯梦龙看来，人类社会一切人际关系的情感皆始于男女，有了男女之情，才有父子、兄弟、君臣、朋友等感情。金圣叹也认为文学反映男女之情乃是天经地义之事，他在评点《西厢记》时说：

> 有人谓《西厢》此篇最鄙秽者，此三家村中冬烘先生之言也。夫论此事，则从盘古至于今日，谁人家中无此事者乎？若论此文，则亦从盘古至于今日，谁人手下有此文者乎？谁人家中无此事，而何鄙秽之有？谁人手下有此文，而敢谓其有一字一句之鄙秽哉？……盖事则家家家中之事也。文仍一人手下之文也，借家家家中之事，写吾一人手下之文也，意在于文，意不在于事也。意不在事，故不避鄙秽；意在于文，故吾真曾不见其鄙秽。而彼三家村中冬烘先生犹呶呶不休，詈之曰鄙秽。此岂非先生不惟不解其文，又独解其事故耶？[④]

明清小说评点家一方面从对“情”的高扬出发，对小说中两性的情欲描写予以一定程度的肯定，认为其乃文学作品绕不过去的表现主题之

① （清）丁耀亢：《续金瓶梅》第四十三回，《金瓶梅续书三种》，齐鲁书社1988年版，第412页。

② （清）张竹坡：《金瓶梅》第一回总评，《张竹坡批评第一奇书金瓶梅》，齐鲁书社1991年版，第1页。

③ （明）冯梦龙：《情史·叙》，载朱一玄编《明清小说资料选编》，南开大学出版社2006年版，第981页。

④ （清）金圣叹：《西厢记·酬简》总评，《金圣叹批本西厢记》，上海古籍出版社1986年版，第209—210页。

一；另一方面则认为对文学作品而言，“文”重于“事”，读者在欣赏这类文学作品时，应注意文字描写的审美性，而不是只关注于“事”。

其次，“情”与“淫”别。明清小说评点家认为应把“情”与“淫”区分开来，如脂砚斋在《红楼梦》第六十六回总评中就道：

> 余叹世人不识字，常把淫当作情字，殊不知淫里无情，情里无淫，淫必伤情，情必戒淫，情断处淫生，淫断处情生。三姐项下一横是绝情，乃是正情；湘莲万根皆削是无情，乃是至情。生为情人，死为情鬼，故结句曰：“来自情天，去自情地”，皆是一篇情文字。再看他书，则全是淫，不是情了。①

从这一观点出发，脂砚斋认为贾宝玉与贾珍、贾琏之辈有着本质的区别，前者代表的是“情”，而后者则是彻头彻尾的皮肤滥淫之辈。《红楼梦》第二十一回写贾琏与多姑娘私通一事，脂砚斋批道：“一部书中只有此一段丑极太露之文，用于贾琏身上，恰极当极。”② 这段批语说明脂砚斋认为贾琏这些纨绔子弟只知一味好淫，却无真情可言。“情”不仅与“淫”有别，而且二者在地位上也存在着明显的差异。金圣叹之所以将《西厢记》列为其心目中的“才子书”之一，就在于其所表现的乃是男女之“至情”，而非简单的情欲描绘。张竹坡在评点张潮的《幽梦影》时，也表达了他对于“情”和“淫”的观点：“情起于色者，则好色者也，非情也。”

再次，化“淫”入“雅”。明清小说评点家认为对两性关系的描写，应尽量避免直接浅露，应采用“不写之写”的手法来处理两性事宜。如《水浒传》中写杨雄之妻潘巧云与和尚裴如海私通，“如胶似漆，如糖似蜜，如酥似髓，如鱼似水”，金圣叹在此夹批道：“极写不堪，却极其雅

---

① （清）脂砚斋：《红楼梦》第六十六回总评，载朱一玄编《红楼梦资料汇编》，南开大学出版社 2001 年版，第 495 页。

② （清）脂砚斋：《红楼梦》第二十一回夹批，《脂砚斋批评本红楼梦》，岳麓书社 2006 年版，第 211 页。

驯也”，“淫极妙绝之文”①。《红楼梦》第七回写凤姐性事，作者只用“丫头丰儿摆手儿”、“奶子摇头儿”、周瑞家的“只听那边一阵笑声，却有贾琏的声音，接着房门响处，平儿拿着大铜盆出来叫丰儿端水进去”，作了暗隐式的描写。脂砚斋极其欣赏这种艺术处理方式，在此处特批道：“妙文奇想，阿凤之为人，岂有不着意于风月二字之理哉？若直以明笔写之，不但唐突了阿凤的身价，亦且无妙文可赏。若不写之，又万万不可，故只用‘柳藏鹦鹉语方知之法’，略一皴染，不独文字若有微隐，宜且不至污渎阿凤英风俊骨，所谓此书无一不妙。”② 明清小说评点家认为读者在阅读文学作品时，应该把关注的重点放在“文学性”上，所以如果作家可以用高明的文学技巧化“淫”为“雅”，那读者完全可以从这种艺术化的描写中获取一种审美快感。就像王实甫《西厢记》中的《诗句》，“软玉温香抱满怀，春至人间花弄色，露滴牡丹开”，用富有音乐性的诗的语言去描写男女性事，就显得很有艺术美感。

最后，“淫”以劝世。文龙在点评《金瓶梅》时道：

> 皆谓此书为淫书，诚然，而又不然也。但观其书，只“男女苟合”四字而已。此等事处处有之，时时有之。……若能高一层着眼，深一层存心，远一层设想，世上果有西门庆其人乎？……如以西门庆自许，须防备身后。③

阅读《金瓶梅》这样的书，读者应能超越感官之欲，不为书中性描写所沉迷，“莫但看面子，要看到骨髓里去；莫但看眼前，要看往脊背后去”④，强化道德内功，净化伦理心灵。张竹坡在评点《金瓶梅》时也认为“第一奇书非淫书”，将其定位为一部世情小说，乃作者泄愤之作，并

① （清）金圣叹：《水浒传》第四十四回夹批，《金圣叹批评本水浒传》，岳麓书社 2006 年版，第 526 页。

② （清）脂砚斋：《红楼梦》第七回夹批，《脂砚斋批评本红楼梦》，岳麓书社 2006 年版，第 74 页。

③ （清）文龙：《金瓶梅》第十三回回评，载朱一玄编《金瓶梅资料汇编》，南开大学出版社 2002 年版，第 588 页。

④ （清）文龙：《金瓶梅》第二十七回回评，载朱一玄编《金瓶梅资料汇编》，南开大学出版社 2002 年版，第 599—600 页。

在此前提下，提出“苦孝”、“奇酸”、“冷热”、“真假”等一系列新的观点。他认为《金瓶梅》作者写这部小说，是围绕冷、热、真、假四个字做文章。张竹坡感叹说：

> 将富贵而假者可真，贫贱而真者亦假。富贵，热也，热则无不真。贫贱，冷也，冷则无不假。不谓冷热二字，颠倒真假，一至于此。然而冷热亦无定矣。今日冷而明日热，则今日真者假，而明日假者真矣。今日热而明日冷，则今日之真者，悉为明日之假者矣。悲夫！本以嗜欲故，遂迷财色；因财色故，遂成冷热；因冷热故，遂乱真假。因彼之假者，欲肆其趋承，使我之真者，皆遭其荼毒。所以此书独罪财色也。[①]

张竹坡这段话的意思是说，《金瓶梅》的作者写这部书的目的不仅是为了描写这些人与事，还在于揭露和批判这些生活现象中所表现出来的人们的道德观念和行为准则。作者虽描写“财色”，却认为“财色”乃万恶之首，所以读者在阅读时必须把握住作者“泄愤劝世”的主旨，否则就有可能舍本逐末，一味沉浸于感官刺激之中。

### 四、“暴力”与“侠”

明清小说中多有对“暴力”的渲染，《水浒传》的嗜血倾向早已得到了众多学者的承认，历来最为评点家所赞叹的几位好汉，如鲁智深、武松、李逵等人，身上皆犯有若干命案，仅以武松为例，其杀嫂和血溅鸳鸯楼两回已成为《水浒传》中的经典画面。

先来看杀嫂一段：

> 武松一提，提起那婆娘，旋剥净了，跪在灵桌子前。武松喝道：“淫妇快说！”那妇人唬得魂不附体，只得从实招说，将那时收帘子打了西门庆起，并做衣裳入马通奸，后怎的踢伤武大心窝，王婆怎

① （清）张竹坡：《竹坡闲话》，载侯忠义、王汝梅编《金瓶梅资料汇编》，北京大学出版社1985年版，第10页。

的教唆下毒，拨置烧化，又怎的娶到家去，一五一十，从头至尾，说了一遍。王婆听见，只是暗中叫苦，说："傻才料，你实说了，却教老身怎的支吾。"这武松一面就灵前一手揪着妇人，一手浇奠了酒，把纸钱点着，说道："哥哥，你阴魂不远，今日武松与你报仇雪恨。"那妇人见势头不好，才待大叫，被武松向炉内挝了一把香灰，塞在他口，就叫不出来了。然后劈脑揪番在地。那妇人挣扎，把鬏髻簪环都滚落了。武松恐怕他挣扎，先用油靴只顾踢他肋肢，后用两只手去摊开他胸脯，说时迟，那时快，把刀子去妇人白馥馥心窝内只一剜，剜了个血窟窿，那鲜血就冒出来。那妇人就星眸半闪，两只脚只顾登踏。武松口噙着刀子，双手去斡开他胸脯，扎乞的一声，把心肝五脏生扯下来，血淋淋供养在灵前。后方一刀割下头来，血流满地。

再来看血溅鸳鸯楼一回：

说时迟，那时快，蒋门神急要挣扎时，武松早落一刀，劈脸剁着，和那交椅都砍翻了。武松便转身回过刀来。那张都监方才伸得脚动，被武松当时一刀，齐耳根连脖子砍着，扑地倒在楼板上。两个都在挣命。这张团练终是个武官出身，虽然酒醉，还有些气力；见剁翻了两个，料道走不迭，便提起一把交椅轮将来。武松早接个住，就势只一推。休说张团练酒后，便清醒时也近不得武松神力！扑地望后便倒了。武松赶入去，一刀先割下头来。蒋门神有力，挣得起来，武松左脚早起，翻筋斗踢一脚，按住也割了头；转身来，把张都监也割了头。见桌子上有酒有肉，武松拿起酒钟子一饮而尽；连吃了三四钟，便去死尸身上割下一片衣襟来，蘸着血，去白粉壁上大写下八字道："杀人者，打虎武松也！"……杀得血溅画楼，尸横灯影！……就月光下看那刀时，已自都砍缺了。

这两段描写充斥着血淋淋的暴力，极大地满足了看客潜在的嗜血欲望。而且在这种观看行为中，道德的标准已让位于艺术化的暴力，要说杀潘金莲、张团练等人还算有情可原，但"血溅鸳鸯楼"一回中，武松一发杀开了性，竟连无辜的使女等人也不放过，这哪里有一丝好汉的影子！但读者读至此时，早已被这种血腥的场景所魅惑，只顾欣赏武松的神勇，却忽视了其刀下的冤魂。

在此，我们看到，明清小说评点对小说中的“暴力”不但不加以否定，还予以积极的肯定，小说中的英雄侠客，不只希望报恩仇，而且希望“快意恩仇”。“快意恩仇”的一个基本条件是根据自己的愿望、依靠自己的力量手刃仇敌，以求得到复仇的快感。“快意恩仇”的另一个条件是侠客自掌正义，不求官府也不问法律，干脆利落，一刀两断。这在现实生活中当然是相当可怕的，可在小说中却颇具阅读快感。

武松在鸳鸯楼连杀十五人，竟然毫无懊悔愧疚之情，反而洋洋得意地说：“我方才心满意足，走了罢休。”这里无辜被杀的众女子既非同谋亦无反抗，纯属武松杀得性起，并在杀人中获得某种快感和乐趣。所以，我们在武侠小说中经常会读到侠客为仇敌过早死去而痛苦，或者出手救援陷于绝境的仇敌，如《天龙八部》中乔峰在误以为段正淳是其杀父仇人时，就曾将其从段延庆手下救出，这并非代表他们在人道主义的感召下已经原谅了仇人，而是侠客自身和读者都需要手刃仇敌这一瞬间的快意。

人类学家告诉我们，在最原始的社会里，残杀是一种正常的生存方式，甚至可以说是一种伟大的自我肯定。周作人也曾指责中国人特嗜杀人，这一点在“看杀头”中表现得最为充分，而“壮志饥餐胡虏肉，笑谈渴饮匈奴血”更是千古传诵的名句。人类摆脱愚昧，进入文明社会的一个重要标志，就是日渐忘却这种嗜血的欲望。当正常的社会禁忌发生作用的时候，这种嗜血欲望也只能通过杀恶人奸人来实现——而小说正好为其提供了最佳的庇护场所。

所以在明清小说中，摆在作家面前的一个重要任务就是要使这种残杀行为合法化，而合法化的途径就是将“暴力”纳入了“侠”的叙述框架，从而赋予了其话语的合法性，这一方面固然满足了读者的阅读快感；另一方面却也显示了人类“嗜血”的集体无意识。

## 五、审美化的道德

美和善的关系是历代美学家探讨的一个重要理论话题，实际上，这两个概念不仅彼此紧密相连，还在很大程度上相互重叠。

古希腊的柏拉图最先触及了这个说法的核心，他认为美和善在形而上学层面上是密切关联的，美是我们最高的，因此也必然是道德的欲求对象，追求美必然追随哲学家通往认识善自身的道路。以一种类似的语调，托马斯·阿奎那（Thomas Aquinas）也认为事物的美和善在本质上是一样的，因为它们基于同一物，即形式。对阿奎那而言，这两个概念拥有同一个目标，道德的善引导我们抵达理想的目标，而美则引导我们去静观这个实现过程。

在十八世纪英国经验主义美学看来，美和善也是同一的，夏夫兹博里（Shaftesbury）认为我们对美的知觉和我们对善的认识和经验，具有同样的秩序，审美敏感性和道德敏感性皆凝注于宇宙的和谐排列。这一观点在其后的美学家那里得到了继承，席勒就认为我们对美的感觉朝向特定的道德目标，他所谓的审美教育，就是主体沉浸于对美的对象的凝思之中，并具有特定的道德目标。在一个人追求道德的善的过程中，审美发挥着根本性的作用，趣味的陶冶，是我们道德教育的必要组成部分。

从中国古代美学的发展来看，早在先秦时期，孔子就已经开始重视审美和艺术在社会生活中的作用，《论语》中有两段记载："子在齐闻《韶》，三月不知肉味，曰：'不图为乐之至于斯也。'""子谓《韶》：'尽美矣，又尽善也。'谓《武》：'尽美矣，未尽善也。'"这两段记载联系起来的意思是说，孔子从韶乐中获得了很大的审美享受，这是因为韶乐不仅符合形式美的要求，还符合道德的要求。所以，孔子强调"美"和"善"的统一，强调艺术要包含道德内容。儒家美学不仅认为艺术要符合道德要求，甚至在自然审美上，也将道德作为重要的衡量标准，自然美能否成为现实的审美对象，或能否给人带来一种审美愉悦，就在于它是否符合审美主体的道德观念。孔子之后的学者继承了孔子的观点，并对其加以解释和发挥，形成了"比德"的美学传统。由此我们看到，中国传统美学，尤其是儒家美学，对道德的高度揄扬和肯定。

明清小说评点家在自己的评点过程中，对美和善的关系也进行了一定的思考，总结起来，主要包括这样几个方面的观点：

第一，"美"与"善"别。美的东西并不一定包含善的内容，相反，美可以是恶的，正如孔子说"《武》尽美矣，未尽善也"。甚至，美还可以助长恶，就像金圣叹在武松滥杀无辜的行为中也感受到一种残忍的诗意美，虽然这“美”令人发指。历史上以美粉饰恶的例子真是数不胜数，一些作品虽然揄扬一种错误的道德观，却具有极强的感染力和说服力，其原因就恰恰在于它们是美的。这种作品的美对审美主体具有极强的影响力，以至于人们会认为它们表现的观点与价值似乎与它们的形式同样美丽而有价值。在很多人看来，德国女导演瑞芬舒丹（Leni Riefenstahl）为1936年奥运会拍摄的纪录片《奥林匹亚》是把奥运会转化成了法西斯仪式，旁白中不断出现的“战斗”、“胜利”等字眼，都透露了创作者的法西斯信念。不过，这部影片所记录的人体之美和仪式之美的确让以后的电影人叹为观止，人与速度和力量的结合在瑞芬舒丹的摄影机之下，显得像神话一样。法西斯美学波澜壮阔地侵入人心，它先是把竞技变成宗教，然后又把宗教变成意志的胜利。当然有人会说，这样的美是虚假的美，但虚假的美也还是美。

第二，“美”具有独立的价值。金圣叹在评点《西厢记》时说：

> 有人谓《西厢》此篇最鄙秽者，此三家村中冬烘先生之言也。夫论此事，则从盘古至于今日，谁人家中无此事者乎？若论此文，则亦从盘古至于今日，谁人手下有此文者乎？谁人家中无此事，而何鄙秽之有？谁人手下有此文，而敢谓其有一字一句之鄙秽哉？……盖事则家家家中之事也。文仍一人手下之文也，借家家家中之事，写吾一人手下之文也，意在于文，意不在于事也。意不在事，故不避鄙秽；意在于文，故吾真曾不见其鄙秽。而彼三家村中冬烘先生犹呶呶不休，詈之曰鄙秽。此岂非先生不惟不解其文，又独解其事故耶？①

从金圣叹的评点看来，传统道学家批判《西厢记》鄙秽，乃是因为其选取了男女情事作为表现对象。金圣叹则认为两性之爱自盘古开天辟地以来，无家不有，无时不在，所以并不鄙秽，能从千古常事中做出千

① （清）金圣叹：《西厢记·酬简》总评，《金圣叹批本西厢记》，上海古籍出版社1986年版，第209—210页。

古未有之文，正是《西厢记》的价值所在。因此他认为“文”重于“事”，退一步来讲，有些事即使是粗鄙和丑恶的，但是读者在阅读时也应把关注的重心放在对“事”的艺术化处理上，即对“文”，也就是对形式做出独立的审美欣赏。从这一观点出发，明清小说评点家非常欣赏小说中化恶、俗、淫等入雅的艺术处理方式，并每每拈出，加以评点。

第三，虽然“美”和“善”是相分离的，且“美”也具有独立的价值，但是对缺乏道德内容的“美”，即使我们承认它是美的，也不愿意给它最高形式的美学肯定。这种态度在一定程度上是美善统一观念的延续，即使我们的审美与某部作品相遇，但是却也不愿忽视它可能具有的道德缺陷。

明清小说评点者通过对“美”和“善”关系的论述，强调了小说的社会作用和意义，并成为他们为小说“正名”的重要理论支撑。小说取代了儒学经典，成为教化人们的主要工具和手段，其主要原因在于小说对读者想象力的开发。读者在小说阅读过程中，必须将作品的各股力量凝聚成一个连贯的审美实体，我们并不是即刻“看见”作品的，即不是在瞬间就能把握作品整体，而是在思考、比较和判断的基础上，积极地将其整合起来。同样，我们的道德生活也不是一套现成的命题，它必须依赖于我们的想象力，若无想象力，我们的道德机制很可能会受到阻抑并面目全非。

明清小说评点家看到了当时商品经济和市民文化对传统道德观的冲击，并为此开出了自己的药方，一是为道德注入新的内涵，二是改变道德教化的手段和方式。他们看到了小说的艺术特性及其巨大的社会影响力，所以选择它作为新的道德教化手段。但是，作为不得志的文人，他们“入世”与“遁世”的两面性也反映在了其对“美”和“善”的理解上。他们既要强调小说的审美特性，又必须在传统美学体系中为其寻得一席之地，这就需要将它与“善”联系起来，但是，“美”毕竟具有其独立的地位和价值，“美善统一”固然是他们心目中最为理想的目标，然而“美而不善”也要高于“善而不美”，毕竟对于小说而言，“美”是本体，“善”是功能，而本体是要优先于功能而存在的。一部“美而恶”的小说，不会因为道德缺陷损伤它的艺术性，但是一部“善而丑”的小说，却会因为艺术性的缺失进而影响到其道德功能的发挥。道德固然是评判一个人审美趣味的重要维度，但是“美”毕竟是其前提和基础，如果欣赏对象本身“不美”，那么它是否具有道德内涵也就不属于我们关注的范围和探讨的话题。在明清小说评点中，“善”的讨论不是纯粹和抽象的，而是被放置在审美的整体框架和背景之下，才得以展开和进行的。

## 第三节　小说审美与意识形态

意识形态是大众文化研究中的一个关键概念，这一概念关注文本是如何不断地呈现关于外部世界的图景，其理论前提是：“社会”的概念建立于互相冲突而非彼此赞成的基础之上，是围绕着不平等、剥削和压迫被结构出来的。在这场冲突中，文本有意或无意地偏袒着某一方。正如斯图亚特·霍尔（Stuart Hall）声称的那样，大众文化是“创造总体性的社会观念”的场所，是“指意的政治”彼此争夺、诱使人们按照某些特定的方式观察世界的竞技场。①

从中国古代美学的发展来看，强调文学艺术作品的社会政治功能已形成一个悠久的传统。汉代的《诗大序》在一开篇就为《诗经》的第一篇《关雎》作了一个主题认定：“《关雎》，后妃之德也。”在《关雎》之后，《葛覃》是“后妃之本也”，《卷耳》是“后妃之志也”，《桃夭》是“后妃之所致也”，在这里，我们可以看到《诗大序》对《诗经》的解读已经接近牵强附会了。在《诗大序》的最后，写道：

> 然则《关雎》、《麟趾》之化，王者之风，故系之周公。南，言化自北而南也。《鹊巢》、《驺虞》之德，诸侯之风也，先王之所以教，故系之召公。《周南》、《召南》正始之道，王化之基。中以《关雎》乐得淑女，以配君子，忧在进贤，不淫其色；哀窈窕，思贤才，而无伤善之心焉。是《关雎》之义也。

从这里，我们可以看到，《诗大序》的作者对于《诗经》的本义并不

① ［英］约翰·斯道雷：《文化理论与大众文化导论》，常江译，北京大学出版社2010年版，第4页。

关注，他所关注的是将作品定义成一个什么样的主题，可以对社会和政治起到正面的积极作用；同时，因为文学艺术作品的形象性导致可以对文学作品进行多方面的解读，而一旦对其作了某种定性，就能对其他读者的阅读产生指导作用。

文学是一种审美意识形态，作者在进行文学创作时，不能脱离现实生活和社会，同时在这种对现实社会的反映中，作者的评判态度也会得以流露和展现。从明清小说的几部代表性作品来看，它们都与意识形态存在着一种密切的纠葛。《三国演义》作为一部历史小说，无可避免地体现了创作者的政治观和历史观。在三国英雄逐鹿问鼎天下的争夺中，展开了中国传统政治文化观念的碰撞与搏杀，纠缠与融合。追求最高的政治权力，实力的较量固然重要，运用智慧来改变政治情势、造成力量转变则是更关键的因素。除此之外，每一个政治集团还必须提出自己的政治口号来确立自身政治伦理的合法性，一部《三国演义》，几乎成为中国古代政治权术、军事谋略的集大成之作。在这种整体描述中，《三国演义》将政治伦理指向儒家的“王道”理想，所以毛宗岗才说：“读《三国志》者，当知有正统、闰运、僭国之别。”①

《水浒传》则塑造了一个边缘的江湖社会，金圣叹在解释“水浒”二字的含义时即说：“若夫耐庵所云‘水浒’也者，王土之滨则有水，又在水外则曰浒，远之也。远之也者，天下之凶物，天下之所共击也；天下之恶物，天下之所共弃也。”② 金圣叹显然在这里一眼就看到了《水浒传》的社会政治意义，所谓的“边缘”，乃是从整体社会秩序中游离而出的社会群落，而“水泊梁山”就正是这样一个边缘社会，它自成一体，与外界社会既存在某种联系，又形成特殊的对抗。

《金瓶梅》、《红楼梦》虽将落笔点主要放在家庭生活上，但是仍然透露了一些社会政治讯息，并从中展现出作者的社会政治理念。《红楼梦》中的四大家族互结姻亲，一荣俱荣，一损俱损。比如：薛蟠为抢英莲纵

---

① （清）毛宗岗：《读三国志法》，《毛宗岗批评本三国演义》，岳麓书社 2006 年版，前言第 1 页。

② （清）金圣叹：《水浒传·序二》，《金圣叹批评本水浒传》，岳麓书社 2006 年版，前言第 10 页。

豪奴打死冯渊，却浑不当回事，自有人为其庇护；凤姐为收三千银子的贿赂，运用贾府权势拆散一对有情儿女，并导致二人丧命。这些都暴露了当时社会的阴暗面，而作者对此显然也是持一种批判的态度，所以才称其为“末世”。《金瓶梅》中的西门庆虽是一个商人，却手眼通天，勾结官府，为了自己能赚到钱财，不择手段，甚至陷害于人，却能通过官府的庇护逍遥法外。张竹坡在评点《金瓶梅》时即认为其作者在文中充满一种愤懑之气，而这愤懑的焦点，就是这黑暗的社会。

即使是《聊斋志异》、《西游记》这样的神魔、志怪小说，虽谈狐说鬼、评仙论道，却也不乏对社会黑暗和不公的抨击和针砭。《聊斋志异》中有很多小说都反映了社会的阴暗，《促织》将封建专制对人民的压迫以及人性的摧残刻画得淋漓尽致，虽采用了浪漫主义的创作手法，却具有极强的现实意义，再现了封建君主“敲剥天下之骨髓，离散天下之子女，以奉我一人之淫乐”的罪恶。《西游记》中唐僧师徒四人一路西天取经路过不少国家，对这些国家的描绘也间接反映了当时明朝的社会现状以及吴承恩对社会的看法。有几个国家的君王一味好道，乌鸡国的国王被妖道害死并篡其位；车迟国的国王听信妖道之言，崇道贬佛；比丘国的国王更是为了追求长生不老，要用小儿心肝为其配药。从这些描写中都可以看到现实生活的影子。如若联系明朝嘉靖皇帝一味好道的政治现实，就不会不明白为什么这本神魔小说在明代会被列为禁书了。但即使是《西游记》中唐僧师徒历经千辛万苦才到达的西天，也并非是一片世外桃源的净土，要取得真经，先要奉送“人事”，否则就只能拿到无字经书，而身为佛门之祖的释迦牟尼，对此不但一清二楚，而且并不持反对的态度。

综上所述，明清小说，尤其是其中的一些经典作品，本身就带有极强的政治色彩，这也为评点家留下了政治解读的空间。另外，从明清几位著名的评点家自身来看，他们也并非不食人间烟火的世外遁客，作为不得志的文人，他们虽在现实的政治社会实践活动中失去了话语权，却可以借助文学来表达自己的政治理念。以金圣叹为例，他虽然很早就中了秀才，却对进一步的功名兴趣不大。据乾隆时顾公燮的《丹午笔记》记载：

> 金圣叹岁试，作《以杖叩其胫》、《阙党童子将命》题。中间渡文云："一叩而原壤痛矣，再叩而原壤昏矣，三叩而原壤死矣。三魂渺渺，六魄幽幽，乃生于阙党而化为童子矣。"孔子曰："此吾之故人也，使之将命可也。"以此考六等，挑红粪桶而出，遇黄陶庵于门。陶庵曰："君又何至于此？"圣叹曰："吾岂不如老农！"[①]

金圣叹在这里纵情戏弄圣人，并为此丢了秀才的资格，自己刻了枚"六等秀才"的印章，从此止步仕进。但是，这并不意味着金圣叹没有自己的政治理想和社会理念，他虽身处"边缘"，却仍对天下大事保持关注，并说："如下棋，偏是袖手侍坐人，心中眼中，有上上胜着；天下大事，偏是水边树下人，心中眼中，有坐致太平之全理。"[②] 在他看来，像他这样的"水边树下人"，对社会才能有更清醒的认识，并开出合理的对症药方。

既然小说文本本身就存在着可供政治解读的空间，而明清小说评点家又具有相当的政治理想和现实情怀，这就导致他们在评点的过程中，会结合具体文本的分析，来表达自己的社会和政治理念。但是，小说评点并不是政论文的写作，明清小说评点中的政治批评主要表现出这样两个特点：一方面，小说评点中的政治批评体现为"文"与"理"之间的彷徨，小说评点家既要借助"文"的理路来表现自己的政治见解，但有时也会因政治理念先行而对"文"进行变动或做出过度阐释。另一方面，作为社会的边缘人，小说评点家的政治理念对官方意识形态，既有相当激烈的批评和反驳，但也并未能彻底走出其藩篱，他们既是意识形态的反叛者，又是意识形态的共谋者。

金圣叹从对"水浒"一词的释名开始，顺着"文"的理路，来表达自己的政治和社会见解。如他从小说结构的安排，分析作品的思想：

> 一部大书七十回，将写一百八人也，乃于书末写一百八人，而

---

① （清）顾公燮：《丹午笔记》，江苏古籍出版社1999年版，第117页。

② （清）金圣叹：《唐才子诗》，《金圣叹评点才子全集》第一卷，光明日报出版社1997年版，第495—496页。

写高俅者，盖不写高俅，便写一百八人，则是乱自下生也；不写一百八人，先写高俅，则是乱自上作也。乱自下生，不可训也，作者之所以避也。乱自上作，不可长也，作者之所深惧也。一部大书七十回而开书先写高俅，有以也。①

在金圣叹看来，形式是“有意味的形式”，小说未写梁山好汉之前先写高俅，这样的故事结构，便直接体现了“乱自上作”的主题。

金圣叹还从对人物形象的分析出发，进一步来解读作品的政治主题。他在评点《水浒传》时，认为宋江这一人物乃全书枢纽所在，能否正确把握这一人物形象的含义，直接关系到对作品政治主题的理解。宋江是《水浒传》中最重要的人物，他有不少诨号，如“呼保义”、“及时雨”、“孝义黑三郎”等等，从这些诨号当中可以看出宋江这个人的特点乃是仗义疏财、重情有义、忠孝两全。所以，在金圣叹之前，李贽等评点家在评点《水浒传》时都是对宋江大加褒赞，其中便以李贽的赞词最具代表性：

则谓水浒之众，皆大力大贤有忠有义之人可也。然未有忠义如宋公明者。……独宋公明者，身居水浒之中，心在朝廷之上，一意招安，专图报国，卒至于犯大难，成大功，服毒自缢，同死而不辞，则忠义之烈也，真足以服一百单八人者之心，故能结义梁山，为一百单八人之主耳。②

在李贽看来，梁山泊众位好汉皆是忠义之人，而其中最忠最义者，则非宋江莫属。宋江身处江湖，而心系朝廷，带领梁山兄弟投诚起义，为朝廷东征西讨，最后虽受到不公正的待遇，仍不改报国之初衷，以一死而全其忠义。

---

① （清）金圣叹：《水浒传》第一回回评，《金圣叹批评本水浒传》，岳麓书社 2006 年版，第 12 页。

② （明）李贽：《读忠义水浒全传序》，载陈曦钟、侯忠义、鲁玉川辑校《水浒传会评本》，北京大学出版社 1981 年版，第 28—29 页。

但金圣叹却对李贽的观点持有疑义，他认为这样的解读只是一种表面的、肤浅的解读，并未能理解到作者真正的主旨。所以他说：

> 一部书中写一百七人最易，写宋江最难。故读此一部书者，亦读一百七人传最易，读宋江传最难也。盖此书写一百七人处，皆直笔也，好即真好，劣即真劣。若写宋江则不然，骤读之而全好，再读之而好劣相半，又再读之而好不胜劣，又读之而全劣无好矣。夫读宋江一传，而至于再，而至于又再，而至于再卒，而诚有以知其全劣无好，可不谓之善读书人哉?①

金圣叹在这里认为宋江乃作者苦心孤诣塑造出来的人物，不像写其他人物用的是“直笔”，写宋江乃是用“曲笔”，所以读者必须要善读，唯此才能把握宋江这一人物的深层含义，并通过这一人物了解作者的真正主旨。他在解读宋江这一人物形象时，虽有自己的先定之见，但也并非全然不顾文本或对文本进行故意曲解，而是很善于抓住文本的细节和裂隙，来分析人物形象。也就是说，金圣叹在分析人物形象时，基本还是遵循着“文”的理路来进行的。比如宋江开枷与带枷一事，宋江遭刺配江州牢城，途经梁山，他的至交好友花荣劝宋江开了枷。宋江答道：“此是国家法度，如何敢擅动!”金圣叹在此批道：“宋江假。于知己兄弟面前，偏说此话，于李家店、穆家店，偏又不然，写尽宋江丑态。”② 后来，宋江继续上路，凡于无人处即付银子给公人，开了枷，于有人处则带上，如是者数遍。金圣叹认为通过枷锁一事可以反映出宋江的权诈和虚伪，故于第三十六回，特将所有关于枷的字句摘出，劝读者留意其中的深意：

> 天下之人，莫不自亲于宋江，然而亲之至者，花荣其尤著也。

① （清）金圣叹：《水浒传》第三十五回回评，《金圣叹批评本水浒传》，岳麓书社 2006 年版，第 406 页。

② （清）金圣叹：《水浒传》第三十五回夹批，《金圣叹批评本水浒传》，岳麓书社 2006 年版，第 409 页。

然则花荣迎之，宋江宜无不来；花荣留之，宋江宜无不留；花荣要开枷，宋江宜无不开耳。乃宋江者，方且上援朝廷，下申父训，一时遂若百花荣曾不得劝宋江暂开一枷也者，于是山泊诸人，遂真信为宋江之枷，必至江州牢城方始开放矣。作者恶之，故特于揭阳岭上书曰“先开了枷”、于别李立时书曰“再带上枷”、于穆家门房里书曰“这里又无外人，一发除了行枷”、又书曰“宋江道：‘说得是。’当时去了行枷”、于逃走时书曰“宋江自提了枷”、于张横口中书曰“却又项上不带行枷”、于穆弘叫船时书曰“众人都在江边安排行枷”、于江州上岸时书曰“宋江方带上行枷”、于蔡九知府口中书曰“你为人枷上没了封皮”、于点视厅前书曰“除了行枷”，凡九处特书行枷，悉与前文花荣要开一段遥望击应。嗟乎！以亲如花荣而尚不得宋江之真心，然则如宋江之人，又何与之一朝居乎哉！①

金圣叹所引上述九处，除了一处“宋江方带上行枷”，容本原作“宋江依前带上行枷”之外，其他八处则一如原本，并无改窜。通过带枷一事，读者确实可以看到宋江这一人物性格的复杂性，并有可能得出与表层阅读全然不同的认识。与此相类，对宋江之“义”，例如他与晁盖的关系，金圣叹也通过对具体文本的分析，为读者揭开了一个不一样的宋江。金圣叹说：

夫宋江之必不许晁盖下山者，不欲令晁盖能有山寨也，又不欲令众人尚有晁盖也。夫不欲令晁盖能有山寨，则是山寨诚得一日而无晁盖，是宋江之大快也。又不欲令众人尚有晁盖，则夫晁盖未死而死于史文恭之箭，而已死于厅上厅下众人之心非一日也。如是而晁盖今日之死于史文恭之箭，是特晁盖之余矣；若夫晁盖之死，固已甚久甚久也。……通篇皆用深文曲笔，以深明宋江之弑晁盖。如风吹旗折，吴用独谏，一也；戴宗私探，匿其回报，二也；五将死救，余各自顾，三也；主军星陨，众人不还，四也；守定啼哭，不

① （清）金圣叹：《水浒传》第三十六回回评，《金圣叹批评本水浒传》，岳麓书社 2006 年版，第 417 页。

商疗治，五也；晁盖遗誓，先云莫怪，六也；骤摄大位，布令详明，七也；拘牵丧制，不即报仇，八也；大怨未休，逢僧闲话，九也；置死天王，急生麒麟，十也。①

在金圣叹看来，宋江应对晁盖之死负主要责任，从而揭开了他讲义气的画皮，指出其不过是一权诈之徒，处处只是以一银子买遍天下也。这些阐释虽有一些牵强之处，但整体上还是建立在对“文”的分析和解读之上。

但同时，我们也要看到金圣叹的评点对文本也存在着一定的过度阐释，并有主题先行的弊端。仍以他对宋江的解读为例，我们承认金圣叹对宋江的解读确实揭出了前人未能发现的一些盲点，使我们看到了这一人物性格的复杂性。在对宋江的解读过程中，金圣叹紧密结合文本，这也使得他对宋江的评价并非空穴来风，而是在文本证据的支持下具有了更强大的说服力。然而，这里的文本证据并非全然客观真实，金圣叹所说的“贯华堂古本”，只是一个虚拟的存在，这个他所谓的“古本”，其实是他自己对容本《水浒传》的一个增删和修订版，而这增删和修订的原则，正是其政治和社会理念。

从容本与金本的对比中，我们可以看到金圣叹对《水浒传》做了大量的改写工作，其目的正是要坐实宋江的“盗魁”身份。在金圣叹看来，其他英雄入梁山多是出于被逼无奈，有大不得已之心，而只有宋江才是处心积虑、心甘情愿杀人的强盗。金圣叹说：“若夫耐庵所云‘水浒’也者，王土之滨有水，又在水外曰浒，远之也。远之也者，天下之凶物，天下之所共击也；天下之恶物，天下之所共弃也。若使忠义而在水浒，忠义为天下之凶物、恶物乎哉？且水浒有忠义，国家无忠义耶？”② 在这里，金圣叹从对国家的“忠义”出发，指斥水浒英雄犯上作乱，而作为水泊之首的宋江，更是难脱罪责。金圣叹对宋江的批判，正是对犯上作

① （清）金圣叹：《水浒传》第五十九回回评，《金圣叹批评本水浒传》，岳麓书社 2006 年版，第 685 页。

② （清）金圣叹：《水浒传·序二》，《金圣叹批评本水浒传》，岳麓书社 2006 年版，前言第 10 页。

乱模式的不满，而他腰斩《水浒传》，也是为了反对招安政策。金圣叹虽然对昏君不满，但是同样也不满犯上作乱的流贼，认为如果“无美不归绿林”，就会使读者在阅读《水浒传》时“已为盗者读之而自豪，未为盗者读之而为盗也”①。金圣叹说：“夫招安，强盗之变计也。其初父兄失教，喜学拳勇；其既恃其拳勇，不事生产；其既生产乏绝，不免困剧；其既困剧不甘，试为劫夺；其既劫夺既便，遂成啸聚；其既啸聚渐伙，必受讨捕；其既至于必受讨捕，而强盗因而自思：进有自赎之荣，退有免死之乐，则诚莫如招安之策为至便也。”② 在金圣叹看来，招安既失朝廷之尊，又坏国家之法，还会使人们起而效尤，从此天下无太平矣。他理想中的社会，是一个既无昏君贪官污吏，也无盗寇流贼的太平社会，出于这一政治理想，他自然要反对宋江之流的盗寇。但是，金圣叹也看到了社会的黑暗和不公，承认乱自上作，而且在林冲、鲁智深、李逵等英雄的身上，确实存在着性格的闪光点，这就使得金圣叹在“文”与“理”的角逐中，处于一种两难的境地。而他对宋江和梁山其他英雄之间的切割，正是其面对两难困境的一种选择，既要承认“盗贼”产生的合理性，又要遏制这种叛上作乱的趋势，所以，从某种意义上而言，宋江正是梁山其他好汉的替罪羊，金圣叹把对“盗贼”之褒寄于鲁智深、林冲等人身上，而将对“盗贼”之恨则寄于宋江一人之身。正是从其政治理念出发，金圣叹不但腰斩了《水浒传》，还独恶宋江，为了表达自己的政治理想，他不惜对文本做出大量的改动，夸大和加深文本原有的缝隙，这些都是意识形态先行的必然产物。

同样，毛宗岗在评点《三国演义》时，开篇便言：

> 读《三国志》者，当知有正统、闰运、僭位之别。正统者何？蜀汉是也。僭国者何？吴、魏是也。闰运者何？晋是也。魏之不得为正统者何也？论地则以中原为主，论理则以刘氏为主，论地不若

---

① （清）金圣叹：《水浒传·序二》，《金圣叹批评本水浒传》，岳麓书社 2006 年版，前言第 10 页。

② （清）金圣叹：《水浒传》第五十七回回评，《金圣叹批评本水浒传》，岳麓书社 2006 年版，第 665 页。

论理，故以正统予魏者，司马光《通鉴》之误也。以正统予蜀者，紫阳《纲目》之所以为正也。《纲目》于献帝建安之末，大书后汉昭烈皇帝章武元年，而以吴、魏分注其后，盖以蜀为帝室之胄，在所当予。魏为篡国之贼，在所当夺。是以前则书刘备起兵徐州讨曹操，后则书汉丞相诸葛亮出师伐魏，而大义昭然揭于千古矣。夫刘氏未亡，魏未混一，魏固不得为正统。迨乎刘氏已亡，晋已混一，而晋亦不得为正统者，何也？曰晋以臣弑君，与魏无异，而一传之后，厥祚不长，但可谓之闰运，而不可谓之正统也。①

由此可见，毛宗岗在评点《三国演义》时，坚持的是一种封建正统政治伦理观，即以蜀汉为正统，曹魏、孙吴为逆，持一种“尊刘贬曹”的立场。毛宗岗的这种政治解读并非没有文本依据，从小说自身来看，确实整体立场也是属于“尊刘贬曹”的，刘备在小说中作为仁君得以充分展现，而曹操、孙权则都是以霸业为重，并因不符合儒家传统的“王道”理想而受到作者的相对诟病。我们可以将小说中的蜀汉集团与曹魏集团进行比较，从双方的首脑人物来看，刘备处处以“仁义”示人，每到一处，都深得民心，能与百姓共患难；而曹操则挟天子以令诸侯，将个人和集团的利益置于伦理规范之上，并将其发展到一种“宁教我负天下人，休教天下人负我”的极端利己主义。从双方属下来看，属于蜀汉集团的关羽、诸葛亮等人都是小说所着意塑造的理想人格典范。在《三国演义》中，为了塑造关羽这一正面人物，小说不惜篇幅，用“温酒斩华雄”、“过五关斩六将”、“单刀赴会”、“刮骨疗毒”等一系列经典场景来表现其义薄云天、神勇威武的形象。试看关羽出场时的体貌描绘：“众观之，见其人身长九尺，髯长二尺，丹凤眼，卧蚕眉，面如重枣，声如巨钟，立于帐前。”这几句描写关羽的套语在小说中多次出现，以此来加深读者对关羽神武的印象。而诸葛亮作为一代贤相，对刘备的知遇之恩始终以至忠至诚来回报，知其不可为而为之，六出祁山，死而后已。这些在小说中得以极力展现的理想人格，更展现了蜀汉集团在政治伦理上

① （清）毛宗岗：《读三国志法》，《毛宗岗批评本三国演义》，岳麓书社2006年版，前言第1页。

的合法性。对此，毛宗岗是心领神会的，并在其评点中每每能做出深契作者意图的解析和评价。

但是，作为一部优秀的小说，《三国演义》绝不止步于对小说人物的脸谱化描写，在一些场景中，也颇能展现出人物性格的多面性。然而，毛宗岗因为其政治立场的坚定，在面对这些场景时，难免会做出一些不符合文本原意的过度阐释。《三国演义》第六十五回有一段描写，当刘备用诸葛亮的计谋收服了马超之后，一天，关平对刘备说："父亲知马超武艺过人，要入川来与之比试高低。"刘备听了大惊，说："云长若入蜀，与孟起比试，势不两立。"最后，诸葛亮发挥自己的智谋，写了一封信给关羽，才打消了其入川之意。诸葛亮在信中说："亮闻将军欲与孟起分别高下。以亮度之：孟起虽雄烈过人，亦乃鲸布、彭越之徒耳；当与翼德并驱争先，犹未及美髯公之绝伦超群也。今公受任守荆州，不为不重；倘一入川，若荆州有失，罪莫大焉。惟冀明照。"诸葛亮显然非常了解关羽的性格，在这封信里，他一方面晓之以理，向关羽说明镇守荆州的重要性；另一方面，则动之以情，为其戴顶高帽子，以满足关羽一向自许的高傲心理。果然关羽在看到诸葛亮的信之后，笑曰："孔明知我心也。"遂将该信遍示宾客，断了入川之念。《三国演义》这段描写本是刻画关羽骄傲自负的传神之笔，并为其后来败走麦城埋下了伏笔。但是，毛宗岗出于对关羽的绝对肯定，在此处批道："关公之欲与马超比试，非真欲与之比试，欲借此以压服其心也。……马超新降，其视川中诸将，无出我右，将不免于自矜；得孔明一书，方知翼德之上，又有绝伦超众如关公者，而超之骄气折矣！关公见书而笑曰：'孔明知吾心也。'孔明其知此心哉！正欲孔明将自己推高以压服孟起耳，非喜其誉己也。"① 这段评点明显就是主题先行的结果，为了肯定关羽，而对文本做出了曲意的理解。

由此，我们看到，在毛宗岗的评点中，也存在着"理"与"文"的复杂纠葛，他既要顺着"文"的思路来揭其"理"，却又难免"理"字先行，以致对"文"的误读。他既信奉封建正统的政治伦理观来贬斥曹操，却又为曹操的艺术魅力所吸引，并将其列为"三绝"之一。"文"与

① （清）毛宗岗：《三国演义》第六十五回回评，《毛宗岗批评本三国演义》，岳麓书社2006年版，第511—512页。

“理”互相牵绊，表现出明清小说评点中政治批评的复杂性。

究其内在原因，还是需要分析明清小说评点家的独特人格。作为封建社会中不得志的文人，他们虽然丧失了参与现实政治活动的机会和权利，但是这绝不代表他们对社会现实和政治就漠无兴趣。从《论语》到《孟子》，都在竭力强调知识分子的社会担当，“士志于道”、“士尚志”、“士不可以不弘毅，任重而道远”，这些话语已内化为中国知识分子的血液，即使他们身居山林之时，也仍不忘忧庙堂之事。作为游离于官方意识形态之外的边缘知识分子，如金圣叹、毛宗岗这样的小说评点家，他们虽不能以仕进之途展现自己的政治抱负，却选择了文学批评事业来表达自己的政治见解，而他们独特的人生经历和处境又使得他们的政治观具有一定的矛盾和悖论。

作为一个不达文人，金圣叹向往天下清明，忧世道纷乱，他一方面认为“乱自上作”，提出“万方有罪，罪在朕躬”，这体现了他对封建专制君主的批判；但另一方面，他又从忠义的角度批判水浒英雄逆天而行，斥责他们为虎为蛇，并未能跳出理学的桎梏。为了缓解这种矛盾，金圣叹不惜腰斩《水浒传》，以突出作品“独恶宋江”的思想倾向，实则深切表现了自己的“当世之忧”。显然，金圣叹的小说评点“从审美开始，关注纯粹美学的形式问题，然后在这些分析的终点与政治相遇”①。

其他小说评点家也存在着与金圣叹类似的状况，小说评点借助小说表现出的对社会现实生活的严肃关注、反思和评议，既有消解官方意识形态的一面，但又有着深刻的内在矛盾。他们既承认情欲的天然合理性，又强调礼教的天然合法性；既强调个人的主体性，又维护传统伦理道德。这种内在矛盾，使明清小说评点既成了意识形态的反抗者，又是意识形态的共谋者。

这种矛盾和悖论的内在原因主要包括两个方面：其一，以《诗大序》为代表的中国古代政治美学传统并不关注艺术的客观性，而是从政治上来考虑怎样为作品下定义才能给社会和政治带来最大的利益。这一传统也深刻影响了明清小说评点家的政治批评取向。所以他们虽然对社会有

① ［美］詹明信：《晚期资本主义的文化逻辑》，陈清侨等译，生活·读书·新知三联书店1997年版，第7页。

种种批判和不满，却又不能彻底颠覆儒家传统伦理体系，因为封建伦理道德的全面崩溃将会带来他们所不愿看到的结果。他们只能通过强化小说中的“忠”、“孝”、“义”等道德观来教化天下之人，以此实现其心目中政治清明的“太平社会”。其二，小说评点与经学评注有着本质的区别，对“文”的重视使得它不能像《诗大序》那样对《诗经》各篇可以不顾作品本义，而强行做出符合官方意识形态的政治解读。同时，小说评点家的“边缘者”身份也使得他们对官方意识形态持一定的保留态度，并能从小说之“文”出发，对官方意识形态进行一定的质疑和消解。总而言之，明清小说评点突出了小说的社会功用价值，并在与社会政治游移不定的关系中，实现了其政治文化批判功能，也大大巩固和提高了小说在大众社会生活中的地位。

在这场利用小说来参与道德和政治实践的进程中，小说评点在某种程度上正是充当了“规范制定者”的角色。评点者通过小说评点对大众生活实践的参与，有助于建立高雅的审美趣味，并在此基础上，可以对读者的道德和政治观做出规范和引导。这种规范和引导有助于建设一种新的文化格局，设定一种新的文化品位，产生一种新的社会交往方式，并最终建立起小说评点者心目中的理想社会和文化空间。

# 结　论

## 明清小说评点的当代启示

明清小说评点家强调细读，注重从小说自身的形式和结构特征来进行审美评判；他们倾向于从读者的角度，从心理层面描述审美效果，揭示小说之美的根源，因此构建了一套别有新意的阅读美学。与这种美学相伴随的是，他们对世俗生活的尊重，对市民文化的赞赏，对人的情感属性的肯定，并由此来重新阐释经典的政治和道德体系。依照西方思想史的标准，这些都表现出某些现代性的特征，虽然还不足以撼动传统的社会格局，完整地构建新的文化领域，但就其对明清时期的商业文化、消费文化的推动和批判而言，也确实代表了一股新鲜的思潮，创造了一种文学“公共领域”。

作为一种文学批评，小说评点以其独特的形式推动了通俗文学的发展与传播，在小说文本、读者和作为“公共领域”的文学活动之间架起了一座立交桥。它们引导读者的阅读，提高其审美趣味，与此同时也在塑造新的文学标准。评点者的名声和影响力甚至超过了小说作者，可以说，小说评点创造了中国文学批评的一种独特范式。

时至今日，小说已成为文学的主要体裁，相应地，小说批评也同样是文学批评的主要领域。然而，反观百年来中国小说批评史，却始终没有再现明清小说评点的繁荣；这并不是说，我们今天应该重新捡起评点这种批评样式，嫁接到今天的小说上面，而是应该反省今天的小说批评或整个文学批评是否发挥了其应有的功能。这样来看，今天再去回顾和研究明清小说评点也就是有意义的。

### 一、小说评点的形式特征

评点是对文本的一种特殊的阅读方式。从其内容来看，主要包括这样几个方面：一、评点者在阅读过程中的直接感悟。二、评点者针对其他读者的阅读导引。三、评点者对文本文法的思考探讨。四、评点者对文本文意的概括归纳。五、由文本引发的对社会和人生的终极叩问。

由此我们可以看到，评点涉及的内容范围是非常宽广的，在某种意义上，它已经越出纯粹文学批评的范围，而具有一定的社会功能和思想价值。究其原因，就在于对李贽、金圣叹等人而言，他们对自身身份的设定和期许，绝不只是一个单纯的文学欣赏者，而是能通过评点参与社会政治文化实践的公共知识分子。

这种身份定位，使得他们在选择评点对象时，其标准是严苛的，非精品不能入其法眼。在金圣叹的时代，通俗文学作品数量众多，但他却凭借其敏锐的审美感受力选择了《西厢记》和《水浒传》这样的经典之作，并将其提升到与《史记》、《庄子》等传统经典相并列的地位。之所以会做出如许选择，就在于他们的评点事业，并不只是一种纯粹的文学欣赏活动，而是承担着“为小说正名”和重构社会文化空间的功能。为了更好地实现这一功能，就必须选择像《水浒传》这样的精品，一方面，从“为小说正名”的角度而言，只有像《水浒传》这样的优秀作品才能代表小说创作的最高成就，并有可能打破被诗文霸踞的传统文坛格局；另一方面，从社会影响力的角度而言，优秀的小说无疑具有更多的读者，选择其作为评点对象，可以更好地承担和发挥小说评点的社会功能。

“导读”是明清小说评点的一个根本理论目标，导读所针对的对象，是读者，而不是作者。也就是说，小说评点所要指导的，不是文学创作，而是文学阅读。这不能简单地将其归结为是一种理论的局限性，而是必须要结合小说评点产生的历史文化语境以及小说评点家的身份定位来看待此问题。从数量上而言，读者要远远大于作者，选择这一社会大众群体作为指导对象，除却商业性的因素以外，文化影响力也是一个不容忽视的关键原因。对作者文学创作的指导，就其影响范围而言，仍局限在文学领域；而选择读者进行指导，则充分说明了小说评点家勇于参与社会政治文化实践的愿望和担当。

因此，评点家在选择评点对象时，把关注重心主要放在如《水浒传》、《三国演义》等社会影响力大的优秀作品上也就不足为奇了。而一旦选定对象之后，评点者就会“咬定青山不放松”，把评点作为一项“千秋事业”来看待。他们在评点文本上，倾注了自身极大的心力，张竹坡称自己评点《金瓶梅》为“又经营一书”，哈斯宝将自己对《红楼梦》的评点文本看作是“另一部《红楼梦》”，这些都说明他们是以“再创作”的态度来看待评点工作的。曹雪芹自称创作《红楼梦》乃“批阅十载，增删五次”，金圣叹等优秀评点家的工作也足以当此评价。他们的评点工作，绝不是一蹴而就，急挥之章；借用金圣叹“文成于难”的观点，评亦成于难，真正的才子，绝不是“迅疾挥扫，神气扬扬”之人，而是“心绝气尽，面犹死人者”。真正的评点者，也绝不能单为商业利益或一己之娱而随意游戏文本，而是要在对文本反复细读的基础上，将评点作为一种“再创作”，并倾注自身全部的学识和心血。金圣叹、脂砚斋等人的评点工作，都是集数年之成，并反复修改而作。他们要尽力发掘出文本的全部内在价值，这就决定了他们的阐释工作绝不仅限于文学艺术的评析，评点者的人生情怀、政治理念、思想品性都会在评点中得以展现。普通读者从评点中所获得的，不止有帮助其提升文学欣赏能力的“文法”知识，还有思想上的共鸣、道德上的感化，而这些在纯粹的文学批评中则是很难实现的。

关于小说评点的形态，叶朗说：

> 小说评点的体例一般是这样：开头有个《序》。序之后有《读法》，带点总纲性质，有那么几条，十几条，甚至一百多条。然后在每一回的回前或回后有总评，就整个这一回抓住几个问题来加以议论。在每一回当中，又有眉批、夹批或旁批，对小说的具体描写进行分析和评论。此外，评点者还在一些他认为最重要或最精彩的句子旁边加上圈点，以便引起读者的注意。①

这种形态特征使得小说评点具有以下几个特点：

第一，依附性。所谓依附性，包括两个方面，一个是指对文学文本的依附性；另一个则是指对评点者自身思想体系的依附性，即明清小说评点有“借他人之酒杯，浇自己之块垒”的特质。从第一个方面来看，

① 叶朗：《中国小说美学》，北京大学出版社1982年版，第13页。

小说评点对文本的依附性使得读者在阅读小说评点本时，既有对小说本文的阅读，也有对评点的阅读，这种对评点的阅读也可称之为是一种“阅读的阅读”。此时，文本、读者、评点三者构成一种多维的互动关系，这种阅读状态与单纯阅读小说文本或文学评论是迥然有别的。三者对话所产生的阅读效果，其丰富性和层次性远高于两者之间的对话。两者之间的对话，如果一味趋同，则难以产生富有创见性的阐释；如果趋异，则有可能导致各说各话，无法达成一种有效的沟通。但三者之间的对话则合纵连横，具有更多的可能性。读者在阅读小说评点本时，对小说原文的理解会不时受到来自评点的修正，反之则亦然。读者就是在这种三者的相互作用、彼此修正中最终实现自身的“视野融合”。从另一方面来看，明清小说评点存在着对评点者思想的依附性，他们将小说评点看作是传达自身政治、社会、文学理念的媒介和平台。公共知识分子的身份定位使得小说评点者具有强烈的社会责任意识，他们在对小说评点时，出于自身政治、文化立场的考虑，难免会出现一些对文本的“过度阐释”。但是，这种政治文化理念的表达必须建立在对“文”的分析基础之上，要沿着“文”的理路前行。所以，明清小说评点在一些方面表现出“文”和“理”的复杂纠缠，当“文”与“理”之间的矛盾难以调和时，“理”多要让位于“文”，金圣叹对《水浒传》所做的大量改动也可以看作是“文”和“理”的一种调和与折中。“理”难以放弃，但“文”又不能背离，所以只能通过对“文”的改动来“暗渡陈仓”，虽此文已非彼文，但从其评点理念来看，“文”仍然是第一性的。

第二，支离性。评点为主的批评形式使得明清小说美学没有建立起体系完整、逻辑严密的理论体系。各处评点之间没有形成理论的层次和递进感，且前后多有话语重复、拖沓之处。这一特性一方面延续了中国诗文理论不重体系性的传统，另一方面也与其理论目标相关。小说评点的基础在于读者的阅读审美经验，而理论目标则是要实现对大众读者的导读。在小说评点家看来，这些普通读者普遍缺乏理性分析和评判能力，金圣叹说他们只把小说当作故事和热闹来看，在明清小说评点的很多批语当中，反复出现的“呆汉”、“愚夫”等字眼，都表明了评点者对其他普通读者的轻视和鄙薄。那么，如何才能培养起普通读者的理性认识能力呢？这时存在着两种致思路径，一是从理性概念出发，而另一种则是从感性经验出发。小说评点家选择的无疑是后一种途径，从自身的阅读经验出发，去引导其他读者的阅读活动，并提升他们对文本的理性分析能力。经验性的事实比论证严密的推理更容易对普通读者产生影响，而这种对阅读审美经验的重视和展现也使得小说评点难以建立从概念到概念的严密理论体系。而且明清小说评点涉及的范围已远远逸出文学的范畴，而是涉及评点者的人生体验、政治文化理念等多方面，这种内容的广泛和丰富性也更适宜用评点这一批评形式来予以表达。支离性的特征使得小说评点在芜杂的同时，也显现了阅读的原生状态。逻辑严密的理论体系尽管具有比较深入这个优点，可是也蕴藏着更大错误的危险，并因常常缺乏通常的情理而变得有缺陷。而评点的表述形式虽未能在理论深度上更进一步，但感性经验的基点却也使其显得更合乎情理，并易于对其他读者产生影响力。

第三，直觉性。评点多是建立在评点者自身阅读过程中的一种直接感性体悟上，故其具有直觉性。人的知识有两种形式，一种是直觉的，一种是逻辑的。其中，直觉诉诸人的想象，而逻辑则来自于人的理智。这两种知识形式虽然不同，却并不能完全分离脱节。对于一个缺乏推理能力的人而言，他对事物的认识和判断主要通过直觉。直觉的作用是双重的，它既能帮助我们迅速做出判断，但又很容易做出一种错误的判断。因为直觉依赖于一种习惯性的想象，习惯使人们相信某些印象或观念之间存在必然联系，致使一个观念或印象的出现总是让人想象到其他的观念或印象，纵然这些观念或印象实际上并不存在。因此，艺术欣赏中的“直觉”，不应是一种简单的情感反应，而是一种“直觉式”的判断力和理解力。明清小说评点家认为普通读者在阅读小说时，过于倚重直接的心理和情感反应，这样导致的结果就是易耽于感官迷乐，这种审美活动是肤浅的。一个好的阅读者所需要的，就是“直觉式”的理解力和判断力，而不是简单的情感反应，这就需要理性的参与，具体到小说阅读，就是要求读者首先应该运用理性得到正确的事实。构成小说艺术作品的事实是什么呢？这种事实是艺术法则，也即小说评点家反复强调的“文法”。掌握文法才能培养起更敏锐和精细的判断力，并帮助读者实现恰当的审美欣赏。

第四，沟通性。评点两字亦可作另一种理解，“评”是指评论小说文本；“点”则是指指点其他读者。而且因评点和小说文本合而为一的特点，故这种批评形式可以在读者和小说文本之间架起一座即时性沟通的桥梁。小说评点是一种阅读和导读合而为一的活动，金圣叹多次以“光明”和“知音青衣”来比喻自己的评点，强调的正是评点的“导读性”。这种对普通读者的关注，体现着小说评点者对文学批评社会功能的重视，是一种知识分子社会担当精神的高扬。反思当前的文学批评，很多批评家所欠缺的，正是这种与普通读者的“沟通”。他们既无意，也无力与大众进行任何的沟通，这样的文学批评或为理论作注，或为政商捧脚，长此以往，只能使文学批评成为无本之木、无源之水，从而丧失批评的生命力。萨义德（Edward Waefie Said）认为批评必须把自己设想成为了提升生命，本质上反对一切形式的暴政、宰割和虐待；批评的社会目标是为了促进人类自由而产生非强制性的知识。明清小说评点家在面对官方、学院和大众时，都表现出一种真正的批评精神；但唯独还欠缺的，是对批评者自身立场和能力的反思。对话的每一方都应站在平等的立场上，才能实现真正有效的沟通，避免任何一方“话语霸权”的出现。

在中国文学批评史上，小说评点具有重要的文体学意义，评点作为一种独特的批评文体，讨论其意义和价值、成就和局限，都必须结合其文体的特殊性。

## 二、小说评点的当代意义

在今天的文化语境中，明清小说评点对于今天的文学批评，究竟有什么现实意义？笔者认为不在于学其“形”，即盲目照搬和借用小说评点这一形式；而在于学其“神”，那何为明清小说评点的“神”呢？笔者认为，小说评点至少可以从以下几个方面对当代文学批评起到借鉴和启示作用。

首先，对阅读审美经验的重视。从当代中国文学批评来看，很多批评其实是把小说文本当作一种“科学标本”来对待，借用西方各种最新的理论武器，采用一种逻辑科学推理的方式，去分析和评价文学文本。这样写出来的批评文章，使得文学成为理论的附庸和例证，不但没能揭示出文学之“美”何在，而且自身也无“美”可言。面对这样的文学批评，我们不禁会产生这样的疑问：为什么它会离我们的切身经验如此遥远？为什么总是要站在某个形而上的立场之上去规定“文学”是什么，“小说”是什么，却将最基础和切身的个人阅读经验排除在文学批评之外？造成这些结果的原因是多方面的，在政治先行的时代，文学批评成为政治意识形态的艺术图解，主题的阐释和概括也成为其最根本的理论目标。我们不信任自身的审美经验，因为它不是衡量一个艺术作品是否优秀的根本标准，反倒成为一种阅读的心理禁忌。商品经济的大潮来临导致文学批评倾向的演变，此时存在着两种流弊，一种流弊是过度“商业化”，没有批判，只有逢迎，没有反思，只有迷醉；另一种流弊则是矫枉过正，局限在学院精英知识分子的圈内，自说自话，自娱自乐，终至成为批评的“梦呓”。此时，重新回顾明清小说评点留给我们的宝贵遗产，就势所必然。

在金圣叹等人看来，文学批评首先要关注读者的阅读审美经验问题，衡量一个作品是否优秀的标准，需要看其能否有效地唤起读者的审美经验，使读者在阅读活动当中获取一种审美愉悦。但是，普通读者的审美经验需要被指导和修正，因为他们的阅读经验来自于日常生活经验，而日常生活中的审美判断一般是通过简单直觉做出的，但艺术鉴赏却需要相应的专业知识。所以，阅读审美经验必须根据艺术活动和作品的特殊性来加以讨论，而这正是普通读者所匮乏和欠缺的。评点家通过对“文法”的强调和“阅读范式”的构建，得以强化和提升普通读者的阅读审美能力，既保证了“经验”的优先性，又因理性的参与而不至流于经验的“泥淖”。保证“经验”的优先性使得评点更具有可信性和说服力，而理性的参与则使得经验层面上的“美”具有了客观性，成为可供表达和沟通的对象。所以，小说评点既没有背离“阅读即审美”的小说阅读本质，又能在此基础上发挥小说的社会功用，这种调和对于纠正当代文学批评的流弊，是有积极的借鉴和启示意义的。

其次，明清小说评点重新引发我们对一个问题的思考，即文学批评之美。小说评点家以其评点实践明确提出，文学批评不仅可以是“美”的，而且也应该是“美”的。文学批评可以成为“美文”，读者对文学批评的阅读，应该成为一种审美阅读。要做到这一点，文学批评需具有两个方面的特质，一方面是批评者的情感投入；另一方面则是批评语言的美感。情感是文学的本质力量，也应该成为文学批评的本质力量，要想对其他读者产生影响，首先应该召唤起他们的情感。明清小说评点家在其评点过程中，不但极为激赏书中的“真性情”描写，而且自身也时时有“真性情”的流露。以金圣叹为例，他在评点《水浒传》的过程当中，最欣赏的人物，就是“深情一片”的鲁智深、李逵等人。这种“深情”是他们自身性格的一种自然流露，因其不加伪饰，纯出天然，而更具有一种感人的力量。同声相应，同气相求，金圣叹对“真性情”之人的激赏，表明其自身也是一个具有“真性情”的评点家。他虽少有才名，却任性狂诞，不为世俗所牵，即使最后为“哭庙案”所斩，临终前也只谈盐菜与黄豆同吃有胡桃滋味，可谓一生皆随性而行，随情而起，深得“魏晋风流”的三昧。他在评点过程中倾注了自身的一腔热血、一腔真情，这种真情始终推动着他的评点，并每每不能自已。在鲁智深护送林冲到沧州一回，金圣叹用“天血雨，鬼夜哭”来表达自己的真情感受；而在第五十七回鲁智深要孤身去华阴救助史进之时，金圣叹又批下了“和血和泪之墨，带哭带骂之笔，读之纸上岌岌震动”的深情文字。作为人类的本质力量之一，情感的起落始终观照着人，它是对生命精神的肯定和高扬。小说创作离不开情感，而其最能打动人心之处，也在其文中一片深情。作为文学批评，自然也应该以自身情感揭示出文本所表现情感，并将这种情感传达给其他读者。

除却情感性之外，文学批评的语言也应该具有美感，这就要求批评家本身具有较强的文字表达能力。金圣叹在探讨“文”与“事”之间的关系时，曾举《史记》为例，为什么《史记》所记载的人物和事迹可以流传至今？是“真”，还是“美”，会对人们构成如此强烈的吸引力？金圣叹说：“能使君相所为之事必寿于世，乃至百世千世以至万世，而犹歌咏不衰，起敬而爱者，是则绝世奇文之力，而君相之事反若附骥尾而显也。”① 在金圣叹看来，历史所记载的人物和事件之所以能流传至今，就在于它们凭借了“绝世奇文之力”，“真”和“善”只有通过美的原则来运行，才能发挥其最大的影响力。与此同理，文学批评要想最大限度地发挥自身的影响力，文字的美感就是一个不可或缺的重要因素。而且，

① （清）金圣叹：《水浒传》第二十八回回评，《金圣叹批评本水浒传》，岳麓书社 2006 年版，第 331 页。

“美”的文学批评具有独立的审美价值，但不“美”的文学批评则只能依附于所评文本之上，即使在批评形式上不像“评点”的依附性那样强，但在实质上仍然是一种“依附性”的文学批评。因此，明清小说评点提倡的“情深”和“文美”对于当今的文学批评也有着一定的启示意义，中国现代文学批评史上如李健吾、傅雷等人已经开拓出了这样的一条批评道路，然其任重道远，仍需我们今天进一步的努力和开拓。

最后，明清小说评点以“导读”为最终理论目标，这体现了评点者的现实情怀和社会责任感。无论是李贽，还是金圣叹，虽然在仕途上并无太大期许，但这绝不代表他们对政治和社会漠不关心。李贽在世时已被视为“异端”，金圣叹曾自称是“水边树下人”，这种“异端”和“水边树下人”的身份虽在社会中处于边缘地位，但在某种意义上而言，距离的拉开更有利于其看清社会，并对它做出批判。真正的知识分子应该具有社会责任感，要有意识、有能力介入社会公共事务，当然这种介入的方式必须结合自身专业背景来进行展开。中国知识分子有着极强的“道统”意识，这种意识有其两面性，积极的一面是对社会公共事务的热衷；消极的一面则是易与主流意识形态合流，而丧失掉其批判性。自二十世纪八十年代末以来，中国当代知识分子群体已在进行分化，有的回归学院，被称之为是一种“犬儒主义”；有的积极与商业联姻，成为市场的文化代言人；有的则与政治共舞，政治家的身份已掩盖了文学的实质。反思这一情形，如何在关注社会的同时还能保持文学的基本立场，是当代文学批评应该思考的一个重要问题。在坚持“文学性”的基本前提下，去积极介入社会实践，并保持一种批判性的立场，这种批判，不仅针对官方意识形态，也针对市场商品经济，更针对大众审美意识，但同时，也要针对评判者自身。明清小说评点家的“公共知识分子”定位可以对当代文学批评无视读者大众的倾向做出匡正，但其自身也存在一定缺陷，即相应缺乏对自身的反省。当代文学批评完全可以扬其长，避其短，在其所开辟的道路上更进一步，更好地承担文学的社会功能。

### 三、小说评点的当代命运

小说这种文体，从其萌芽阶段，到明清时期的兴盛，再到今天的“三分天下有其二”；从最初居于诗文之末，到今天的“文坛领袖”，明清小说评点的理论推动作用功不可没。但是，我们也不能因此而过分夸大它的理论成绩。与西方小说叙事理论相比，明清小说美学无论从产生时间，还是从理论的体系性和完备性上都要稍逊一筹。在今天这种全球化的文化语境中，很多学者为了实现自身的一种“文化认同”而特意强调理论话语的民族性，甚至不惜把这种“民族性”夸大到一种不切实际的地步。比如就文学批评形式而言，英美有“新批评”，有“文本细读”；那我们的学者就提出我们有“小说评点”，并试图在今天的文学批评领域中践行这种批评形式。如王蒙评点过《红楼梦》，李国文评点过《三国演义》，严家炎、冯其庸、陈墨等人评点过金庸的小说，但是，不应回避的是，无论在学界，还是在普通读者群中，都没能产生大范围的回应和反响。

小说评点这一批评形式之所以在今天“难行其道”，究其原因，笔者认为主要有这样几点：

第一，从明清小说评点讨论的基本问题来看，很多理论话题现在基本上已经成为了一种理论共识。在当时的文化语境中，小说，尤其是长篇章回小说，属于新兴文体，明清小说评点家在评点过程中进行的理论探索因此也就是具有理论创新性的，而这一点显然不为今天的小说评点所具备。在这样一种情况下，小说评点要恢复其影响力，必然不能走明清小说评点的传统老路，而是应紧跟时代潮流，为评点内容增添新的质素。那么，可以增添哪些新的质素呢？一方面，明清小说评点从“文”出发，却又不局限于“文”的特色应该在今天的小说评点中得到继承，人性的挖掘、人生的参悟等，都可以加入新的时代因素和话语形态，在评点中得以展现。当代的一些学者，如易中天、于丹等人，能将传统经典与当代社会语境结合起来，再加上其特有的语言表述风格，所以深受大众欢迎。虽然也有些学者对易中天和于丹提出质疑，但他们走的这条“接地气”的学术普及路径还是有社会意义的。易中天对于他者的批判，提出自己应对的三条原则：一、学术硬伤予以改正；二、学术观点可以商榷；三、表述方式不予讨论。易中天的“麻辣讲史”、于丹的“《论语》心灵鸡汤”，虽然采用的不是传统评点形式，但是在敢为时代先和“接地气”的意义上，则深得李贽、金圣叹的神韵。小说评点若想重振昔日辉煌，旧调重弹显然已无路可走，必须走出一条“新”路，当代文学批评中的一些“酷评”等评点形式，正是在这一方面的有效探索。另一方面，当代小说评点要想产生较大的社会影响，还必须能在文本“细读”的基础上独出机杼，不落窠臼。比如金圣叹之前的历代评点家，都说宋江好，而金圣叹偏独恶其人，但金圣叹“独恶宋江”的判断又是建立在对“文”的解读之上，即使你并不完全赞同他的观点，也会通过金圣叹的评点得到对宋江更为复杂和深刻的认识。明清小说评点者的队伍虽大，然圣叹能执其牛耳，就在于这种敏锐的艺术感受力和判断力。如果人云亦云，你看得出的，读者也看得出；你想得到的，读者也想得到，那读者还有什么理由去阅读你的评点呢？在这点上，刘心武解读《红楼梦》，可以说是走出了自己的一条特色道路。刘心武从秦可卿入手，得出了一系列对《红楼梦》的新的认识，以至有人把刘心武的“红学”称之为“秦学”。传统红学家对刘心武的态度，大多不以为然，不可否认，刘心武的解读确实在论证的严密和学术的规范上，不是非常严谨，很多推断也有牵强附会之处，但他的眼光确实是非常独到的。他至少发现了过去红学家没有发现，或者没有重视的很多新问题，你可以对他的答案提出质疑，但能提出问题本身就已经证明了他独到的艺术感受力。要是没有这样的素质，老生常谈地去做评点，自然是死路一条。事实上，正是刘心武的解读使得《红楼梦》又成为社会热谈的话题，2004 年至 2005 年也被称为红学的“大跃进”。除了刘心武之外，包括像吴闲云对《西游记》的解读，都因其“别开生面”又不离文本而深得读者欢迎。虽然他们采用的不是传统评点形式，但这种眼光和勇气，却是今天的文学批评所应该继承的。

第二，小说在明清时期就其文坛地位而言，仍居诗文之后，所以，怎样来提高小说的地位并扩大它的社会影响力呢？就像今天要推出一个新产品，需要请明星来做广告代言一样，刊行由当时的著名文人评点的小说文本，无疑是推广小说的有效途径之一。蒲松龄写作《聊斋志异》，当时文坛领袖王士禛曾为其赋诗一首，蒲氏则倍感荣幸。而今蒲松龄文名早已胜于王士禛，王诗反要借蒲文而行世，怎不令人慨叹世事之迁！在今天，小说这种文体早已在文坛立定了脚跟，自然无须去寻求文学批评界的护佑，反而去与影视这一新兴传媒“秋波互送”，以求触电效应。所以，今天来重温明清小说评点的意义和价值，不在于非要在小说批评中推广“评点”这一形态，如果有人愿意来从事这项事业，自然欢迎，“评点”不一定非要走“大众”路线，可以“小众”，可以成为各种批评形态中的一种选择可能性。关键是，今天的文学批评家，能不能有明清小说评点者的眼力，能不能在某一种文体还未能成为文坛主流时，就看到它的潜力和价值，并为其摇旗呐喊，积极倡导。千里马常有，而伯乐不常有，文学批评也不要总在锦上添花，而是需要有雪中送炭的眼力和意识。虽然今天的小说已无须寻求批评的护佑，但是，文学批评家能否发现其他的被埋没的文体，并为之做出其该做的工作？这才是考验文学批评价值的真正衡量指标。

在今天这样一个消解中心和质疑权威的时代，小说评点所带来的阅读的强迫性，也很难为现在的读者所接受。“我的阅读我做主”，小说评点的导读功能受到最广泛的质疑及消解。再者，小说评点的完成过程具有反复性和迭加性，这就导致其缺乏现代文学批评的那种体系性、层次感、逻辑性；而且它的文本依附性特征也使得对它的理解更需要具体文本语境的参与，这无疑增添了读者与其沟通的障碍和难度。因此，小说评点要想恢复其活力和影响，就必须为其注入新的时代质素，否则终将难逃脱衰落的命运。就像古典诗歌的黄金时代已经终结一样，我们也没有必要去纠结于评点这一形态的复兴问题，关键是继承明清小说评点的精神精髓，这种精髓，不但可应用在小说批评领域，亦可应用在一切社会文化实践活动当中。

综上所述，小说评点是一种特殊历史语境的产物，它的形式特征、意义和局限，都必须结合当时的社会语境来探讨。在明清这一社会转型时期，小说评点强调审美的独立性，却又与道德、意识形态等存在着复杂的纠葛，它的理论意义不只局限于文学的层面，还具有更深层的文化内涵。当今的小说批评不仅缺乏小说理论的建树，亦无力参与文化空间的构建，并且本身也多无美可言。此时重新衡量明清小说评点的特征和贡献，就不在于学其“形”，而在于学其“神”，这种学习有助于改善今天的文学批评“美”的匮乏的一面；而其对普通大众读者的全面关注，亦能使今天的文学批评重接地气，恢复与大众的文化关联，在当代的文化空间构建中发挥更重要的作用。

# 参考文献

**一、明清小说评点本**


［1］（清）哈斯宝：《新译红楼梦回批》，亦邻真译，内蒙古人民出版社1979年版。

［2］陈曦钟、侯忠义、鲁玉川辑校：《水浒传会评本》，北京大学出版社1981年版。

［3］（清）陈其泰：《桐花凤阁评红楼梦辑录》，天津人民出版社1981年版。

［4］陈曦钟、宋祥瑞、鲁玉川辑校：《三国演义会评本》，北京大学出版社1986年版。

［5］（清）张竹坡：《张竹坡批评第一奇书金瓶梅》，齐鲁书社1991年版。

［6］苗深等标点：《明清稀见小说丛刊》，齐鲁书社1996年版。

［7］（清）金圣叹：《金圣叹评点才子全集》，光明日报出版社1997年版。

［8］（清）栖霞居士：《花月痕评点本》，花山文艺出版社1997年版。

［9］秦修容整理：《金瓶梅会评会校本》，中华书局1998年版。

［10］任笃行辑校：《全校会注集评聊斋志异》，齐鲁书社2000年版。

［11］（清）金圣叹：《金圣叹批评本水浒传》，岳麓书社2006年版。

［12］（清）脂砚斋：《脂砚斋批评本红楼梦》，岳麓书社2006年版。

［13］（清）毛宗岗：《毛宗岗批评本三国演义》，岳麓书社2006

年版。

［14］（明）叶昼：《李卓吾批评本西游记》，岳麓书社 2006 年版。

［15］（清）黄周星：《黄周星点评西游记》，中华书局 2009 年版。

［16］（清）冯镇峦：《冯镇峦批评本聊斋志异》，岳麓书社 2011 年版。

**二、研究著作**

［1］叶朗：《中国小说美学》，北京大学出版社 1982 年版。

［2］侯忠义、王汝梅编：《金瓶梅资料汇编》，北京大学出版社 1985 年版。

［3］刘欣中：《金圣叹的小说理论》，河北人民出版社 1986 年版。

［4］孙逊：《明清小说论稿》，上海古籍出版社 1986 年版。

［5］余英时：《士与中国文化》，上海人民出版社 1987 年版。

［6］王先霈、周伟明：《明清小说理论批评史》，花城出版社 1988 年版。

［7］黄霖、王国安编译：《日本研究金瓶梅论文集》，齐鲁书社 1989 年版。

［8］吴圣昔：《明清小说与中国文化》，南京大学出版社 1991 年版。

［9］孙逊、孙菊园：《中国古典小说美学资料汇粹》，上海古籍出版社 1991 年版。

［10］方正耀：《中国小说批评史略》，中国社会科学出版社 1991 年版。

［11］袁震宇、刘明今：《明代文学批评史》，上海古籍出版社 1991 年版。

［12］郭瑞：《金圣叹小说理论与戏剧理论》，中国文联出版公司 1993 年版。

［13］陈大康：《通俗小说的历史轨迹》，湖南出版社 1993 年版。

［14］刘良明：《中国小说理论批评史》，武汉大学出版社 1994 年版。

［15］邬国平、王镇远：《清代文学批评史》，上海古籍出版社 1995 年版。

［16］杨义：《中国叙事学》，人民出版社 1997 年版。

［17］周明初：《晚明士人心态及文学个案》，东方出版社 1997 年版。

［18］颜廷亮：《明清小说理论》，中华书局 1998 年版。

［19］陈果安：《金圣叹小说理论研究》，湖南师范大学出版社 1999 年版。

［20］孙琴安：《中国评点文学史》，上海社会科学院出版社 1999 年版。

［21］袁士硕：《文学史学的明清小说研究》，齐鲁书社 1999 年版。

［22］左东岭：《王学与中晚明士人心态》，人民文学出版社 2000 年版。

［23］陈大康：《明代小说史》，上海文艺出版社 2000 年版。

［24］谭帆：《中国小说评点研究》，华东师范大学出版社 2001 年版。

［25］王汝梅、张羽：《中国小说理论史》，浙江古籍出版社 2001 年版。

［26］王平：《中国古代小说叙事研究》，河北人民出版社 2001 年版。

［27］高小康：《市民、士人与故事：中国近古社会文化中的叙事》，人民出版社 2001 年版。

［28］朱一玄编：《红楼梦资料汇编》，南开大学出版社 2001 年版。

［29］朱一玄、刘毓忱编：《西游记资料汇编》，南开大学出版社 2002 年版。

［30］朱一玄、刘毓忱编：《水浒传资料汇编》，南开大学出版社 2002 年版。

［31］朱一玄编：《聊斋志异资料汇编》，南开大学出版社 2002 年版。

［32］朱一玄编：《金瓶梅资料汇编》，南开大学出版社 2002 年版。

［33］白岚玲：《才子文心：金圣叹小说理论探源》，北京广播学院出版社 2002 年版。

［34］章培恒、王靖宇主编：《中国文学评点研究论集》，上海古籍出版社 2002 年版。

［35］朱一玄、刘毓忱编：《三国演义资料汇编》，南开大学出版社 2003 年版。

［36］陈昌恒：《审美心理自我描述》，加拿大枫华图书公司 2004 年版。

［37］韩进廉：《中国小说美学史》，河北大学出版社 2004 年版。

［38］宋莉华：《明清时期的小说传播》，中国社会科学出版社 2004 年版。

［39］龙协涛：《文学阅读学》，北京大学出版社 2004 年版。

［40］申丹：《叙述学与小说文体学研究》，北京大学出版社 2004 年版。

［41］陈洪：《中国小说理论史》，天津教育出版社 2005 年版。

［42］许建平：《李贽思想演变史》，人民出版社 2005 年版。

［43］钟锡南：《金圣叹文学批评理论研究》，上海古籍出版社 2006 年版。

［44］吴波：《明清小说创作与接受研究》，湖南人民出版社 2006 年版。

［45］朱一玄编：《明清小说资料选编》，南开大学出版社 2006 年版。

［46］王平主编：《明清小说传播研究》，山东大学出版社 2006 年版。

［47］南炳文、何孝荣：《明代文化研究》，人民出版社 2006 年版。

［48］刘继保：《红楼梦评点研究》，北京图书馆出版社 2007 年版。

［49］张世君：《明清小说评点叙事概念研究》，中国社会科学出版社 2007 年版。

［50］汪涌豪：《中国文学批评范畴及体系》，复旦大学出版社 2007 年版。

［51］龚鹏程：《晚明思潮》，商务印书馆 2008 年版。

［52］骆冬青：《心有天游：明清小说美学》，南京大学出版社 2008 年版。

［53］吴子林：《经典再生产——金圣叹小说评点的文化透视》，北京大学出版社 2009 年版。

［54］丁利荣：《金圣叹美学思想研究》，武汉大学出版社 2009 年版。

［55］张维昭：《悖离与回归——晚明士人美学态度的现代观照》，凤凰出版社 2009 年版。

［56］左东岭：《李贽与晚明文学思想》，人民文学出版社 2010 年版。

［57］石麟：《中国古代小说评点派研究》，中国社会科学出版社 2011 年版。

［58］林岗：《明清小说评点》，北京大学出版社 2012 年版。

［59］纪德君：《明清通俗小说编创方式研究》，社会科学文献出版社 2012 年版。

［60］张曙光：《叙事文学评点理论的现代阐释》，山东人民出版社 2012 年版。

［61］蔡亚平：《读者与明清时期通俗小说创作、传播的关系研究》，暨南大学出版社 2013 年版。

［62］［美］弗雷德里克·詹姆逊：《快感：文化与政治》，王逢振等译，中国社会科学出版社 1998 年版。

［63］［美］瓦特：《小说的兴起》，高原、董红钧译，生活·读书·新知三联书店 1992 年版。

［64］［美］王靖宇：《金圣叹的生平及其文学批评》，上海古籍出版社 2004 年版。

［65］［美］杜威：《艺术即经验》，高建平译，商务印书馆 2005 年版。

［66］［美］理查德·舒斯特曼：《生活即审美：审美经验和生活艺术》，彭锋等译，北京大学出版社 2007 年版。

［67］［美］周绍明：《书籍的社会史：中华帝国晚期的书籍与士人文化》，何朝晖译，北京大学出版社 2009 年版。

［68］［美］利奥·洛文塔尔：《文学、通俗文化和社会》，甘锋译，中国人民大学出版社 2012 年版。

［69］［德］H. R. 姚斯、［美］R. C. 霍拉勃：《接受美学与接受理论》，周宁、金元浦译，辽宁人民出版社 1987 年版。

［70］［德］W. 伊泽尔：《审美过程研究——阅读活动：审美响应理论》，霍桂恒、李宝彦译，中国人民大学出版社 1988 年版。

［71］［德］汉斯·罗伯特·耀斯：《审美经验与文学解释学》，顾建光等译，上海译文出版社 1997 年版。

［72］［英］福斯特：《小说面面观》，朱乃长译，中国对外翻译出版公司 2002 年版。

［73］［英］拉曼·塞尔登：《文学批评理论——从柏拉图到现在》，刘象愚等译，北京大学出版社 2003 年版。

［74］［英］奥斯本：《鉴赏的艺术》，王柯平等译，四川人民出版社2006年版。

［75］［英］舍勒斯肯：《美学与道德》，王柯平等译，四川人民出版社2010年版。

［76］［英］约翰·斯道雷：《文学理论与大众文化导论》，常江译，北京大学出版社2010年版。

［77］［波］罗曼·英加登：《对文学的艺术作品的认识》，陈燕谷、晓未译，中国文联出版公司1988年版。

**三、期刊论文**

［1］陈谦豫：《李卓吾评点小说的贡献》，《上海师范大学学报》（社会科学版）1979年第3期。

［2］叶朗：《中国小说美学与明清小说评点》，《学术月刊》1982年第11期。

［3］黄霖：《新刻绣像批评金瓶梅评点初探》，《成都大学学报》（社会科学版）1983年第1期。

［4］王汝梅：《张竹坡与金瓶梅评点考论》，《吉林大学社会科学学报》1985年第1期。

［5］孙逊：《脂批和我国古典小说评点派》，《红楼梦学刊》1992年第2期。

［6］王国健：《金圣叹小说评点中的喜剧理论》，《华南师范大学学报》（社会科学版）1992年第3期。

［7］孙乃义：《是小说美学，还是小说评点》，《明清小说研究》1993年第2期。

［8］张庆善：《王希廉红楼梦评点新议》，《红楼梦学刊》1994年第1期。

［9］蔡一鹏：《论张竹坡评点金瓶梅的道德理性思维方式》，《文学遗产》1994年第5期。

［10］陈洪：《聊斋评论的双璧——冯镇峦、但明伦评点衡估》，《蒲松龄研究》1994年第4期。

［11］聂震宁：《再倡中国传统评点方法》，《文学自由谈》1996年第

1 期。

［12］崔晓西：《张竹坡在金瓶梅评点中的“情理”范畴及其在小说批评史上的地位》，《浙江师大学报》1996 年第 3 期。

［13］谭帆：《小说评点的萌兴——明万历年间小说评点述略》，《文艺理论研究》1996 年第 6 期。

［14］梅鹏程：《我自作我之金瓶梅——张竹坡“金瓶梅评点”的审美观照》，《江汉论坛》1996 年第 9 期。

［15］谭帆：《中国古代小说评点的文本价值》，《学术月刊》1996 年第 12 期。

［16］陈慧娟：《文学批评的读者立场——评金圣叹评点水浒传》，《江淮论坛》1997 年第 6 期。

［17］林岗：《明清之际小说评点考论》，《学术研究》1997 年第 12 期。

［18］郑铁生：《明清小说评点对中国叙事学的意义》，《南开学报》1998 年第 1 期。

［19］陈果安：《明清小说评点与叙事学研究》，《中国文学研究》1998 年第 1 期。

［20］谭帆：《中国古代小说评点的价值系统》，《文学评论》1998 年第 1 期。

［21］谭帆：《中国古代小说评点形态论》，《文艺理论研究》1998 年第 2 期。

［22］林岗：《论明清之际小说评点学的文学自觉》，《文学遗产》1998 年第 4 期。

［23］林岗：《叙事文结构的美学观念——明清小说考论》，《文学评论》1999 年第 2 期。

［24］谭帆：《论中国古代小说评点之类型》，《文学遗产》1999 年第 4 期。

［25］王奎军：《“新批评”与小说评点之可行性研究》，《郑州大学学报》（社会科学版）2000 年第 1 期。

［26］宋莉华：《明清小说评点的广告意识及其传播功能》，《北方论丛》2000 年第 2 期。

［27］张世君：《中国古代小说空间叙事理论探微》，《广州大学学报》（综合版）2001 年第 7 期。

［28］吴子林：《对话：金圣叹的评点与英美新批评》，《浙江社会科学》2001 年第 2 期。

［29］吴子林：《小说评点知识谱系考索》，《浙江学刊》2001 年第 2 期。

［30］董小玉：《中国古代小说评点研究的拓展》，《文艺研究》2001 年第 6 期。

［31］吴子林：《小说评点作为意识形态的生产》，《浙江学刊》2003 年第 1 期。

［32］黄霖：《近百年来的金圣叹研究——以水浒评点为中心》，《明清小说研究》2003 年第 2 期。

［33］周兰桂：《金圣叹腰斩评点水浒传的释义本质》，《广西社会科学》2003 年第 2 期。

［34］聂付生：《论晚明文人评点本的价值和传播机制》，《复旦学报》（社会科学版）2003 年第 5 期。

［35］纪德君：《关于历史演义序跋评点研究的几点思考》，《南京大学学报》2004 年第 2 期。

［36］王冉冉：《以论说文文法评点小说结构——金圣叹小说评点的一个本质特征》，《华东师范大学学报》（哲学社会科学版）2004 年第 2 期。

［37］张稔穰：《明清小说评点中的“另类”——冯镇峦、但明伦等对聊斋志异艺术规律的发掘》，《齐鲁学刊》2004 年第 3 期。

［38］胡晴：《红楼梦评点中人物塑造理论的考察与研究之一》，《红楼梦学刊》2005 年第 2 期。

［39］胡晴：《红楼梦评点中人物塑造理论的考察与研究之二》，《红楼梦学刊》2005 年第 3 期。

［40］胡晴：《红楼梦评点中人物塑造理论的考察与研究之三》，《红楼梦学刊》2005 年第 5 期。

［41］刘继保：《红楼梦评点的阅读模式》，《红楼梦学刊》2005 年第 2 期。

［42］陈刚：《金圣叹的文学接受理论初探——以其戏曲小说评点为例》，《宁夏社会科学》2005 年第 5 期。

［43］高小康：《重新重视小说评点的审美阅读意义》，《学术研究》2005 年第 10 期。

［44］洪雁、高日晖：《从期待视野看金圣叹评点水浒传》，《湖南社会科学》2007 年第 1 期。

［45］张稔穰：《冯镇峦聊斋志异评点的理论建树》，《蒲松龄研究》2007 年第 3 期。

［46］杨志平：《论“草蛇灰线”与中国古代小说评点》，《求是学刊》2008 年第 1 期。

［47］王青、彭师敏：《叙事学视阈下小说评点者及其美学价值》，《中外文化与文论》2010 年第 1 辑。

［48］陈才训：《文章学视野下的明清小说评点》，《求是学刊》2010 年第 2 期。

［49］孙琴安：《中国评点文学的性质、范畴、形式及其他》，《学术月刊》2010 年第 2 期。

［50］董玉洪：《明代的文言小说评点及其理论价值》，《明清小说研究》2010 年第 3 期。

［51］纪德君：《明清讲史演义小说编创与评点的互动》，《文艺理论研究》2010 年第 5 期。

［52］刘勇强：《中国古代小说的叙事学研究反思》，《明清小说研究》2011 年第 2 期。

［53］卢永和：《文人趣味与通俗小说的评点——金批水浒新论》，《山西师大学报》（社会科学版）2011 年第 4 期。

［54］胡晴：《红楼梦评点中的人物批评》，《文艺研究》2011 年第 7 期。

［55］胡晴：《从陈其泰评点看程本人物形象接受》，《曹雪芹研究》2012 年第 1 期。

［56］张曙光：《谈叙事文学评点中的阅读共鸣——以金圣叹评点为中心的理论阐释》，《船山学刊》2012 年第 1 期。

［57］张曙光：《“圣叹文字”与文本解释中的自我理解——从哲学解释学谈金圣叹叙事文学评点》，《湖南师范大学学报》（社会科学版）2012 年第 2 期。

［58］祁志祥：《毛宗岗的三国演义评点》，《辽宁大学学报》（哲学社会科学版）2012 年第 2 期。

［59］向芃、蒋玉斌：《清初小说评点中评改合一现象》，《贵州师范大学学报》（社会科学版）2012 年第 2 期。

［60］朱万曙：《文情士心：明清文学评点的精神向度》，《吉林大学社会科学学报》2013 年第 1 期。

［61］张曙光：《“作者意图”追问与叙事作品的意义解释——从解释学视角谈金圣叹叙事作品评点》，《山西师大学报》（社会科学版）2013 年第 1 期。

**四、博士论文**

［1］郑菡：《“李卓吾”小说、戏曲评点研究》，博士学位论文，复旦大学，2005 年。

［2］董玉洪：《中国文言小说评点研究》，博士学位论文，华东师范大学，2005 年。

［3］许丙泉：《从快感到美感》，博士学位论文，山东大学，2006 年。

［4］何红梅：《红楼梦评点理论研究——以脂砚斋等 10 家评点为中心》，博士学位论文，山东师范大学，2007 年。

［5］吴晓风：《红楼梦评点研究》，博士学位论文，复旦大学，2007 年。

［6］张同胜：《水浒传诠释史论》，博士学位论文，山东大学，2007 年。

［7］李正学：《毛宗岗小说理论研究》，博士学位论文，山东师范大学，2007 年。

［8］郭素媛：《三国演义诠释史论》，博士学位论文，山东大学，2009 年。

［9］陈心浩：《明清小说评点范畴研究》，博士学位论文，河北大学，2010 年。

［10］李春媚：《审美经验再认识》，博士学位论文，扬州大学，2011 年。